红楼密码

下

张凯庆　张虓　著

中国社会出版社
国家一级出版社·全国百佳图书出版单位

第四十一章
初识红楼密码

关林步入储秀宫的正殿，浏览着殿内精巧华丽的内部装饰。正殿后面是一个楠木雕纹玻璃罩背，罩前设地平台一座，平台上摆置紫檀木雕嵌寿字镜心屏风，屏风前设着宝座、香几、宫扇、香筒等。

乾隆的继皇后乌喇那拉氏当年就住在这个宫里。望着气派恢宏的宫殿，关林感叹道：当年，那拉氏登上皇后的宝座后，在这里接受众位皇帝的妃嫔、诸王的福晋、公侯的夫人和众多公主、宫女的恭贺时，心情该是多么激动。她历经磨难坎坷，终于登上女人最高的宝座，母仪天下，亿万兆民仰天朝拜："皇后娘娘千岁千岁千千岁"，那是何等之荣耀！又是多么神圣伟大的事情！可是，这辉煌富丽的生活到头来不过是一场美丽的梦，大梦初醒之时，就是大祸临头之日。尊贵神圣的皇后一夜之间就沦为了囚徒，这又是多么悲哀的事情。

那拉皇后和乾隆反目成仇直至被废的过程，在《红楼梦》里是如何体现的？关林在努力地寻找答案。他到这里来，是想体验一下那拉氏当年由皇后变为囚徒的巨大的心理落差，寻找解决问题的灵感。

关林端详着五扇紫檀嵌寿字镜心屏风，上面刻满精美的花纹，做工精细，巧夺天工。他向正面墙上望去，只见墙上悬挂一个"大圆宝镜"的金匾。

"关林！"背后传来一声叫声。关林浑身一抖，回头一看，吴休玉笑盈盈地站在他身后。

"哎呀，是吴阿姨，吓我一跳。您什么时候进来的，怎么一点声音也没有？”

“是你太专注了。”吴休玉说，“你跑到这里干吗来了？”

“我随便转转。”关林不想透露心中的秘密。

“你不用瞒我，我知道，你是在探寻那拉皇后被废的秘密。”吴休玉道出了关林的心声。

关林颇感惊讶：“您怎么知道的？”

“呵呵呵，”吴休玉笑道，“因为，我也很关心这个问题，怎么，你还不信任我吗？”

“信任，当然信任。”关林吐露心事，“我现在感到很困惑，有个朋友提示我，说《红楼梦》里隐写了那拉皇后和乾隆皇帝反目成仇直至被废的全部过程，可是我到现在还搞不清小说里是如何体现这个过程的。”

“你可以看看道士的提示呀，道士不是留下一封信吗？那里面一定有线索。”

关林猛地一惊：“您怎么知道道士给我留下一封信？”

吴休玉瞥了一眼关林，若无其事地说：“你别疑神疑鬼的，我是无意中听见方莹和白晓雯议论此事，可不是我刻意偷听啊。”

关林猛然醒悟：“对呀，道士说，‘此书表里皆有喻也，十三、十五、二十二，三秋之关键也’。看来，我得先破解了那些神秘的数字，才能最后找到答案。”

“你真聪明，一点就醒。那些数字是道士留下的，肯定就是红楼密码，破解了这些密码，一切问题就迎刃而解了。”

“对对对，吴阿姨，谢谢您的提醒。”

“不必客气，我也希望你能早点破解红楼谜案。”

两个人从正殿里出来，在庭院中漫步。院子中，两棵苍劲的古柏身上斑痕累累，诉说着悠久的历史。台基下东西分设一对铜龙和一对铜鹿，这是东西六宫中唯一出现龙的特例。廊壁上刻有大臣们恭笔楷书的阿谀奉承的颂词，把整个庭院装饰得庄严古朴。

关林说：“当年，那拉皇后住在这个富丽堂皇的宫里，那时是何等荣耀。”

“可是，恰恰是这辉煌的荣耀迷住了那拉氏的双眼，她以为登上皇后的宝座就凤御天下了，她忘了，身边的那条活龙才是真正的天下之主。那耀眼的荣华富贵掩盖着多少辛酸和悲哀？如果那拉氏不去争那个皇后之位，她的下场就不会那么惨。真是可悲呀。”吴休玉茫然的眼神里满是哀怨。

游廊上挂着几只鸟笼，笼中的几只羽毛艳丽的小鸟欢快地叫着，声音婉转悦耳。刘敏手里拿着一个精致的小碗，一边学着小鸟的叫声，一边给小鸟喂食。

胡图急匆匆地走过来，躬身道："主子。"

刘敏头也不回，问："什么事？"

"关林到储秀宫去了。"

刘敏猛地转过身来，问："他去那里干什么？"

"不知道，后来吴休玉也去了，和关林聊了一阵。"

刘敏脸色阴沉下来，眉头紧皱："一定是关林觉察到什么了，他在寻找线索。还有，吴休玉为什么对这件事感兴趣？"

"不知道，吴休玉不过是个清洁工，她不应该搅和进来呀？"

"检查关林的房间有什么发现？"

"什么也没发现。"

"这个关林鬼得很，他肯定没有放弃研究，而且已经意识到《红楼梦》和那个继皇后有关，所以，才跑到储秀宫去查找线索。"

"储秀宫里会有什么线索？他什么也查不到的。"

"笨蛋，"刘敏怒道，"他是在找灵感。更可怕的是那个吴休玉，她为什么会在那个地方和关林碰面？这不会是巧合，她一定会向关林暗示什么。"

"那怎么办？王景瑞现在是束手无策了，而且，关林好像对他也起了疑心。"

刘敏沉思一阵，仿佛是下了最大的决心："如果我们真的阻止不了关林，那就只能再做一次恶人了。"

"让他彻底消失？"

刘敏摇摇头，说："这个我们恐怕做不到，但可以让他成为一个废人。就像当年那个假太子一样，自然消失。"

胡图点点头："奴才明白了，这就去安排。"

"让王景瑞和肖雅婷去做，再给他们一次机会。"

"是。"

马天龙的办公室收拾得很整洁。檀木书架上摆着一个古瓷花瓶，书桌上有一盆冬夏常青的天冬草，散发着一股清香。房间的一角有一个檀木大条案，上面的梨木雕花的木架上放着一把宫廷宝剑，剑鞘是镀金的，剑柄镶嵌着一颗颗晶莹夺目的宝石。从天花板垂下一盏造型奇特的琉璃灯，外形和色彩都很迷人。

马天龙坐在桌前，浏览电脑上的页面。

“天龙！”随着叫声，关林走了进来。

“哦，是关林呀，来，坐。”

关林走过来坐在办公桌旁的椅子上。

“有事吗？”马天龙问。

“我想再用一下你的电脑，查一些资料。”

“你的电脑坏了？”

“不是，我那里不太安全，所以……”

“噢，明白。”马天龙起身让座，“来，你坐这儿，正好我要出去办点事。”

“你什么时候回来？我想，如果我有什么疑问，还想和你讨论一下。”

“我一会儿就回来，你先看吧。”说罢，马天龙走了。

关林从内衣口袋里掏出那个优盘，插到桌上的电脑上，调出《红楼梦》的抄本影印件，探究“三秋”之谜。

在第一回的贾雨村所作中秋咏月诗旁，关林看到一条批语：[用中秋诗起，用中秋诗收，又用起诗社于秋日。所叹者三春也，却用三秋作关键。]

关林想到：《红楼梦》共写了三个中秋节的故事：第一个中秋节，贾雨村中秋咏月，引出了整个故事的开端；第二个中秋节，诗社成立，大观园两宴，鲜花着锦之盛；第三个中秋节，品笛凄凉，联诗寂寞，悲剧气氛已占上峰。

如果说“三秋”是指三个中秋节，那么“三春”指什么？还有，“三春”有什么可叹的？“三秋”为什么是“三春”的关键？

关林突然意识到：《红楼梦》既然写的是乾隆皇帝和他的两个皇后的情史，那么“三春”一定和两位皇后有关。他迅速查阅两位皇后的资料，“三春”的含义豁然明朗。

孝贤纯皇后富察氏死于乾隆十三年三月十一日。春天的三月是富察皇后的死期，对乾隆来说是永远悲哀的日子。一代贤后逝于春天的三月，可叹！

那拉皇后的好梦也是结束在春三月，乾隆三十年南巡期间，那拉皇后由于对乾隆的直言相劝，惹怒皇上，和乾隆发生激烈冲突。那拉皇后几十年被冷落、受屈辱的怨气一起迸发，愤然剪发，要出家去当尼姑。乾隆龙颜大怒，闰二月十八日，乾隆派人从杭州的运河将那拉皇后送回京城，那拉氏好梦到头。闰二月就是春三月。乾隆南巡结束后，那拉氏被囚禁，魏佳氏取代那拉皇后，代行皇后职权。那拉氏被打入冷宫，一年后含恨而死。

关林想起第五回警幻仙子的一句唱词："春梦随云散，飞花逐水流"，两位皇后的好梦都是终结在春三月的运河上，一场春梦随云飘散，两位皇后随波逐流，"春三"才是真正所应叹息的日子。

那么，"三秋"为何是关键呢？

天色渐渐暗了下来，偌大的故宫笼罩在深沉与神圣的黄昏的平静之中。

马天龙走进屋里，方莹跟在身后，手里提着几个餐盒。马天龙打开顶灯，柔和的灯光给沉闷的屋里涂上一层淡淡的黄色。

"怎么样？查到什么了吗？"马天龙问。

"大有收获。"关林兴奋地说。

"来，先吃饭，饭后详细听听你的见解。"方莹说。

关林问："晓雯呢？"

"她先回去了，天龙说你躲到这里查资料，我估计今晚上你会弄到很晚。"

饭后，三个人围坐在桌前。马天龙说："说说你的收获吧。"

关林先把"三春"的含义解释一番，说："我仔细阅读了三个中秋节的故事，终于发现了道士密信中提到的神秘数字的含义。"

"就是说，你破解了红楼密码？"方莹的眸子里闪烁着兴奋的光泽。

关林笑笑，说："其实，我原来就注意到这些数字了，只是没有和乾隆及两个皇后联系起来。书中的三个中秋节，暗含几个神秘数字，'十三''十五'和'二十二'，这几个神秘数字透露出三个重要的日子，这就是道士说的红楼密码。"

"你已经破解了'二十二'的含义，那'十三'和'十五'是什么意思？"方莹问。

"小说在第一个中秋节，已为书中主人公的命运埋下伏笔。我们看贾雨村的中秋咏月诗，'时逢三五便团圆'，十逢三是十三，而康熙、雍正、乾隆和两个皇后的命运都与'十三'有关。"

方莹说："你详细说说。"

"贾雨村的中秋咏月诗，不仅隐写了乾隆的生日，而且道出了胤禛的登基日。康熙六十一年十一月十三日，康熙皇帝在北京畅春园驾崩，同日，胤禛继位，成为饱受争议的雍正皇帝。乾隆诞生、康熙死亡、雍正继位的日子都是十三日。"

"第二个中秋节里也有'十三'吗?"方莹问。

"有。第三十七回写道：贾政出门后，宝玉与众姐妹结成诗社。众人拟以白海棠作诗。迎春限韵，在书架上抽出一本诗来，随手一揭，是一首七言律，众人看了，都该作七言律。迎春掩了诗，又向一个小丫头道：'你随口说一个字来。'那丫头正倚门立着，便说了个'门'字。迎春笑道：'就是门字韵，十三元了。'说着，从韵牌匣子里抽出'十三元'一屉，又命那小丫头随手拿四块。那丫头便拿了'盆''魂''痕''昏'四块来。注意：这里两次出现了'十三元'，这两个'十三'是什么日子?"

马天龙立刻说："是雍正暴亡、乾隆登基、富察氏被册封为皇后的日子。"

"对，天龙，没想到你这么熟悉清史。"关林感到有些惊讶。马天龙淡淡一笑，没吭声。

关林接着说："雍正十三年八月二十三日，雍正皇帝在圆明园暴亡。书中描写，宝玉在贾政出门后，在园子里玩了两天之后，与众姐妹结成诗社。次日刘姥姥进大观园，临走的前一天晚上熙凤说女儿病了，刘姥姥说：'或是遇见什么神了。依我说，给他瞧瞧祟书本子，仔细撞客着了。'一语提醒了凤姐儿，便叫平儿拿出《玉匣记》着彩明来念。彩明翻了一回念道：'八月二十五日，病者在东南方得遇花神。用五色纸钱四十张，向东南方四十步送之，大吉。'刘姥姥在大观园里已住了两夜，熙凤的女儿是在八月二十五日即当天晚上在园子里着凉病倒了，据此推算，宝玉和众姐妹结诗社的日子就是八月二十三日。因此，第一个'十三'是指雍正十三年，雍正暴亡，乾隆登基。"

"书中以好几回的篇幅写中秋诗社咏海棠诗，作《菊花咏》，吃螃蟹，作《螃蟹咏》，贾母夜宴，刘姥姥与众姐妹行酒令等行为，暗喻雍正暴亡，天下欢庆。是这个意思吗?"方莹说。

"正是。宝玉所作的《访菊》诗中有'冷吟不尽兴悠悠''休负今朝挂杖头'之句，乾隆的登基大典是在雍正十三年九月初三，但实际上，从雍正死亡的那一刻起，他已成为新一代的天子。虽然皇阿玛去世，使乾隆伤感不已，然‘冷吟’之后是‘兴悠悠’，因为，他已经登上权力的顶峰，所以要‘休负今朝挂杖头’。挂杖头，语用《世说新语》阮修‘以百钱挂杖头，至店，便独醉酣畅’事。宝玉诗中的‘挂杖头’是兴致很高的意思。雍正一死，弘历就成了当今天子——皇帝当然兴致很高。”

方莹：“那第二个‘十三’就是富察氏被册封为皇后的日子？”

“对。雍正十三年八月己丑，即在雍正去世的当夜，乾隆奉懿旨册封富察氏为皇后。林黛玉在《咏菊》一诗中有‘无赖诗魔昏晓侵’之句，意思是说诗歌创作的冲动从早到晚地侵扰着她，令她兴奋不已，暗喻的是富察氏被册封为皇后时的激动心情。”

方莹质疑：“这会不会是巧合？”

“绝不是巧合，第三个中秋里，神秘数字还将出现。第七十六回，黛玉和湘云中秋月下联诗，黛玉说：‘咱两个都爱五言，就还是五言排律罢。’湘云道：‘限何韵？’黛玉笑道：‘咱们数这个栏杆的直棍，这头到那头为止。他是第几根就用第几韵。若十六根，便是一先起。这可新鲜？’湘云笑道：‘这倒别致。’于是二人起身，便从头数至尽头，止得十三根。湘云道：‘偏又是十三元了。’这里又两次提到‘十三’，这两个‘十三’又是什么意思？”

“富察皇后的死亡和那拉皇后的崛起都和‘十三’有关。”马天龙又一次准确地回答了关林的问题。

“太对了。乾隆十三年三月十一日，富察皇后死于德州运河水面的龙舟上。富察皇后死后，乌喇那拉氏于乾隆十三年七月晋为皇贵妃、‘摄六宫事’，这就是两个‘十三’的真正寓意。‘十三’是道家的一个顶级数字：十二为地数，周而复始，十三则相天，由地而天，敝而新成之象。此为诸子。十为天数，周流不息，十而有三，由天而道。复本还源，开辟成真之象。此为太上。佛教里的‘十三’是大吉数，代表功德圆满。”

“我们已经知道三个中秋节里暗含的‘十三’和其寓意，那么，‘十五’在小说中是如何体现的？”方莹问。

“还是贾雨村的咏月诗，‘时逢三五便团圆’，十逢三是十三，十逢五是十五，三五也是十五，这是第一回里暗含的‘十五’。第七十六回，黛玉和湘云月下联诗，头一句是：三五中秋夕，清游拟上元。这是第二次出现的十五。”

“我想，‘十五’是乌喇那拉氏被册封为皇后的年份吧？”马天龙再次语出惊人。

“天龙，你真让我刮目相看了。”关林道，“乌喇那拉氏被册为皇后的日子是乾隆十五年八月初二，恰好是八月。历史上，农历八月称为仲秋、中秋、桂秋、正秋等。‘上元’的词义之一是指帝王，据此，‘三五’，是指乾隆十五年；‘上元’，是指乾隆。意思是，乌喇那拉氏在乾隆十五年中秋之月做了乾隆的皇后。”

“雍正信佛，他和乾隆及富察、那拉两个皇后的一生的确是神秘莫测，冥冥之中，那‘十三’和‘十五’始终相伴。”方莹说。

“其实，小说第一回，贾雨村咏月诗的第一句‘时（十）逢三五便团圆’，就已经把康雍乾三帝和两位皇后的命运紧紧地连在一起了。”关林总结道，“康熙帝死于十三日，雍正帝继位于十三日，死于雍正十三年，他做了十三年皇帝；乾隆生于十三日，继位于雍正十三年，富察氏于雍正十三年八月册封为皇后，于乾隆十三年三月病逝，她恰好做了十三年皇后；乌喇那拉氏于乾隆十三年七月晋皇贵妃，行使皇后职权，并于乾隆十五年八月正式登上皇后之位。至乾隆三十年五月，那拉氏被废，她恰好做了十五年皇后。‘十逢三五便团圆’，祖孙三代在‘十三’‘十五’的神秘数字中得以团圆。难道这一切是上帝安排的吗？”

“是的，这就是命运的安排，上帝的旨意。”马天龙的神色格外严峻。

第四十二章
再究红楼密码

蓝黑色的天空像一块洗净了的绸布，闪闪发光的星星仿佛是撒在这块绸布上的碎银。夜色笼罩下的城市依旧繁华喧嚣，霓虹灯点亮了这座现代大都市的奢华，毫不吝啬地把绚烂变幻的彩色投向天空，掩盖了星月的清辉，使朦胧的夜空的颜色也变得不纯粹了。

关林、方莹和马天龙从故宫里出来，沿着人行道向东走去。一家夜店的灯箱上印着各色小吃，关林说："我们吃点夜宵吧。"

"好的，我也有点饿了。"方莹说。

三个人走进夜店，点了几杯咖啡和点心，边吃边聊。

方莹看着对面的关林，说："关林，我记得道士的密信中还有一些阿拉伯数字，也是红楼密码，这些数字是什么意思？"

关林说："道士的信上说：'骰子点数：16、5、19、18、9、6、19、20 等数字为红楼密码也。'显然，这些阿拉伯数字，是指骰子的点数。我查了一下，这些骰子的点数出现在第六十三回。大观园群芳为宝玉祝寿，在怡红院夜饮，众人掷骰子、抽签，骰子的点数、签上题字和注语透露了《红楼梦》一书的全部秘密。乌喇那拉氏是小说中的主要角色，所以，宝钗、探春、湘云、麝月和香菱之签都是在说那拉皇后，作者通过极其巧妙的方式，用骰子的点数和签上的题诗，揭示了那拉皇后的一生经历中重要转折点的日子和原因。"

"'16'是谁的点数？"方莹问。

"探春'16 点'，'得贵婿成瑶池仙品'，是说乌喇那拉氏 16 岁时嫁给弘历为侧福晋，就如同进入仙境，最后成了皇后，岂不是瑶池中的仙品。题诗云：日边红杏倚云栽，出自唐代高蟾《下第后上永崇高侍郎》诗：‘天上碧桃和露种，日边红杏倚云栽。芙蓉生在秋江上，不向东风怨未开。’天上夭桃、云中杏蕊，比喻富贵荣华。乌喇那拉氏做了乾隆的皇后，可谓是‘日边红杏’，栽在那高高的云端之上，富贵荣华，无比显贵。”

方莹：“那，‘5’点是什么意思？”

“‘5’是宝钗的点数，花签是牡丹，题着‘艳冠群芳’四字，乌喇那拉氏是第五个嫁给乾隆的女人，但后来者居上，最后成为皇后，‘艳冠群芳’。题诗：任是无情也动人，出自唐代罗隐《牡丹花》诗：‘似共东风利有因，绛罗高卷不胜春；若教解语应倾国，任是无情也动人。芍药与君为近侍，芙蓉何处避芳尘？可怜韩令功成后，辜负浓华过此身。’诗中提到的韩令，是指韩弘，唐元和十四年曾为中书令。‘任是无情也动人’是宝钗灵魂冷漠而又能处处得人好感的性格特点，此寓意一。寓意二：韩令功成后遗弃牡丹，正是那拉皇后的遭遇，虽然乾隆对那拉皇后‘任是无情’，但那拉氏依然是楚楚动人。”

“不错，这番解释合情合理。还有‘19’呢？”

“这个我知道，”马天龙说，“‘19’暗示的就是乾隆十九年，那时那拉皇后正是得宠之时。”

“天龙总是语出惊人。”关林笑道，“不错，‘19’是香菱的点数，在乾隆十九年时，那拉皇后与乾隆‘联春绕瑞’，‘连理枝头花正开’，夫妻恩爱，并蒂花开。可惜，好景不长，‘并蒂莲’最后成了‘仇人蕙’。”

方莹问马天龙：“‘18’点，你也知道它的含义吗？”

马天龙嘴角泛起一丝苦涩的冷笑：“‘18’是那拉皇后梦破的日子，乾隆三十年闰二月十八日，在杭州的‘蕉石鸣琴’吃完早膳后，乾隆派额驸福隆安把那拉皇后由水路送回京师。此一去，那拉皇后就‘千里东风一梦遥’了。哈哈哈！”马天龙突然爆发出一阵狂笑，那种笑是令人可怕的，显示出他的内心一定受过非常痛苦的煎熬。

关林惊讶地望着马天龙：“你真是真人不露相啊，太让我吃惊了，你应该研究《红楼梦》啊。”

“哼哼，我只是对清史略知一二。”马天龙冷笑着说。

马天龙的话引起了关林的深思：“难道湘云的‘18’点，暗示的是闰二月十八日，湘云醉卧石凳，是指‘蕉石鸣琴’吗？”

马天龙又说："乾隆三十年正月十六日，乾隆奉皇太后钮祜禄氏从紫禁城养心殿出发，开始了第四次南巡。当时已经失宠十年的那拉皇后陪同乾隆皇帝南巡，随驾的还有乾隆的令贵妃魏氏、庆贵妃陆氏、容妃和卓氏等人。南巡初期，一切都很正常，闰二月十八日，他们来到杭州，在风景秀丽的'蕉石鸣琴'进早膳时，乾隆还赏赐给那拉皇后许多膳品，但到了当天晚上进晚膳时，那拉皇后就不见了，陪着皇帝进晚膳的只有令贵妃魏氏、庆贵妃陆氏、容妃和卓氏，此后，那拉皇后再也没有露过面。后来才知道，在闰二月十八日那天，乾隆派额驸福隆安把那拉皇后由水路送回京师。"

"那拉皇后到底做了什么事，让乾隆立即把她送回京师？"方莹问。

马天龙看了看关林，说："还是让关林来解释吧。"

"我觉得，你好像比我清楚多了。"关林看着马天龙，倍感疑惑。

方莹说："关林，还是你说吧。"

"那好，我就解释一下，如果我说错了，由天龙来纠正。"关林定定神，接着说，"乾隆是中国历史上著名的风流天子，他模仿祖父康熙不断南巡，目的之一是贪恋江南美景，又可趁机寻花问柳。据有的史书记载，那拉皇后随乾隆南巡来到杭州后，乾隆曾深夜换上便服登岸游玩。皇后再三苦劝，甚至哭着劝谏，乾隆不仅不听，反而对那拉皇后严加斥责。那拉皇后终于彻底绝望了，一气之下剪掉头发，要出家当尼姑。第二天，乾隆说皇后精神不正常，派人将她送回京师。"

"乌喇那拉氏出身满洲，在宫中生活了三十多年，什么是国家大忌，她会不知道吗？究竟受了什么重大刺激，会把这位温顺懂礼的皇后逼到不顾触犯国俗大忌，甚至发疯的地步？我觉得其中的原因不仅仅是因为乾隆的风流行为吧？"方莹的目光格外奇特。

"也许，还有其他原因，但是，到目前为止，我只能这样解释。"

方莹又提出一个问题："元春省亲时，在大观园里点的第三出戏是《仙缘》，我记得这里有一句批语：[《邯郸梦》中伏甄宝玉送玉。]甄宝玉送玉和那拉皇后有关吗？"

"有关。"关林说，"《仙缘》是明代汤显祖传奇剧《邯郸记》的第三十出。说的是八仙之一吕洞宾给了卢生一个玉枕，通过这个有魔法的枕头引他入梦，一场历经数十年的荣华梦醒来之时，店小二为他煮的黄粱饭尚未熟透。卢生大梦惊醒，又经吕洞宾点化，终于领悟了人生真谛，随仙翁到蓬莱山门顶替何仙姑扫落花去了。'甄宝玉送玉'是和《邯郸梦》卢生的故事相关的，甄宝玉和贾宝玉都是乾隆皇帝。乾隆在北京的皇宫里或圆明园时，他的身份是贾宝玉；乾隆南巡到了杭州时，他的身份就变成了甄宝玉。而‘通灵宝玉’是那拉皇后的化身，她就是化成‘红玉’的青埂峰下的顽石，始终紧紧贴在贾宝玉——乾隆身边。‘甄宝玉送玉’的寓意是，那拉皇后与乾隆反目成仇，乾隆皇帝派人将那拉氏从水路送回了京城。此一送，那拉皇后《仙缘》已尽，锦绣前程就成了‘一枕黄粱’，所有的荣华富贵、显赫地位，到头来不过是一场‘春梦’。香梦醒来之时，就是大难临头之日。”

听着关林的讲述，马天龙的眼睛里泪光点点。

“好，你再谈谈‘9’点吧。”方莹说。

“‘9’点是麝月的点数，她抽到的花签是荼蘼花，题着‘韶华胜极’四字，题诗是：开到荼蘼花事了。这句诗出自王琪《春暮游小园》诗：‘一从梅粉褪残妆，涂抹新红上海棠。开到荼蘼花事了，丝丝天棘出莓墙。’前两句都是以花拟女子，意即梅花落，海棠开。荼蘼是春天的最后一种花，凋谢后即表示花季结束，所以有完结的意思，这正是那拉皇后的结局。宝钗住所的对联中‘睡足荼蘼梦亦香’之句，不正是湘云签“香梦沉酣”吗？‘9’点，是指乾隆三十年五月初九，皇太后懿旨，令贵妃魏佳氏晋皇贵妃，代行皇后职权，这就是‘9’点的深意。五月初九魏佳氏取代乌喇那拉氏，此日后，那拉皇后就‘开到荼蘼花事了’了，‘韶华胜极’的‘香梦’就到头了。签注云：在席各饮三杯送春，正是为那拉皇后送行，那拉皇后是在春三月被送回京城的，故曰‘送春’。”

“‘6’点是指富察皇后吧？”马天龙又冒出一句。

“正是。”关林说，“黛玉签为芙蓉，题着‘风露清愁’四字，题诗云：莫怨东风当自嗟。高蟾《下第后上永崇高侍郎》诗中有‘芙蓉生在秋江上’之句，黛玉的芙蓉花签的寓意非常明显，就是暗喻富察皇后死于运河水面上。‘莫怨东风当自嗟’，出自宋代欧阳修《明妃曲·再和王介甫》诗：‘明妃去时泪，洒向枝上花，狂风日暮起，飘泊落谁家？红颜胜人多薄命，莫怨东风当自嗟。’”

“富察皇后正是‘红颜薄命’，她的‘风露清愁’和那个骰子的点数‘6’有关吗？”方莹问。

“富察皇后的不幸正是源于那个‘6’字。雍正六年十月初二，富察皇后生皇长女，一年后，爱女即病亡，从此后，富察皇后开始了她屡次丧子的‘清愁’之历。‘明妃去时泪，洒向枝上花’，那林黛玉的‘葬花’之伤，正是富察皇后的‘葬子’之痛。富察皇后频遭骤然而至的‘狂风’的袭击，终于泪尽而逝。可这一切又是那么无奈，只能怪‘红颜胜人多薄命’，所以说怨不得别人，只该‘自嗟’呀！签注云：‘自饮一杯，牡丹陪饮一杯。’两位皇后坐在席上，‘同是天涯沦落人’，继皇后陪先皇后喝一杯吧。”

方莹：“还有一个‘19’是什么意思？”

关林看了看马天龙，说：“天龙知道这个‘19’的意思吗？”

“那应该是指乾隆的生母钱氏熹妃19岁时生下了弘历。”马天龙面色阴郁，声音低沉。

“天龙，你太厉害了，什么都知道。”关林感到马天龙所知道的事情可能远远超过他的想象。

方莹不理会马天龙，对关林说：“你详细解释一下。”

“‘19’是李纨的点数。李纨又称李宫裁，所谓宫裁，就是后宫的裁定者，那就是太后了。李纨是乾隆生母的化身之一，康熙五十年八月十三日，19岁的钱氏熹妃生了乾隆帝弘历，这就是‘19’的含义。李纨的花签是一枝老梅，题着‘霜晓寒姿’四字，题诗是：竹篱茅舍自甘心。这句诗出自宋代王琪的《梅》一诗：‘不受尘埃半点侵，竹篱茅舍自甘心。只因误识林和靖，惹得风流说到今。’”

“李纨之子贾兰，也是少年弘历的化身之一了？”方莹说。

“是的，李纨虽然年轻守寡，但因儿子贾兰‘爵禄高登’而‘气昂昂头戴簪缨；光灿灿胸悬金印’，真是‘老来福贵也真侥幸’，她就是贾雨村迎娶的那个真‘娇杏’。李纨的经历就是乾隆生母的经历，钱氏熹妃正是误识胤禛，才‘惹得风流说到今’。因其生下了八字极佳、日后成为叱咤风云的一代天子的乾隆皇帝，晚年才享尽了富贵荣华，成为大清最有福气的皇太后。”

“还有最后一个数字‘20’，这是谁的点数？”方莹问。

“那是花袭人的点数。”关林答道，“花袭人隐写的是哲悯皇贵妃富察氏，袭人的签是‘桃花’，题着‘武陵别景’四字，诗云：‘桃红又是一年春。’圆明园有一处景区名‘武陵春色’，在建造中摹写了陶渊明《桃花源记》的艺术意境。袭人的‘武陵别景’就是指‘武陵春色’，里面的桃花坞曾是弘历读书的地方。哲悯皇贵妃富察氏是弘历的第一个女人，弘历在桃花坞读书时，格格富察氏就陪伴在他身边。‘桃花’，反过来看就是‘花桃’，谐音‘花逃’，作者以‘武陵别景’和‘桃红又是一年春’来暗示花袭人逃到世外桃源避难了，隐喻的是哲悯皇贵妃富察氏在乾隆继位前病逝，等于逃到世外桃源，再也看不到皇帝的后妃们争风吃醋、争权夺势、尔虞我诈、互相倾轧的各种悲剧了，早死的人更幸福，如同到了世外桃源，再没有那些烦心事了。”

“那‘20’又是什么意思？”

“是指格格富察氏 20 岁时生下了皇长子永璜。芳官说：‘我也姓花，我也陪他一钟。’黛玉隐写的是富察皇后，和哲悯皇贵妃同姓，两人都姓富察氏。作者为避免写得过于露骨，所以才让芳官和袭人同姓。但黛玉又和袭人同辰，以此暗示黛玉与袭人有相同之处。”

“你终于破解了红楼密码，离那个真相越来越近了。”方莹线条俏丽的脸庞上罩着月亮般的皎洁。

“不，还有一个‘十三’我还没搞清是什么意思，而且，这个‘十三’不在‘三秋’之内。”关林的眼神里有一丝迷茫。

马天龙瞥了关林一眼，胸脯一起一伏，像是有很多话要说。

第四十三章
阴谋与解救

暮霭夹着薄雾笼罩了一切，肖雅婷和王景瑞走在一条凄清阴冷的小路上，路边不时传来悲凉的蛙鸣声。

肖雅婷看了一眼王景瑞，问：“胡总管叫我们到这里来干什么？”

“我也不知道。雅婷，你要小心啊，千万别再心存幻想，我们逃不过他们的手心的。不管胡总管说什么，一定不能违抗他的命令。”

“但愿别再让我干什么伤天害理的事。”肖雅婷的语调里充满恐惧。

一座古老的深宅大院掩映在枝繁叶茂的古槐之中，苍凉的建筑与周围的树林融为一体。暗沉的天空，压抑着大地的一切生灵，整个大院里流淌着潮湿的阴郁。他们来到一扇高大的木门前，大门的油漆虽然因岁月的侵蚀而斑痕累累，但一看就知道它曾经是富丽堂皇的。进了大门，穿过一条弯曲而阴森的林荫道，他们看到末端一所高大的房屋像幽灵似的在发着亮光，显得鬼影幢幢。

王景瑞推了一下房门，沉重古老的房门发出吱吱呀呀的惨叫声，让人不寒而栗。屋里传来一个低沉的声音：“是王景瑞吗？”

“是我。”

“肖雅婷来了吗？”

“来了。”

“进来吧。”

王景瑞和肖雅婷怀着忐忑不安的心情走进房间，环顾四周：狭长的窗户上装着古老的彩色玻璃，檀木做的百宝槅和柜子上雕龙刻凤，做工精巧；墙上挂着牡鹿头的标本和一个古老的盾徽，在屋顶吊灯柔和的光线照耀下，房间里显得幽暗而阴森。

胡图坐在一把年代久远的檀木椅子上，脸上挂着阴冷的微笑。

“二位请坐。”

肖雅婷和王景瑞小心翼翼地坐在胡图对面的椅子上。

“胡总管叫我们到这里来有何吩咐？”王景瑞试探地问。

胡图不冷不热地说：“主子看你们小两口的日子过得太悠闲了，想给你们找点事做。”

“主子想让我们干什么？”

“很简单，像当年一样，给关林的茶叶里加点作料。呵呵呵。”胡图的冷笑在肖雅婷听来像是晴天霹雳，一股股的寒气透遍全身。

胡图从茶几上拿起一个茶叶桶，递给肖雅婷：“拿着，这个茶叶桶和关林的那个一模一样，你想办法把它调换了。”

“为、为什么要这么做？”肖雅婷还想争取一个抵抗的机会。

“这不是你该关心的问题，你要做的是按我的指令行事。”胡图的语气里有一种不可抗拒的力量。

“为什么让我去？”肖雅婷仍心存侥幸。

“只有你去了，才不会引起关林的注意。我知道，到目前为止，关林还是信任你的。”

“可是，我……”

“怎么，你想抗命吗？难道你忘了当年是怎么惩罚那些唯命不从者的吗？”胡图冷峻的目光里流露出一股杀气。

“胡总管息怒。”王景瑞见势不妙，赶紧接过话茬，“我看，还是趁关林不在家时，由我偷偷地调换了比较好。如果雅婷当着关林的面做这件事，怕是会引起关林的警觉。”

胡图思索了一下，说：“好，就这么办。肖雅婷配合你。”

肖雅婷痛苦万分地点点头。

灯火通明的餐馆里宾客满座，服务员来回穿梭，给各个桌上的客人上菜。关林和方莹坐在靠窗的位置上，品尝着桌上的精美菜肴。

关林端起酒杯，和方莹碰了一下，说：“来，祝贺我们又进了一步。”

方莹笑容满面：“那都是你的功劳，最近你很辛苦，也该好好犒劳你一下。”

“这家餐厅的粤菜很有名，生意一直非常火爆。来，尝尝这道菜。”关林给方莹夹菜。

“我自己来吧。”

关林望着方莹娇美的面容，心中阵阵颤动。自从和方莹共同探寻红楼谜团以来，他对方莹的那份情感变得深沉而厚重。方莹身上总有一种不可抗拒的距离感，他越想和方莹靠得更近一些，就越觉得这种距离是不可逾越的。他很想知道，方莹的心里到底是怎么想的。难道自己真的只能远距离地欣赏她吗？关林决定再试探一下。

“方莹，咱们接触时间也不短了，我很想听听你对我是什么看法。”

“怎么想起问这个问题？”方莹所答非所问。

“这个问题很难回答吗？”

方莹微微一笑，说：“我对你的看法嘛，其实很简单。你是个好人，心地善良，聪明异常，是很多女孩子心目中的偶像。”

“也是你的偶像吗？”

“是的，我也很欣赏你的聪明才智。”

“还有呢？”

“你还想听什么？”

“你就没有对我动过什么心思吗？”

方莹的脸色沉了下来，眼睛里蒙上一层雾气。她语调沉重地说：“关林，我知道你想说什么，我也知道你想得到什么，可是，真的很抱歉，我无法给予你所想得到的那份情感。”

“为什么？”一种莫名的悲哀涌上关林的心头，“你又想说，这一切都和《红楼梦》有关，是吗？那你告诉我，你是《红楼梦》里的人物吗？你是谁？林黛玉，还是薛宝钗？再不就是晴雯、麝月、花袭人等，是这样吗？可是，在我眼里，你就是方莹，一个现实中的美丽可爱的姑娘。”

方莹的眼里涌出了泪水，她低声抽泣着说：“关林，对不起，我无法回答你的问题，等到你彻底揭开那个悲惨的真相时，你就明白了。”

方莹的泪水，让关林不知所措，他急忙摆摆手：“好好好，我再也不问这个问题了，免得让你伤心难过。只要你开心，怎么都行，我无所谓，只要每天都能看到你的笑容，我就心满意足了。”

关林的深情表白在方莹听来却似万箭穿心，她默默地望着关林，心里的苦楚无法向他倾吐，只能任泪水滚滚而下。

月色朦胧，伸展在雾气中的枝丫显得那样寂寞，弯弯的杨柳、丛生的灌木落下稀疏的倩影。疾驶的汽车带着呼啸声穿越霓虹和夜色，给宁静的夜空中增加了几许嘈杂的声音。

关林和方莹默默走在人行道上，谁也不愿意打破这一份沉静。关林的心里百感交集，方莹的话让他的心里阵阵作痛，等到彻底揭开红楼谜底时，他会看到一个什么样的方莹呢？关林迫切地想知道方莹到底是谁，但是又害怕看到那个真相。他不想失去方莹，即使像现在这样和她之间永远有一道无法逾越的鸿沟，那也比失去她更好。

关林看了看身边的方莹，情不自禁地拉住方莹的手。猛然间，他浑身一抖，方莹的手彻骨的冰凉，他就像是握住了一块冰。

方莹迅速地抽回自己的手，关林大惊失色。他扭头扫视一眼方莹，只见她秀丽的脸颊痛苦地扭曲着，眼睛里泪光点点——

一间昏暗的牢房里散发着酸臭腐朽的味道，这里仿佛是一个被世界遗忘和唾弃的角落，间或有丝丝寒风从墙的缝隙里吹进来，摩擦出呜……呜……的凄惨的和声。远处传来一阵叮当作响的声音和一个男人揪心撕肺的嘶吼，在这寂静的黑夜里，犹如唤醒了沉睡多年的冤魂厉鬼。

缠着铁链的刑架上绑着一个浑身是血的宫女，一头长发遮住了她的脸，破碎的宫服里露出身上的道道伤痕，殷红的鲜血将原本艳丽的衣服染成一团杂色。

一个身着黑衣身材高大的男子手里拿着皮鞭，凶狠地问："我再问你一遍，那个锦匣里到底是什么？"

宫女艰难地抬起头，披散的长发下露出一张美丽的面孔，那张脸和方莹一模一样。

"你就是……打死我，我……我也不知道。"

"好啊，嘴还挺硬，我倒要看看，你这身细皮嫩肉能扛到什么时候。来呀，再给她点厉害尝尝。"

矮个子的黑衣人从烧得正旺的炉火中抽出一把烙铁，那把烙铁泛着红色的光亮。矮个子走到宫女面前，嘴角挂着一丝冷笑："尝尝这个吧，可不大好玩哟。"

刺啦一声，空气中散发出一股皮肉的焦煳味。

"啊——"宫女一声惨叫，昏死过去。

夜色深沉，万籁无声。

关林的房间里还亮着灯，他无法入睡，方莹的身影袭扰着他的思绪："方莹到底是谁？她为什么总是闪烁其词？为什么总在回避那个其实是很简单的问题？她的手为什么那么冰凉？难道她真的是一个虚幻的人物吗？"

关林的脑海里闪出几个画面：

江宁织造府里：几个黑衣人冲了过来，将马天龙和关林团团围住。方莹一声怪叫，纵身跃起，一个凌空飞脚，将冲在最前面的人踢出好几米远。方莹高强的武功让关林惊愕万分。

妙峰山福临宾舍酒店里：昏暗的走廊里，一个清朝宫女的背影飘然而过，消失在拐弯处。

黝黑的四合院里：一把断刀急如流星般地飞向一个女人，那女人闪身躲过飞刀，一个黑影一闪身没了踪影，女人收起长剑，向后院走去。那是一个清朝宫女的背影。

"难道方莹是……是个鬼魂？不不不，这不可能。"关林立刻否定了这个荒谬的想法，"这绝不可能，我每天都能看到她那娇媚的身形和动人的微笑，怎么可能会是……可是，方莹的奇怪做法该如何解释？这……这到底是怎么回事？"

关林不敢再继续想下去了，脑子里嗡嗡作响，仿佛快要爆炸了。他一头扑倒在床上，双手捂头，痛苦地呻吟着。

嘀嘀，嘀嘀，桌上的电脑发出几声清脆的声音，有人在呼叫他。关林抬起头来，呆呆地看着电脑："会是谁？难道又是那个屈死鬼？这个时候想告诉我什么？也许是个好消息。"

关林一骨碌爬起身来，扑到电脑前，打开QQ群，一条短信蹦了出来，正是屈死鬼发来的：你动摇了吗？为什么不敢面对现实？

"我的心思他全都知道，这个神秘人到底是谁？"关林盯着电脑，有些不知所措了。他想："不管怎样，我总要知道答案。"

关林回复道：我没有动摇，我只是感到困惑。

屈死鬼：对什么事困惑？

关林：对我所爱的人困惑，我搞不清她到底是什么人。

屈死鬼：答案就在眼前，你很快就会知道的。

关林：你的意思是，破解了红楼疑团后，她的身份就会显形？

屈死鬼：是的。

关林：那是一个悲惨的结局吗？如果是这样，那我宁愿不去揭开那个谜底。

屈死鬼：你错了，如果你真的爱她，就不能只替自己考虑，你现在做的事是在解救她。

关林：我不明白你的意思。

屈死鬼：你会明白的。假如你真的爱一个人，你会忍心让她每日都在备受煎熬的痛苦中度过吗？那样的话，你不觉得自己很自私吗？

关林：你是说，如果我不揭开那个谜底，她就永远会在痛苦的煎熬中挣扎，是吗？

屈死鬼：是的。

关林已经泪流满面了，他强忍悲愤，回复道：好吧，我去解救她，我一定能救她。

屈死鬼：感天动地，上帝也会流泪的。你的诚心也许会让上帝动容。

关林的心猛地一阵颤动：你是说，会有奇迹发生？

屈死鬼：也许吧？看你怎么做了，精诚所至，金石为开。

关林的精神陡然振奋：好的，谢谢你，我的朋友。

屈死鬼：祝你好运。

关林的胸膛剧烈地起伏，心里默念：“精诚所至，金石为开，方莹，我会救你的，我一定会把你从痛苦的深渊里解救出来。我现在必须静下心来，全力以赴地完成那个艰难的探索，这是上帝赋予我的任务。”

一间光线很暗的屋子里，两个人头戴耳机，监听着关林屋里的动静。胡图推门进来，问：“有什么情况？”

小陈说：“刚才关林好像哭了，之后，有点动静，但听不清楚，好像是敲击键盘的声音，现在又没动静了。”

“他哭了，为什么？”胡图问。

“晚上，他和方莹在一家餐馆里吃饭，饭后一起走回来的。是不是两个人吵架了？”

胡图沉思着：“我有些担心啊，关林可能意识到方莹的身份了。如果他觉察到他和方莹是不可能有什么结果的，他会怎么办？”

那两人对视一眼，摇摇头。

关林平静了一下情绪，从内衣口袋里掏出那个优盘，插到电脑上，调出道士的抄本查看。

“只要找到小说中隐写的那拉皇后与乾隆反目成仇直至被废的全部过程，就破解了所有的红楼谜团，那方莹就得救了。我已经破解了那些神秘数字的含义，这些数字就是道士说的红楼密码。但是，那拉皇后与乾隆反目成仇直至被废的过程小说中是如何体现的？关键问题可能就在另一个数字‘十三’上。这个数字出现在第二十五回。”

关林打开第二十五回，认真查看着：

贾宝玉和王熙凤遭马道婆和赵姨娘施魔法暗算，二人突然发疯，贾府乱成一团。正当众人手足无措时，癞头和尚和跛足道人突然现身，向贾政要那宝玉脖子上的“通灵宝玉”，并说：“长官你哪里知道那物的妙用，只因你家小儿如今被声色货利所迷，故不灵验了。你今且取他出来，待我们持颂持颂，只怕就好了。”

贾政听说，便向宝玉项上取下那玉来递与他二人。那和尚接了过来，擎在掌上，长叹一声道：“青埂峰一别，展眼已过十三载矣！［批语：正点题，大荒山手捧时语。］”

“和尚所说的‘青埂峰一别，展眼已过十三载矣’，显然是指那块‘红玉’，即那拉皇后，但是，这个‘十三’又有什么隐意？”

关林为此已经冥思苦想了很久。他站起身来，在屋里来回转悠，脑海中突然闪出“反照风月宝鉴”之语。

“莫非这个神秘数字‘十三’和‘风月宝鉴’有关？”

关林在一张纸上按抄本上竖排版的文字样式写下了“十三”两个字，然后找出一面镜子，把纸拿到镜子前反复照着。镜子里还是“十三”。

“不，不是这样。”关林看着那面镜子，思忖，“贾瑞看那镜子的正面，里面是风情万种的王熙凤，镜子的反面里是一个骷髅。道士和批者一再提示千万别看镜子的正面，一定要看它的反面。那么，是不是应该把和尚说出的那个‘十三’翻过来看呢？”

想到此，关林把那张纸先是横着翻了过来，从背面看还是“十三”。

“这是竖排版的文字，是不是应该竖着翻过来？”

他把那张纸竖着翻了过来，从纸的背面看着那两个字，关林浑身的血都往上涌，激动得双手乱颤——

第四十四章
反照风月宝鉴之玄机

清晨的小街上寂静无声，关林和方莹从四合院里出来，沿小街快步走着。

方莹问："我们要去哪里？"

"去河北遵化的清东陵。"

"去那里干什么？"

"我有一个重要发现，已经快接近那个谜底了。"

"什么发现？"

"一会儿上车告诉你，我打电话租了一辆汽车，就在前面路口。"

两个人急匆匆地走到路口，路边停着一辆蓝色的宝来车，司机站在车旁。关林走过来，说："我是关林，这是我订的车吗？"

"是的。"司机把车钥匙递给关林。

关林拉开车门钻进去，方莹从另一侧上了车。关林发动汽车驶去。

对面的街边停着一辆黑色桑塔纳，见关林的汽车开走，桑塔纳启动，尾随宝来车而去。

关林驾车疾驰，方莹问："这么火急火燎的，到底怎么了？"

关林看了一眼方莹，说："我已经知道了，你每天都在炼狱里煎熬，我要尽快把你解救出来。"

"你、你怎么知道的？"方莹声音颤抖，眼含热泪。

"是屈死鬼告诉我的，你为什么不早点告诉我？"

"我不能说啊，如果我向你吐露一个字，你就永远也见不到我了。"

方莹一脸无法释然的痛苦表情。

“好，你什么都不要说了，我知道自己该做什么。你放心，我能做到的。”

“我相信你，我知道，只有你才能解救那些冤死的灵魂。”方莹激动得脸上泛起一片红晕。她努力使自己镇静下来，问：“你刚才说，有了一个重大的发现，是什么？”

关林从衣兜里掏出一张纸递给方莹：“打开看看。”

方莹展开那张纸，只见上面竖着写着两个字“十三”。

“这就是你说的另一个红楼密码？而且，不在‘三秋’之内？”

“是的。”

“这个‘十三’是什么意思？”

“你把这张纸竖着翻过来，看看纸的背面是什么。”

方莹把那张纸竖着翻了过来，从纸的背面上看到的是“三十”。

“从背面看是三十，这又有什么奥妙？”方莹不解其意。

“这是那拉皇后的死期，也是《红楼梦》最绝妙的设计。”

“我没明白，你详细说说。”

关林握紧方向盘，眼睛盯着前方的路，思绪却像开了闸的大坝，浪潮滚滚而泄。

“贾瑞病危时，跛足道人出现了，给了他一面镜子，镜子的正面是王熙凤，反面是一个骷髅，骷髅表示什么？”

方莹答道：“骷髅表示的是死亡。”

“对。镜子里只有王熙凤一人，并无其他艳丽的美女，这就说明镜子反面的骷髅暗示的是王熙凤的死期。这样理解是否正确？”

方莹略一思索：“没错，应该是这样。”

“好。道士再三叮嘱贾瑞：‘千万不可照正面，只照他的背面，要紧，要紧！’这里有三条批语：[谁人识得此句？] [观者记之，不要看这书正面，方是会看。] [记之]。贾瑞不听道士的警告，光看镜子正面里的王熙凤，最终丧了命。作者和批者一再提示，不要看镜子的正面，一定要看它的反面，目的就是让读者注意到镜子的背面隐写的是王熙凤的死期。”

“对，作者和批者一定是这个意思。”方莹说。

“王熙凤的死期是什么时候，书中没有交代。但是，宝玉和熙凤遭马道婆和赵姨娘施魔法暗算，二人突然发疯，这时，跛足道人和癞头和尚同时出现了。和尚捧着宝玉的那块‘红玉’长叹一声：‘青埂峰一别，展眼已过十三载矣!’你看出这里的名堂了吗?”

方莹摇摇头，有些摸不着头脑。

关林说：“你把这个‘十三’和那面镜子联系起来，就明白了。”

“反照风月宝鉴?”

“对。”

方莹看了看手中纸上的“十三”，又翻过来看看背面，似有所悟：“你的意思是，镜子的正面是‘十三’，镜子的反面是‘三十’，这就是王熙凤的死期。”

“对，那拉皇后的死期是什么时候?”

“这个我知道，那拉皇后死于乾隆三十一年七月十四日。这也不是‘三十’呀?”

“‘十三’前面还有个‘过’字。‘过十三’反照不就是‘三十过’吗?‘过’字跑到下面去了。三十过了就是三十一，那就是那拉皇后的死期了。”

方莹恍然大悟：“太妙了，‘反照风月宝鉴’，就是指王熙凤——那拉皇后的死期。”

“完全正确，这就是‘反照风月宝鉴’的含义。我们再看看镜子的正面：里面是艳丽妩媚、风情万种的王熙凤。那拉氏是在富察皇后死后，于乾隆十三年七月晋为皇贵妃、‘摄六宫事’；‘过十三’，就是指乾隆十五年那拉氏晋为皇后。那时，正是那拉皇后春风得意、风光无限的时候，所以，镜子正面的王熙凤才艳丽无比。”

方莹说：“就是说，镜子的正面是那拉皇后崛起的日子，镜子的反面则是那拉皇后的陨落和死期，这就是正照、反照风月宝鉴的特指性，也是唯一性。”

“对，和尚说‘青埂峰一别，展眼已过十三载矣!’这句话旁边有条批语［正点题，大荒山手捧时语。］在大荒山时，和尚大展幻术，将那块石头变成一块‘通灵宝玉’，捧在手上说：‘携你到那昌明隆盛之邦，诗礼簪缨之族，花柳繁华地，温柔富贵乡去安身乐业。’石头听了，喜不能禁。可是石头忘了和尚说的另一番话：‘那红尘中有却有些乐事，但不能永远依恃，况又有美中不足，好事多魔八个字紧相连属，瞬息间则又乐极悲生，人非物换，究竟是到头一梦，万境归空。’脂批证明熙凤和宝玉发疯，就是‘到头一梦，万境归空’的时候。”

“和尚的话和批语再次证明王熙凤就是青埂峰下的顽石，熙凤和宝玉发疯隐写的就是乾隆三十年南巡期间那拉皇后和乾隆反目成仇的史实。”方莹补充道。

关林拿起身边的皮包，对方莹说：“这里面有一块我祖上传下来的牌子，你拿出来看看。”

方莹接过皮包，从里面拿出一块做工精致的橡木牌，上面刻着几行字：

“反照三十过，正照过十三；风花雪夜事，红楼一梦魇。这不就是‘反照风月宝鉴’的提示吗？难道你的祖上也和《红楼梦》有关？”方莹惊讶地问。

“我的十一世祖是乾隆皇帝的御前侍卫，名叫康烈尔。”

“康烈尔！”方莹惊讶得像头顶炸了个响雷，刹那间，呆呆地愣在那里。

宝来车疾驰在山间的公路上，后面远远地跟着一辆黑色的桑塔纳。

桑塔纳轿车里，司机盯着前面的宝来车，说：“他们这是要去哪里？”

小陈说：“这条路通往清东陵，难道他们是要去裕陵？”

司机：“裕陵是乾隆皇帝的葬地，他们去那儿干什么？”

“不好，他们可能查到什么线索了。”小陈掏出手机拨打电话，“胡总管吗？关林和方莹往裕陵的方向去了。”

电话里：“糟糕，他们一定觉察到什么了，你盯紧他们，其他的事我来安排。”

“是。”小陈挂断电话，说，“跟紧他们，看看他们到底想干什么。”

云雾笼罩中，山色空蒙，虚幻缥缈。连绵起伏的群山，形状奇特，巨岩壁立，势欲倾倒，苍松翠柏点缀其间，层层烟岚飘飘忽忽。

清东陵埋葬着5位皇帝、15位皇后、136位妃嫔、3位阿哥、2位公主，共161人。是中国现存规模最宏大、体系最完整、布局最得体的帝王陵墓建筑群。

清东陵的孝陵、景陵和裕陵，是顺治、康熙和乾隆三位清朝皇帝的葬地。以顺治的孝陵为轴心，孝陵以西的胜水峪就是乾隆的裕陵。乾隆的皇陵，不仅工精料美，富丽堂皇，雄伟豪华，而且陵前神路上石像生的数量超过了康熙的景陵，单是陵寝门前小小玉带桥的奢华与精美，在历代皇陵中可谓独树一帜了。

关林和方莹踏上通往裕陵的石阶，远远望去，裕陵自南向北依次为圣德神功碑亭、五孔桥、石像生、牌楼门、一孔桥、下马牌、井亭、神厨库、东西朝房、三路三孔桥及东西平桥、东西班房、隆恩殿、三路一孔桥、琉璃花门、二柱门、祭台五供、方城、明楼、宝城、宝顶和地宫。规模宏大，神秘庄严。

关林感叹道："乾隆生前好大喜功，功绩辉煌，清王朝在他掌权下达到了历史巅峰，开创了中国封建社会最后一个盛世'康乾盛世'。死后也如此排场，真是千古一帝呀。"

"我们到这里来干什么？"方莹问。

"你还记得《红楼梦》中宝玉、宝钗和黛玉各作了一首灯谜吗？"

"我记得，那三首灯谜书中都没有给出谜底，所以，引起后人无数的猜想。"

"是啊，昨晚上，我又仔细琢磨了一下这三首灯谜，忽然意识到，这三首灯谜可能跟那拉皇后的死期有关，所以，到这里来找找灵感。"

"有灵感了吗？"

关林望着远处的孝陵、景陵和裕陵，深有感触地说："有了。道士的那封信上有一首小诗，你还记得最后两句是怎么说的吗？"

方莹想了想，说："好像是'反观宝鉴骷髅迷，琅玕节过谨隄防'。是吗？"

"你记性很好，正是这两句。'反观宝鉴骷髅迷'说的是'反照风月宝鉴'，背面的骷髅暗示的是那拉皇后死期的年份，'琅玕节过谨隄防'隐写的是那拉皇后死期的月份和日子。"

"我记得，'琅玕节过谨隄防'好像是宝玉灯谜中的一句。"

"对，宝玉的灯谜是这样写的：天上人间两渺茫，琅玕节过谨隄防。鸾音鹤信须凝睇，好把唏嘘答上苍。"

"这里面是如何体现那拉皇后死期的月份的？"

"第一句'天上人间两渺茫'，是说一个在天上，一个在地上，永久地分开了。琅玕节是道教的节日，也就是传统的七夕节，每年农历七月初七。琅玕节过后，还有一个道教的节日，即农历七月十四日，有些地方是七月十五日，道教称为中元节，就是传说中的鬼节。而那拉皇后恰好是死于乾隆三十一年七月十四日。所以，宝玉的诗中说'琅玕节过谨隄防'，琅玕节一过，那拉皇后和乾隆皇帝便'天上人间两渺茫'了。"

"'鸾音鹤信'是指两位皇后吗？"

"是的，鸾：传说凤凰一类的鸟。鹤：在道教中，鹤是长寿的象征，因此有仙鹤的说法，其实，传说中的仙鹤，就是丹顶鹤，被称为一品鸟，地位仅次于凤凰。‘鸾音鹤信须凝睇’出自乾隆怀念富察皇后之诗：‘环佩声疑杳，鸾凰信绝传。’毫无疑问，‘鸾音鹤信’是指富察皇后和那拉皇后，两位皇后均已仙逝，要想听到她们的消息，须凝神细听天外之音；再也见不到她们的身影，只好把一阵阵的叹息声寄予那浩渺的苍穹之上。”

“宝玉灯谜的谜底是那拉皇后死期的月份和日子，那宝钗的灯谜谜底是什么？”

“宝钗的灯谜谜底是乾隆皇帝的陵墓裕陵。这就是我带你来这里的目的，一会儿到了乾隆陵寝的地宫里，你就体会到宝钗灯谜的含义了。”

“好，我们先去裕陵地宫。”

裕陵地宫上方，堆砌着高大的方城明楼，后方依山而建，苍松翠柏，郁郁葱葱。一面汉白玉石的金刚墙下，露出一个黑森森的洞口。

关林和方莹走到地宫入口处，阴森森的寒气扑面而来。两人正要走下地宫，背后传来一声叫声：“关林。”

关林回头一看，马天龙从琉璃影壁后闪身而出。

“天龙，你怎么在这里？”关林感到很奇怪。

马天龙看了看方莹，说：“早晨起来见你俩没了踪影，我估计你们可能到这里来了。”

关林觉得更奇怪了：“你怎么知道我们会到这里来？”

“呵呵呵，”马天龙一阵冷笑，“你已经破解了红楼密码，接下来该破解宝玉、宝钗和黛玉的灯谜了吧？”

“天龙，我现在越来越觉得你可不是一般人啊。”马天龙的话令关林紧张不安，那种不祥的预感更加强烈。

“呵呵，我是二班的人。”马天龙笑道，“好了，我们到地宫里看看吧。”

三个人踏着层层台阶，走下神秘的地宫。

裕陵地宫内布满了精美的佛教题材的雕刻：八扇石门上，每扇都刻有一尊一米半高的立式菩萨像。头道石门内口门洞两壁上，刻着四大天王的坐像，手执法器，如真人大小。在明堂券有八个安放帝后册宝的石座，券顶刻着五方佛像。穿堂券内的两壁刻有五欲供，券顶刻二十四尊佛像。三世佛、八大菩萨、四大天王、狮子、八宝、法器、佛花以及三万多字的藏文、梵文经咒，雕法娴熟精湛，线条流畅细腻，造型生动传神，布局严谨有序，堪称庄严肃穆的地下佛堂和石雕艺术宝库。

方莹看了看身边的关林，说："你刚才说，宝钗的灯谜的谜底是乾隆皇帝的陵墓裕陵，她的灯谜是怎么说的？"

"宝钗的灯谜是这样写的：'镂檀锲梓一层层，岂系良工堆砌成？虽是半天风雨过，何曾闻得梵铃声？'镂和锲都是雕刻的意思，檀：指檀木；梓：指梓宫，皇帝的棺材；'一层层'是指地宫的台阶。"

"所以，'镂檀锲梓一层层'，说的就是这裕陵地宫。"马天龙说。

"正是。"

方莹问："岂系良工堆砌成？是指建造裕陵地宫的浩大工程，对吗？"

"对，裕陵地宫始建于乾隆八年，乾隆十七年告竣，耗银 170 多万两。真正是'岂系良工堆砌成'啊！"

"后两句的意思是什么？"方莹问。

"梵铃是指佛寺或佛塔檐角上所悬的铃铎。"关林指着地宫里的佛教题材的雕塑说，"看见这些佛像雕塑了吗？这些佛教题材的雕刻中，有不少佛寺上的'梵铃'，但是任凭风吹雨打、电闪雷鸣，'梵铃'都不会发出任何声响，这就是'虽是半天风雨过，何曾闻得梵铃声？'的意思。"

"这一句恐怕还有一个寓意吧？"马天龙冒出一句奇怪的话。

"还有什么寓意？"关林看着马天龙，总觉得他对《红楼梦》的了解可能远远超过自己。

马天龙盯着关林的眼睛，说："你不觉得这句灯谜和那拉皇后有些关系吗？"

关林凝眉思索一阵，忽然明白了马天龙的意思："你的意思是：那拉皇后死后，乾隆虽以皇贵妃的礼仪安葬了她，实际上她的葬礼级别比皇贵妃还要低。她死后并未葬入裕陵，也未单建陵寝，而是葬在了妃园寝内。按清制规定：凡妃、贵妃、皇贵妃死后都设神牌，供放在园寝享殿内，祭礼时在殿内举行，而嫔、贵人、常在、答应则不设神牌，祭祀时，把供品桌抬到宝顶前的月台上。那拉皇后的葬礼只举行了半日，灵位前既不设神牌，死后也无祭享，入葬以后也只字不提，比民间百姓的葬礼还不如。一代皇后，死前凄凄惨惨，死后无声无息，所以说是'虽是半天风雨过，何曾闻得梵铃声？'是这个意思吗？"

"呵呵呵，你果然聪明。"马天龙的笑声中有一种凄凉的感觉。

第四十五章
继后的死期

绿荫环绕之间，一座座大小不一的暗红色土丘突出地面，这是妃园寝中的宝顶，每一个宝顶下面都有一个女人在此安息。

关林、方莹和马天龙穿梭在宝顶之间，仿佛听到一座座幽深的陵寝下面传来阵阵女人的叹息声。

望着满院的宝顶，关林忧郁地说："这些皇帝的后妃，不管生前曾为争宠如何钩心斗角，死时享尽何等哀荣，如今都沉睡在同一个院子里，彼此又相离得这么近，仍是各自为家，各守一冢，真是说不出的落寞和凄凉。"

方莹叹道："是啊。这些女人生前与皇帝能有几日相处？终其一生，是否体验过'幸福'二字？"

"这些妃嫔，曾经个个如花似玉，而今均化作枯骨一堆。虽死后入葬皇家陵园，表面上看是幸甚之事，实际上是远离故土的孤魂野鬼。生前孤苦伶仃，难得见到'夫君'几面，死后也不能与皇上同穴，依然孑然一身，真是悲哀呀。"马天龙的语气格外沉重。

"关林，"方莹说，"你已经破解了宝玉和宝钗的灯谜，那黛玉的灯谜谜底是什么？"

"黛玉灯谜的全部意思我还没有完全搞清，但是，她的灯谜中的最后一句'鳌背三山独立名'，我觉得好像与清东陵有关。"

"'鳌背三山独立名'，是什么意思？"方莹问。

"你还记得我们在灵山观寻找道士时，那个道观的院子里有什么吗？"

方莹想了想，说："有两棵巨大的柏树，嗯，还有假山、铜鹤和一些翠竹。"

"还有呢？"

方莹摇摇头："我不记得了。"

马天龙笑了笑，说："道观院子里的假山旁，伏着一只像八仙桌大小的石龟，背上驮着一块巨大的石碑。"

"还是天龙厉害。"

"哦，天龙这么一说我也想起来了，是有这么一个石龟，这和乾隆的皇陵有什么关系？"方莹说。

"'鳌'是汉族传说中海里的大龟，黛玉诗中的'鳌'指的是貌似龟的神兽赑屃，又名龟趺、霸下、填下。民间传说龙生九子，子子不同，九个儿子都不成龙，各有各型，各有神通。所谓'龙生九子'，在中国传统文化中，以九来表示极多，有至高无上地位。九是个虚数，也是贵数，所以用来描述龙生九子。赑屃，在龙子的各类说法中一般都排在九子之首。它形似龟，好负重，长年累月地驮载着石碑，很多人不认识它，多数人错把它认为龟。"

关林的解释让方莹茅塞顿开："噢，听你这一解释，我想起来了，很多寺庙前都有这个貌似龟的赑屃，背上驮着一个大石碑。"

马天龙说："这就是'鳌背三山'的含义了。"

"对，既然'反照风月宝鉴'隐写的是那拉皇后的死期，那么，黛玉诗中的'鳌背三山'，可能指的就是清东陵的孝陵、景陵和裕陵。"

方莹赞叹道："有道理。"

"因为那拉皇后断发的疯狂行为，乾隆恨透了她，至死都不愿意再见到她，所以她死后葬在了妃园寝内。我们应该去妃园寝看一看。"关林提议。

方莹和马天龙附和道："好，去妃园寝看看。"

裕陵妃园寝位于裕陵西部，纯惠皇贵妃苏佳氏的陵寝在整个妃园寝内占主导地位。妃园寝初称妃衙门，建有一孔拱桥及平桥、东西厢房、东西值班房、大门、燎炉、享殿、琉璃花门、宝顶等，四周环以红墙。妃园寝内葬着乾隆皇帝的皇后一位，皇贵妃二位，贵妃五位，妃六位，嫔六位，贵人十二位，常在四位，共 36 人。

关林、方莹和马天龙进入纯惠皇贵妃陵寝的地宫，只觉得阴风瑟瑟，冷气袭人，惨淡恐怖的感觉透彻骨髓。

灵台上安放着两口棺椁，正中的一个棺椁前设着神牌，上书：纯惠皇贵妃苏佳氏，神牌前设着祭祀用的香炉和供品桌。位于一侧的棺椁前空空荡荡，什么也没有。

关林指着正中的棺椁说：“那是纯惠皇贵妃苏佳氏，旁边的是那拉皇后的棺椁。这个地宫是纯惠皇贵妃的陵寝。”

看着那拉皇后空空荡荡的灵位，马天龙的眼里涌出泪水：“悲哀！曾经贵为皇后、显赫一时的乌喇那拉氏，死后连个单独的墓地也没有，竟要借宿苏佳氏墓穴，真是死无葬身之地啊！”

“是啊，每逢祭祀时刻，乾隆其他已故后妃墓前香烟缭绕，祭品如山，唯独那拉氏无从分享。”关林望着那拉皇后的棺椁，脑海里灵光一闪，他猛地回过身来，急促地说，“我知道‘鳌背三山独立名’的含义了，赑屃背上驮着一个大石碑，是指祭祀的地方；‘三山’肯定是指孝陵、景陵和裕陵，‘独立名’是指那拉皇后凄凉孤独的葬地。‘独’者：孤独也！”

方莹点点头，说：“对，这一句肯定是这个意思。我记得，黛玉的灯谜是这么说的：‘騄駬何劳缚紫绳？驰城逐堑势狰狞。主人指示风雷动，鳌背三山独立名。’对吗？”

“完全正确。”

“那，前几句怎么解释？”

关林思索一阵，说：“騄駬是古代的骏马名，穆王八骏：赤骥，盗骊，白义，逾轮，山子，渠黄，华骝，騄駬。其中騄駬是青黄色的马。紫色代表权威、声望、深刻和精神，‘紫’有‘内’的意思，因此古代皇宫，既可以叫作‘大内’，也可以叫作‘紫宫’。‘紫宫’即指帝王的宫殿。黛玉灯谜中的‘紫绳’表示马的缰绳是紫色的，从而表明‘騄駬’是皇帝家的骏马。我认为，‘騄駬’指的是裕陵神道石像生中的‘石马’。”

马天龙接着说：“‘騄駬何劳缚紫绳？’是说‘騄駬’虽是皇家之骏马，因是石马，无须‘紫绳’相缚。”

“正是这个意思。”

“‘驰城逐堑势狰狞’是什么意思？”方莹问。

关林：“形容石马造型凶悍，狰狞恐怖，真正的‘騄駬’曾随皇帝‘驰城逐堑’，南征北战，问鼎中原，平定天下。”

“‘主人指示风雷动’的意思是，‘主人’乾隆皇帝一声令下，为他建造陵墓裕陵地宫的浩大工程就开始破土动工了。可以这样理解吗？”方莹的灵感也冒了出来。

“正是。乾隆皇帝登基后，本想跟随父亲雍正皇帝，也在西陵选择万年吉地，以示孝敬。他在西陵选好一块吉地后，又考虑到后世子孙对此事如何承继安排。如果子孙们都效法他，眷恋父子之情，相继葬入西陵，则东陵势必香火冷落，园寝荒芜。为兼顾两陵关系，他便在东陵的胜水峪选了万年吉地。自乾隆以后，清朝皇帝形成了父在东陵、子在西陵的分葬局面，称为‘兆葬之制’。”

方莹说：“最后一句‘鳌背三山独立名’已经解释过了，黛玉灯谜的谜底是：那拉皇后凄凉的葬地。”

关林十分肯定地说：“对，这就是我们要寻找的答案。”

地宫里忽然泛起一股青烟，当啷一声，一个东西掉在了那拉皇后的棺椁旁边。关林浑身的汗毛都竖了起来，面色一刹那变成灰色了。他紧张地看了一眼方莹，她的脸苍白而镇静。

愣怔了一会儿，关林慢慢走到那拉皇后的棺椁旁，捡起地上的那个东西。那是一面锈迹斑斑的镜子，椭圆的镜框四周雕满了精美的花纹，镜子上头嵌着四个篆书：“风月宝鉴”。镜子正面映出一个头戴凤冠的清朝皇后的影像，端庄的脸上充满了悲伤的表情。

关林思忖：“背面会是个骷髅吗？”

他慢慢将“风月宝鉴”翻了过来。咔啦啦，一道闪电划过，镜子背面清楚地闪现出一个影子，那是一个可怕的骷髅——

肖雅婷在房间里来回踱步，心神不定地搓着双手，满脸焦急的神色。她趴在窗户上向外看了看，幽静的四合院里空无一人。一会儿，她看见王景瑞从关林的房间里出来，锁上房门，朝西厢房走来。

王景瑞推门进来，将一个茶叶桶递给肖雅婷，说：“茶叶桶已经调换了。”

肖雅婷看着关林的茶叶桶，心中痛苦万分，她眼含热泪，无奈地摇着头说：“唉！真是作孽呀。关林做错什么事了？我们为什么要害他？”

王景瑞厉声道：“你闭嘴，我们有得选择吗？我们不这么做，胡总管能放过我们吗？”

“你就是胆小怕事，当年害死十二爷你得到什么好处了？还不是一样被人灭口了，你还想再做一次替死鬼吗？”

“你以为我愿意这么做吗？我、我不是没办法嘛，我要不做，他们首先要对你下手啊。主子已经不信任你了，她曾对胡总管说要除掉你，我这是为你着想啊。”

肖雅婷一下子瘫倒在床上，捂着脸痛哭道：“天哪，难道我永远也逃脱不了他们的魔爪吗？”

“我们就是这个命，老天爷也不会帮我们。”王景瑞脸色阴郁地说。

齐腰深的茅草中，隐藏着几个黑衣人，透过草丛的缝隙，窥视着前面的关林、方莹和马天龙。一块大石头后面探出一个脑袋，那是白晓雯的男朋友康玉峰，他那两只黑宝石般的眼睛格外明亮，扫视着伏在草丛中的黑衣人。

关林、方莹和马天龙沿着一条石阶小路，向山下走去。对面一道沟谷相隔的山峦苍翠欲滴，蜿蜒回旋；被野花阻塞着的峡谷，充满着突出的岩石和悬崖，上面常有野山羊和布谷鸟的叫声飘送过来。苍翠的松树林边那一簇簇艾草上的淡黄色花朵芬芳吐露，像给树林镶嵌了一道宽宽的花边。

“我们找到了这面‘风月宝鉴’，证明我们的论证是正确的。”关林边走边说，“那个最终目标越来越近了。”

方莹说：“只要在书中找到那拉皇后被废的全部过程，就找到了那块‘红玉’，谜底就彻底揭开了。回去后……”

方莹话未说完，突然从旁边的丛林里蹿出几个黑衣蒙面人，将三人团团围住。

“有刺客，小心。”方莹紧握双拳，将马天龙护在身后。

一个黑衣人迎面冲来，方莹手腕一翻，一把小刀脱手而出，化作一道流光，射进了那人的大腿，刺客惨叫一声，身子朝后面倒去。

身后的几个刺客挥刀向马天龙和关林扑来，三个人身陷绝境。

嗖的一下，康玉峰从大石后面跃出，手中刀光闪闪，和方莹一起与杀手拼死搏杀。又有几个黑衣人从山坡上跃下，直扑马天龙。危急中，几个大内侍卫和一个宫女从林中冲出来，加入混战之中。方莹长发狂舞，眸若冷电，长剑如虹，宛如绚烂的银龙一般，将关林护在身后。两名杀手扑向马天龙，那个宫女腾空而起，在空中旋身，手中的钢刀挥出一片绚烂的光幕，似点点繁星自星空中坠落而下，瞬间化解了马天龙的杀身之噩。

“啊——”康玉峰狂叫一声，手中单刀飞舞，横砍直劈，威势直不可当，几个杀手倒在血泊中。

追杀者终于被击溃，大内侍卫和宫女转眼间没了踪影。

关林望着康玉峰，两眼发直，好像一条冰凉的蛇爬上了脊背：“康玉峰，你、你是白晓雯的男朋友，这、这到底是怎么回事？”

“关林，你很快就会知道真相了。”康玉峰向马天龙和关林、方莹拱手道，“列位任重道远，保重。”言毕，身子一晃，嗖的一下，消失得无影无踪。

关林瞪着一双惊恐的眼睛，茫然不知所措。

第四十六章
肖雅婷的悲哀

血红的夕阳，在散乱无章的云朵霞片中徐徐下沉，色彩斑斓的城市被深红色的云霭笼罩着，慢慢地暗沉下来。

肖雅婷独自漫步在幽静的四合院里，周围笼罩着深沉与神圣的黄昏的平静。她的眼神里充满了落寞，一向宁静优雅的脸上由于忧愁和悲哀而变得苍白凄楚。一个冷酷的声音不断地在她的耳边回响："像当年一样，给关林的茶叶里加点作料，呵呵呵。"

望着关林的房间，肖雅婷的心里涌出一阵阵冲动，她真想立刻冲进关林的房间，把那个致命的茶叶桶拿回来。可是，又一个声音在她耳边响起："你想抗命吗？难道你忘了当年是怎么惩罚那些唯命不从者的吗？"胡图冷酷无情的声音，唤醒了肖雅婷的一个惨痛、可怕的记忆——

烛光映照下的一间屋里，一张好像挂在半空中的脸凝视着门口，脸以下都浸在黑影里。这张脸和胡图完全一样，同样光亮的秃顶，同样难看的嘴巴和暴露的牙齿，同样圆圆的无血色的脸，所不同的是这人身着清朝太监服装，一条大辫子挂在胸前。他那张表情死板的脸上挂着一种可怕的狞笑，一种毫不掩饰的凶狠表情的笑。在这样沉寂和光影晃动的屋子里，看到这样的笑脸，比看到愁眉苦脸的样子更使人毛骨悚然。

两个太监拖着一个宫女走进来，将宫女狠狠地推倒在地，厉声道："跪下！"

宫女挣扎着爬起来，跪倒在胡图面前。

胡图冷冷地看着眼前的宫女，阴狠地说：“思雨，你好大胆子，竟敢将那个药瓶调换了，我看你是活腻了。”

思雨慢慢抬起头来，她头发散乱，脸色苍白，一股殷红的鲜血顺着嘴角淌了下来。她瞪着两只血红的眼，艰难地说：“十二爷是、是皇上的龙子，是继皇后的一条根，我、我不能、害、害了他，这是要遭天谴的。”

“哼哼哼，好一个重情重义的丫鬟，既然你对继皇后和十二爷如此忠心，那我就成全了你吧。”胡图向那两个太监挥了一下手，“来呀，送她去见继皇后吧。”

几个太监一拥而上，将思雨面朝上绑在一个长长的板凳上，一块接一块的热毛巾盖在她的脸上。思雨的喉咙里发出咕噜、咕噜的可怕的声响，一阵痛苦的挣扎后，思雨双脚一蹬，没了动静，可怜的思雨被活活憋死。

“啊——”的一声惨叫，肖雅婷猛然醒悟过来，她双手捂住脸，泪水顺着指缝流了出来。“天哪！我该怎么办呀？”

这时，传来一阵开院门的声音，关林、方莹和马天龙走进院子。肖雅婷急忙擦干脸上的泪水，强颜欢笑，迎了上去。“关林，你们回来了？”

方莹和马天龙与肖雅婷寒暄几句，就各自回屋去了。肖雅婷关切地看着关林，嘴唇动了动，话到嘴边又咽了下去。

关林看了看肖雅婷，觉得她的神态有些异常，便问：“雅婷，你怎么了？”

“哦，没、没什么。我，我只是有些担心你。”

“担心我？”关林觉得有些奇怪，脑海中闪出肖雅婷撞翻他的酒杯的情景，“你们是不是又给我设什么圈套了？”

“这，啊，不、不是，我只是……”肖雅婷话未说完，王景瑞从屋里出来，对关林说：“关林回来了，这两天干吗去了？”

“到一座大山里玩了两天，获益不浅啊。”

“大山里？是哪座山啊？”

关林灵机一动，笑道：“山不在高，有仙则名；水不在深，有龙则灵。那座大山里既有仙又有龙，可谓仙山也。呵呵呵。”

王景瑞似有所悟：“噢，我明白了，你找到龙脉了，也就找到《红楼梦》的根基了。恭喜、恭喜。”

“哎哎哎，别动不动就往《红楼梦》上扯，两码事啊。”说着，关林打开房门，进屋去了。

王景瑞拉拉肖雅婷的衣角，两个人回自己的房间去了。肖雅婷临进门时，回头看了一眼，正巧看到关林从窗户上往外张望，她和关林四目相对，一个意味深长的眼神飞向关林。

微风轻拂，星移云走，月亮周围的光晕也随着云朵的不同形状变化着，像轻纱，似烟岚，奇妙的色彩如梦如幻。

关林呆呆地坐在桌前，白天和方莹、马天龙在一起时，尽管很多事情让他深感震惊，但是，他还能以镇定自若的心态去面对。现在，夜深人静时，一阵阵恐怖的感觉袭遍全身，他的脑海里翻腾着各种诡异的镜头：马天龙被神秘人追杀的情景、方莹的高超武功和冰冷的手、清朝宫女飘忽的影子、大内侍卫与追杀者搏杀的场面、肖雅婷怪异的表情、白晓雯的男朋友康玉峰的行为等令人毛骨悚然的景象不断地涌现在眼前，他感觉自己再也无力承受了。屈死鬼的话在他耳边响起：“答案就在眼前，你很快就会知道的。”那是个什么答案呢？难道自己陷入一个巨大的灵异事件的旋涡之中了吗？难道自己身边的人都是200多年前的冤魂厉鬼吗？想到此，关林觉得浑身的血液都要凝固了，一种巨大的恐惧仿佛要把他压垮。

关林伏在桌上痛苦地呻吟着，忽然，一个空洞的、带着回声的混浊的声音在空中回响：“怎么？你害怕了？”

关林猛地抬起头，惊恐地四下望着，屋里除了他自己，一个人影也没有。

那个声音再次响起：“恐惧使你的理智丧失了吗？烦恼要把希望之光抑止吗？痛苦将你舍生忘死的勇气都耗尽了吗？”

关林像在梦中被惊醒似的，目光来回在屋里摸索，声音颤抖地问：“你是谁？”

“忘了老朋友了？”

“你，你是屈死鬼？”

“是的，你答对了。”

“我，我好害怕呀，我真的不知道该怎么办了。”

“你害怕什么？是害怕看到那个真相吗？你不是口口声声说很爱方莹吗？看来，你也不过是个口是心非的伪君子。”

"不，我对方莹的爱是真心的，是无私的，是无可指责的。我不怕现实，我只是害怕鬼魂。"

"呵呵，鬼魂有什么可怕的？鬼魂也爱憎分明，也有渊源因果；所有的鬼魂都曾经是现实中真真切切的人和事，只不过年代久远了一些。"

屈死鬼的这句话让关林慌乱的心平静了一些，他强迫自己镇静下来，向虚空中的声音发问："这么说，我的确是在跟200多年前的人打交道？"

"《红楼梦》中不是有个'太虚幻境'吗？你就只当是在这个'幻境'里生存的吧，有时，现实和幻境是很难区分的。"

理智和勇气回到了关林的身上，他挺挺胸膛，坚定地说："朋友，你说得对，我明白了，就算我是'太虚幻境'里的人吧。请放心，我一定尽快将我心爱的人从痛苦的深渊里解救出来。"

"很高兴看到你这样坚定的神态，上帝会支持你的。"

一切都回归平静，关林那慌乱恐惧的心态逐渐恢复了，他定定神，暗自思忖："好吧，就当我也是个鬼魂吧。我倒要看看，这荒唐奇异的事情背后到底隐藏着什么秘密。"

他拿起桌上的茶叶桶，抓了一撮儿茶叶放在茶杯里，拿起桌边的暖瓶，满满地沏了一杯茶。之后，他打开电脑，从内衣口袋里掏出那个优盘插到电脑上，调出所需的文档，仔细查看着。他忘了时间，忘记了烦恼，斗争心、探求心以及强烈的责任心令他亢奋不已。他全神贯注地盯着电脑上的文档，所有的脑细胞全都用在如何破解红楼谜团上。

不知不觉中，关林把手伸向茶杯——

突然，啪的一声，从窗外飞来的一颗石子击中了关林的茶杯。关林浑身一抖，惊恐地望着地上摔碎了的茶杯，他猛抬头看着窗外，一个黑影在窗户上一闪而过，一张字条飘然落在关林的屋里。

关林站起身来，急速地冲到门前，猛地拉开门向外看去，月光下的院里微风阵阵，树影婆娑，一个飘忽的清朝宫女的身影转瞬即逝。

关林已经是第三次看到清朝宫女的身影了，现在他已经没有了恐惧，只有惊愕和疑问。他在门口愣怔了一会儿，慢慢转身回到屋里，捡起地上的那张字条，展开一看，字条上写道：不要喝茶叶桶里的茶，切记。

关林拿起桌上的茶叶桶，揭开盖子，警惕地看着里面的茶叶："这茶叶里又有致幻剂吗？或许是比致幻剂更可怕的东西。"他回头看着窗外，暗思："是谁在暗中保护我？是方莹？还是——"

关林的脑海里闪现着肖雅婷的影像。

一间光线很暗的屋子里，两个人头戴耳机，监听着关林房间里的动静，胡图也拿着一个耳麦听着。

胡图小声自语：“刚才，关林在和谁说话？”

另一人：“那个声音很虚幻，像是从遥远的地方传来的。”

胡图眉头紧皱：“关林骗了我们，他一直没有停止研究，而且已经很接近真相了。”

另一人：“刚才听到关林沏茶的声音，后来又传来杯子打碎的声音，看来，关林没有喝下那杯茶。”

胡图咬牙切齿地说：“肯定又是那个死丫头搞的鬼。”他的眼睛里射出一股凶光。

月光透过西厢房的窗户，倾泻在寂静的屋里。惨淡的月光下，一个清朝宫女的身影从门厅里闪进卧室，转眼间，那个宫女变身为肖雅婷。她伏在窗户上向外张望，双手由于紧张激动而微微颤抖，苍白的脸上毫无血色，眼神里充满惶恐、忧郁的光泽。

王景瑞从床上坐起来，问：“你干什么去了？”

这一句声音不大的问话，竟将肖雅婷吓得浑身一哆嗦，她回过头来，强打精神回答：“没干什么，到院里溜达了一会儿。”

王景瑞逼近肖雅婷，疑惑地问：“你那么紧张干什么？是不是到关林屋里去了？”

“没有，没有。”肖雅婷的声音明显有些颤抖。

“傍晚的时候我就看你心神不定的，你是不是去提示关林了？”

“没、没有。”

王景瑞逼视着肖雅婷：“上次你撞翻关林的酒杯，我就怀疑你是故意所为，看来，你还不死心啊，还想救关林一次呀？说，你是不是告诉关林真相了？”

肖雅婷横下心来，厉声道：“是又怎么样？我不能眼看着关林被你们所谋害，我就是要救他。”

“你疯了，”王景瑞急得直跺脚，“胡总管要是知道了，能放过我们吗？”

王景瑞话音刚落，房门无声地开了，两个蒙面人闪进屋里，两把明晃晃的钢刀横在肖雅婷和王景瑞的脖子上。

一个人说："果然不出胡总管所料，你们胆子不小啊，竟敢违抗胡总管的指令，坏了主子的大事。"

王景瑞两手高举，痉挛的、没有血色的脸上弥漫着万分恐怖的表情。"两位慢动手，不是我们干的，请胡总管开恩呀。"

"哼哼，刚才你是怎么说的？以为我们没听见吗？到阎王爷那里去申冤吧。"

在这生死攸关的紧急时刻，王景瑞终于鼓起勇气，他猛地一脚踹倒身边的杀手，随后，冲上前去，一把将另一个杀手死死抱住，大喊道："雅婷，快跑啊！"

肖雅婷向门口跑去，倒在地上的杀手一跃而起，噗的一声，刀身插进肖雅婷的后背。

"啊——"漆黑的屋里传来肖雅婷撕心裂肺的喊声。

"雅婷！"王景瑞嘶喊着，拼尽全力与手持钢刀的杀手厮打。

关林正聚精会神地看着电脑里的文稿，猛然听到对面屋里的嘶喊声，他浑身一震，起身冲出屋子。马天龙、方莹和白晓雯也向肖雅婷的房间跑来。

两个杀手从房间里冲出，挥刀砍向马天龙。方莹一声怪叫，手中剑光一闪，挡住杀手的钢刀，当啷一声，金星飞舞。

"天龙，关林，你们闪开。"方莹一边叫着，一边挥动手中的宝剑，一剑长虹突然化作了无数光影，向杀手当头洒了下来。荧光闪动之处，一个刺客肩头中了一剑。两个刺客自知不是对手，虚晃一招，遁身逃去。

关林、方莹、白晓雯和马天龙冲进西厢房，关林拉开灯，只见屋里一片狼藉，王景瑞身中数刀，在卧室里毙命。肖雅婷浑身是血，倒在客厅里，奄奄一息。

关林抱起肖雅婷，悲哀地喊道："雅婷，雅婷。"

肖雅婷艰难地睁开眼睛，望着关林，脸上露出一丝微笑："关林，我、我不能再为你做什么了，你、你要小心呀。"

"雅婷，原来是你一直在暗中保护我，我还误会过你，真的对不起。"

"关林，能隔着几个时空和你做了一回同学，我、我也知足了。"

关林悲恸欲绝，泣不成声。

马天龙神色庄重地走到肖雅婷身边，握住她的手说："思雨，你不仅救了关林，也拯救了我的灵魂呀。"

“思雨？”关林诧异地看着马天龙。

肖雅婷望着马天龙，艰难地吐出最后一句话：“十二爷，我命中注定要为他人而献身，我、我在天堂，等着你。”

一声长长的叹息后，肖雅婷一头倒在关林的怀里。

一道红光泛起，刹那间，屋子里一片耀眼的光辉。肖雅婷和王景瑞伴随着那一片红光，向空中飞散——

第四十七章
红楼隐情

沉重的墨蓝色的天幕正一点点地向背后徐徐撤去，渐渐地变成一片美丽的蔚蓝色。空气凉爽，骄阳初照，故宫里的一座座高大的宫殿和古老的树木，都拖着一条长长的影子，给这座古老的皇宫增加了几分神秘的色彩。

关林和方莹步入乾清宫西侧的养心殿的大门。大殿的四周，古树参天，绿树成荫，红墙黄瓦下的飞檐斗拱攀龙附凤，使人油然而生庄重之感。大殿抱厦前的一对红漆圆柱上，镌刻着雍正帝手书的一副楹联“惟以一人治天下，岂为天下奉一人”。

望着正殿正中的皇帝的宝座，关林说：“这是正殿明间，是皇帝日常召见大臣、商讨政务和引见官员的地方。清代有官员引见制度，中下级官员入仕选拔、升迁调补、降革处罚时，须由王公大臣等高级官员引领在此处觐见皇帝。”

方莹指着皇帝的宝座上方悬挂的“中正仁和”的大匾说：“那是雍正皇帝的御笔。”

“对。清代有八位皇帝先后居住在养心殿。这个正殿面宽七间，分明间、东暖阁、西暖阁三大部分。西侧的西暖阁是皇帝批阅奏折、与大臣密谈的地方，‘勤政亲贤’的匾额也是雍正皇帝的御笔。”

这时，高文忠走进大殿，说：“关林，你怎么跑到这里来了？”

“哟，是所长啊。”关林说，“我和方莹随便转转，您到这里有何贵干？”

“我来是为了工作，检查一下这个殿里的文物存放情况。”

方莹向高文忠点点头：“高所长好。”

高文忠看着方莹，笑道：“两个人谈恋爱应该找个山山水水、花花草草的地方，那多浪漫呀。跑到这个地方来有些怀旧的意思，倒像是来探秘的。”

方莹不好意思地笑了笑。

关林知道高文忠话里的意思，故意问：“探秘？您是想说探红楼之秘吧？”

“是啊，你不是个红楼迷吗？怎么样，最近找到感觉了吗？”

“没找着，和原来一样，毫无头绪。我正想跟您老请教一下呢。”

“呵呵呵，”高文忠笑道，“现在想起向我请教来了？可惜呀，咱俩不是一个路子。得了，你俩接着欣赏皇帝的居所吧。”

说罢，高文忠向后院走去。方莹看着高文忠的背影，说：“听说这个高文忠是个红学大师？”

“是啊，他写过几本《红楼梦》的考证专著，是典型的‘曹学派’。”

“难怪你和他无法讨论《红楼梦》，南辕北辙啊。”方莹扭头看了看关林，说，“就像高所长说的，你带我到养心殿里来，不会只是让我看看皇帝办公的地方吧？”

“最近几天，经过反复查看思索道士的抄本，我已经找到了那拉皇后被废过程的所有踪迹。”关林显得踌躇满志。

方莹洁白的脸上泛起一片红晕，激动的神情溢于言表：“这么说，你已经破解了红楼谜案？”

“是的。作者创作《红楼梦》这部小说，目的就是为继皇后乌喇那拉氏立传。那拉氏自从被雍正册封给弘历为侧福晋之后，除了刚刚晋封为皇后的几年内，乾隆给予她些许温存，其余二十多年的时间，她大都是在孤独、冷漠、抗争、无奈中度过的。特别是她晋封为皇后之后，由于富察皇后始终阴魂不散，在乾隆心目中，她永远无法和富察皇后相比。小说第一回描写：空空道人访道求仙，从大荒山无稽崖青埂峰下经过，忽见一块大石上字迹分明，编述历历。空空道人乃从头一看，原来就是无材补天，幻形入世。[批语：八字便是作者一生惭恨。]”

“脂批中的‘作者’是指那拉氏皇后，她是小说的原始作者。我们可以想象一下，那拉皇后被打入冷宫后，在苦闷、冷漠、空寂的一年多的悲惨生活中，她一定会将自己的不幸遭遇记录下来。那拉皇后死后，乾隆毫不动情，没有丝毫悲伤之状，继续在木兰围场游猎，只让永璂回京处理那拉皇后的丧事。永璂回宫料理母亲后事时，一定在母亲被囚的屋子里发现了母亲的遗书或她记述自己遭遇的手稿。永璂将母亲手稿秘密藏匿，日后交与文学水平极高的图诚、图敏，此二人就是书中的茫茫大士和渺渺真人。图诚、图敏以那拉皇后的手稿和乾隆的情史为依据，创作了这部不朽的名著，他俩是《红楼梦》的真正作者。那位空空道人即是永璂。"

听着关林的讲述，方莹的脑海里闪出一个画面——

凄冷的房间里摆着几件简陋的家具，炕上躺着一个披头散发的女人，两个宫女蹲在炕沿下，轻声呼唤："皇后，皇后！"

奄奄一息的那拉皇后早已失去往日高贵优雅的风采，形容憔悴、毫无血色的脸上布满怨恨和哀伤。她慢慢睁开眼睛，望着两个宫女，一行热泪滚过脸颊。

"我、我不行了，安佳兰，把那个、锦匣拿来。"

安佳兰眼含热泪，起身从一个柜子里拿出一个锦盒递给皇后。

"来，扶我起来。"

在两个宫女的搀扶下，皇后挣扎着坐起来，对一个宫女说："乌扎伊尔，我把这个锦盒交给你，你一定要亲手交给十二爷永璂。"

乌扎伊尔点点头，哽咽着说："奴婢一定遵从皇后的懿旨，将锦匣亲手交给十二爷，皇后放心吧。"

关林的话让方莹感到心跳剧烈，喘不过气来，一个踉跄，险些昏倒在地。关林急忙扶住她，关切地问："你怎么了？"

"没、没什么，只是有点头昏。"

"找个地方休息一下吧。"关林说。

"好，坐一会儿就好了。"

两个人走进西暖阁的一个小房间里，坐在金丝楠木的椅子上。休息片刻，方莹恢复了元气，说："现在没事了，你接着说。"

关林平静了一下情绪，接着道："刚才提到的批语'八字便是作者一生惭恨'是指乾隆的'八字'是造成那拉皇后一生悲剧的根源，对此，她既痛恨，又无奈，同时也感到惭愧。'无材补天，幻形入世'，这八个字不仅是那拉皇后对自己的反思，也是对乾隆生辰八字中'命中看得妻星最贤’的怨恨。正因为富察皇后是乾隆命中最贤的妻星，所以，那拉皇后才落得如此下场，真可谓‘有命无运’啊！”

“空空道人看那石头后面有一首诗偈，写道是：无材可去补苍天，枉入红尘若许年。此系身前身后事，倩谁记去作奇传？”

“‘无材可去补苍天’，是指作者对那拉皇后的评价，本来没有当皇后的能力，却偏要争那个位置。‘枉入红尘若许年’旁边有条批语：[惭愧之言，呜咽如闻。] 这是那拉皇后的惭愧之言。身处冷宫之中，那拉皇后一定会反思自己的一生，虽然她拼命争到了皇后这个位子，但在乾隆眼里，她根本不是皇后。乾隆不拿她当皇后，其他嫔妃自然也不拿她当皇后看。那拉皇后既无补天之才，也无补天之运，然她非要‘幻形入世’，最终一事无成，铸成终生悔恨。那拉皇后被打入冷宫后，不知有多少人在看她的笑话，她真是白在这红尘里走了一遭。”

“‘倩谁记去作奇传？’，很多人认为此句的意思是央求别人把自己的这段经历记录下来，传播出去。这样理解固然不错，因为‘倩’字的字义有请求、央求之意，如倩人代笔。但这只是‘倩’字的字意之一，‘倩’字还有一个意思是：泛指姿容美好的女子。我认为：‘倩谁记去作奇传？’的意思是，这个女子是谁被记去作奇传了。”

方莹说：“因此，‘此系身前身后事，倩谁记去作奇传？’是指本书乃那拉皇后的身前身后之事，作者是为那拉皇后作传。”

“对。第三回，当王夫人向林黛玉介绍贾宝玉时，开口便说‘我有一个孽根祸胎’，[批语：四字是血泪盈面，不得已无奈何而下。] ‘孽根祸胎’当然是指乾隆，如此评价皇帝，实在是‘不得已无奈何’啊！‘四字是血泪盈面’，是那拉皇后在痛哭，她一生的悲惨遭遇正是这个‘孽根祸胎’造成的。”

“身处冷宫之中，那拉皇后不断地反思自己的一生，痛定思痛，‘将已往所上赖天恩、下承祖德，锦衣纨绔之时、饫甘餍美之日，背父母教育之恩、负师兄规训之德，以至今日一事无成、半生潦倒之罪，编述一记，以告普天下人。虽我之罪固不能免，然闺阁中本自历历有人，万不可因我不肖，则一并使其泯灭也。’那拉皇后被夺去皇后名分，身陷冷宫，真的是一事无成，半生潦倒。她意识到自己对皇帝、皇太后的忤逆之罪是不可饶恕的，乾隆绝不会轻易放过她。她决定将自己一生的遭遇以及乾隆其他妃嫔的经历记录下来，以告天下。于是，才有了这部不朽的名著《红楼梦》。”

方莹说："'谩言红袖啼痕重，更有情痴抱恨长'是《红楼梦》一书的宗旨，此句表述了乾隆和两位皇后一生的爱恨情仇，这就是《红楼梦》的主题。"

关林说："对，因为小说表现的是乾隆皇帝的情史，又为那拉皇后记传，所以，作者当然不敢秉笔直书，一旦事泄，将引来杀身之祸。所以，作者不得不采取'草蛇灰线、空谷传声、一击两鸣、明修栈道、暗度陈仓、云龙雾雨、两山对峙、烘云托月、背面敷粉、千皴万染'等特殊的写作手法。乾隆与那拉皇后决裂这一史实，在《红楼梦》一书中通过各种隐晦、巧妙的方式，完整地体现出来。"

"小说第七十二回描写：贾母生日的第二天，王熙凤做了一个'夺锦'的梦。王熙凤对来旺家的说：'昨晚上忽然做了一个梦，说来也可笑，梦见一个人，虽然面善，却又不知名姓，找我。问他做什么，他说娘娘打发他来要一百匹锦。我问他是哪一位娘娘，他说的又不是咱们家的娘娘。我就不肯给他，他就上来夺。正夺着，就醒了。'对王熙凤'梦中夺锦'的暗示和含义有不少解释，最多的解释是认为这个故事暗示元春在宫里的地位岌岌可危。在我看来，这个解释是最贴近事实的，因为王熙凤和元春都是那拉氏皇后的化身，熙凤'梦见一个人，虽然面善，却又不知名姓'，这是指奉旨来查抄那拉皇后皇宫之家的大臣或太监，脂批：[是以前授方相之旧，数十年后矣。]可见，'夺锦'之人是作者和批者当年极熟悉之人，数十年后此人尚健在。'我问他是哪一位娘娘，他说的又不是咱们家的娘娘。'暗示那拉氏将被皇贵妃魏氏取代。批语说：[实家常触景闲梦必有之理，却是江淹才尽之兆也，可伤。]"

方莹接着道："王熙凤的'夺锦'之梦，正是那拉皇后的'江淹才尽之兆'，隐喻的是那拉皇后将被夺去'锦绣前程'，此梦是真正的红楼之梦！"

"说的好，正是这个意思。第一回，那僧看见士隐抱着英莲，指着他大笑，口内念了四句言辞道：'惯养娇生笑你痴，菱花空对雪澌澌。好防佳节元宵后，便是烟消火灭时。'"

"这几句诗有什么寓意吗？"方莹问。

"'惯养娇生笑你痴，菱花空对雪澌澌。'此处有批语：[生不遇时，遇又非偶。]偶：是指配偶。脂批的寓意是说：那拉皇后生不逢时，遇上了弘历又不是她命中的绝佳配偶。'菱花'是指香菱，她是那拉皇后的化身之一。那拉氏作为女儿在父母面前一直是娇生惯养的，但是，嫁给了乾隆只能是‘菱花空对雪澌澌’，所以，才有了元宵佳节后的‘烟消火灭时’。”

“‘好防佳节元宵后，便是烟消火灭时。’暗示的是在‘元宵节后’的南巡期间，将是那拉皇后的好梦终结、烟消火灭之时。乾隆第四次南巡开始的时间是乾隆三十年正月十六日，正好是元宵节后，当时已经失宠十年的那拉皇后陪同乾隆皇帝南巡。第二十二回‘制灯迷贾政悲谶语’，元春差人从宫中送出一个灯谜，命宝玉和大观园的姐妹猜谜并各作一个灯谜，贾政看了灯谜心内沉思道：‘娘娘所作爆竹，此乃一响而散之物；迎春所作算盘，是打动乱如麻；探春所作风筝，乃飘飘浮荡之物；惜春所作海灯，一发清净孤独。今乃上元佳节，如何皆作此不祥之物为戏耶？’心内愈思愈闷。上元节就是元宵节，作者借贾政之口，道出‘四春’所作的灯谜皆是‘不祥之物’，暗示元宵节后贾府将有一场重大变故，这正是那拉皇后命运的预兆。”

随着关林的讲述，一个惊人的史实还原出来——

第四十八章
初露锋芒

乾隆三十年正月十五日元宵节的夜空中，随着声声巨响，美丽的礼花接二连三地在空中绽放，有如九月秋菊，恰似冬月飞雪，又似满天星辰，还像七彩云朵，色彩斑斓，绚丽夺目。大街上挤满了兴奋的人群，一条条巨龙在空中飞舞，五花八门的花灯，姿态万千，流光溢彩；在十番锣鼓的伴奏下，十几个唢呐吹起了“将军令”“得胜令”等各种曲牌，随着锣鼓、唢呐的节奏，舞狮人翩翩起舞，金色的长龙腾空跃起，在两只雄狮的上端盘旋飞舞，似真似幻，恢宏浪漫。

紫禁城保和殿内外张灯结彩，大殿四周挂满了大红灯笼，大殿之内烛光高照，灯火通明，几十桌丰盛的酒宴摆满了整个大殿，乾隆皇帝在此赐宴外藩、王公及一二品文武大臣。王公大臣们高举酒杯，向乾隆皇帝敬酒：“祝皇上万寿无疆，祝皇后娘娘千岁、千岁、千千岁！”

乾隆笑容满面，举杯道：“愿我大清江山万代吉祥，社稷永固。”

那拉皇后身着明黄色的龙袍，端坐在正席的中间，脸上挂着淡然的微笑。皇上的其他妃嫔分坐在两边的席面上，一阵阵欢声笑语在大殿里飞扬。

酒过三巡之后，乾隆对传旨太监胡世杰说：“颁旨。”

“喳。”胡世杰展开黄色的绢布，宣读圣旨：

“奉天承运，皇帝诏曰：朕御极以来，最重河工，江南下河十岁九涝，河臣束手无策，朕以皇祖之心为心进行三次南巡，实为巡视河工海防，寻求妥善之法治水，南巡之事莫大于河工。去岁淮扬运河，久未挑浚，河床渐次淤高，不仅有碍漕运船只航行，且水大之年还致泛滥，遂传谕两江总督高晋、总河萨载，逐段查看测量，不可有惜费之见，致有贻误。然江浙地区之官员，代表军民绅衿恭请朕予以临幸，大学士、九卿援据经史及圣祖南巡之例，建议允其所请。江浙地区地广人稠，水患不断，理应再去考察，与河臣妥议治河良策，体察农田谷物情况并嘘民情。故定于乾隆三十年正月十六日于养心殿起驾南巡，供奉母后，游览各处名胜，以表孝心。皇后那拉氏、令贵妃魏氏、庆贵妃陆氏、容妃和卓氏及未成年的皇子等随驾，十二皇子永璂因病留京调养。钦此！”

大殿里一片欢呼声：“恭祝皇上第四次南巡成功，皇上丰功伟业与天地共存。万岁，万岁，万万岁！”

那拉皇后庄重的脸上也露出了灿烂的笑容。

和煦的阳光，透过漫天的云霞洒落下来，化成点点金色的光斑。

养心殿前，在一大堆宫女太监的簇拥下，皇太后拄着龙头拐杖走了过来。乾隆满脸含笑地迎上去问安：“皇额娘早安。”

那拉皇后屈膝行礼：“臣妾给皇额娘请安了。”

“皇后免礼。”太后对乾隆说，“皇上，可是要起驾南巡了？”

“是啊，儿臣再陪皇额娘巡游大江南北，以尽孝心啊。”

“好好好，我这把老骨头还算硬朗，还能看看咱大清的大好河山。呵呵呵，这是额娘前世修来的福分呀。”太后爽朗地笑道。

乾隆皇帝和那拉皇后一左一右小心翼翼地搀扶着皇太后，登上宏大豪华的銮驾。

啪，啪，啪，三声静鞭响起，一个太监高喊：“起驾——”

乾隆三十年正月十六日，乾隆皇帝恭奉皇太后钮祜禄氏从紫禁城养心殿出发，在皇后嫔妃、王公大臣、章京侍卫及2000多扈从兵丁的前呼后拥下，气势恢宏的銮驾浩浩荡荡地通过午门，开启了他帝王生涯中的第四次南巡之旅。

一路上，旌旗蔽日、鼓乐震天，庞大的仪仗队鲜明整齐地在整饰一新的道路上行进，波澜壮阔的队伍绵延十数里。一队队手持铜角、铙歌、金钲、大纛、吾仗、立瓜、卧瓜、金节、五色金龙旗、五色龙纛、单龙赤团扇、双龙黄团扇、五色花伞、豹尾枪、弓矢和仪刀的仪卫依次走过一座石桥，一柄九龙曲柄黄华盖罩在八匹骏马驾驭的銮驾上，乾隆皇帝端坐在金碧辉煌的銮驾内，明黄色龙袍上的九条五爪金龙在五色云纹上飞腾，威严的脸庞辉映着晨曦，带着天神般的威仪和与生俱来的高贵，浑身散发出一种威震天下的王者之气。

皇帝的仪仗后面紧跟着的是皇后的仪仗队，四个仪卫手持以铜为之黄金饰其两端的吾仗走在仪仗前面，八个仪卫持制形如瓜、涂以黄金、朱漆棒首的立瓜和卧瓜威风凛凛地跟在后面，十面五色龙凤旗迎风招展，十把五色九凤伞、四把黄缎绣四季花伞和八把次赤、素方伞等形态各异的伞争奇斗艳，二十把色彩艳丽的次赤、黄龙、凤扇和雉尾扇上描龙画凤；一柄九凤曲柄黄盖下，四匹骏马驾驭一乘七尺高、穹盖二重、冠金圆顶，俱饰金凤、镂以云纹的明黄色的銮舆，正是皇后的凤舆，手捧金八件的宫女紧随其后。那拉皇后神态庄严地端坐在凤舆上，明黄色的龙袍上绣着九条五爪金龙，间以五色云纹，石青色的领袖上绣着精美的图案，套于颈间的镂金饰物上的东珠、珊瑚和绿松石闪闪发光，两条明黄绦垂于两端。凤冠上缀满东珠、猫睛石、珍珠、金翟、青金石、珊瑚等饰物，冠顶上的七只金凤宛如要乘云而起一般，点缀在每羽翟凤毛上的珍珠如星光闪烁，显示着皇后的高贵身份。

虽然时年那拉皇后已 48 岁，但她那洁白高傲的脸上依然闪烁着动人的光彩，一双犀利娇媚的丹凤眼含着笑意，为自己尊贵无比的身份而感到自豪。

望着声势浩大、滚滚向前的南巡队伍，那拉氏心潮澎湃，思绪如潮，消逝的往事一幕幕重现在眼前——

雍正十一年的初春，在清皇宫每三年一次的皇帝选秀女活动中，亭亭玉立、风姿绰约的乌喇那拉氏被雍正皇帝一眼看中，一番殿试之后，那拉氏的品貌才情均独占鳌头，雍正当即决定，将那拉氏赐册给当时的储君宝亲王弘历为侧福晋。那一年那拉氏刚满十六岁，正是花样年华、风华正茂之时。她出生于康熙五十七年二月初十，属狗，比乾隆小七岁，父亲那尔布是满洲镶蓝旗的四品佐领。按理来说，以其父四品官的地位，她原本是没有这么高规格的待遇的，封个格格也就很给其家族面子了。那拉氏之所以能有这么好的运气，还得感谢弘历的另一位侧福晋高氏。

高氏出身望族，是大学士高斌之女，高氏一族是内务府镶黄旗第四参领第一旗鼓佐领下的汉姓人。高斌曾祖高名选，祖籍奉天辽阳。太祖皇帝归西后，子高登庸，任直隶兵备道；孙高衍中，由内务府主事历升都虞司郎中兼佐领、参领。自第四世高斌开始，高氏一族才真正显赫起来，高斌从河道总督、直隶总督至大学士，一路高官厚禄。乾隆朝时，因高斌官拜文渊阁大学士，高氏成为内府包衣中的望族。高氏家教森严，高斌对女儿悉心教育，高氏从小生有夙慧，熟读史书，她的才情德行在早期就已出名。雍正十年前，高家尚为内务府包衣，高斌之女以秀女身份入选皇宫，并被指派给皇四子弘历为使女。弘历热爱汉族文化、勤勉好学。当时满洲贵族的女子有才情的很少，汉文化也不通，高氏的才情在弘历的王府就显得出类拔萃，与弘历可以不相上下地互相酬唱，成为少年皇子共同成长的知己和精神伴侣。这种感情与传统意义上的宠妃有所不同，更多的是欣赏、尊重和爱慕。

高氏的贤惠美貌和才情让弘历倾心相爱，弘历几次向父亲雍正要求，将高氏纳为侧福晋，雍正顾虑高氏是汉人，若弘历过分宠爱，弘历继位后高氏就有可能被封为皇贵妃，汉人之女做了皇贵妃，岂不是满洲人的耻辱。雍正自己就因弘历之母钱氏熹妃是汉人而深感苦恼，即位之初不得不让熹妃拜官居四品的凌柱为义父，改汉姓钱氏为满姓钮祜禄氏了。为此，雍正极力阻挠弘历纳高氏为侧福晋，父子俩闹得很不愉快。大臣对弘历的做法也颇有微词，要知道，风流多情对于一个储君来说可不是什么优点。尽管这是一个微不足道的小瑕疵，但在雍正皇帝看来，天子家无小事，再细微的瑕疵也必须严肃对待，更何况，历朝历代的后宫中为争宠而上演的一幕幕悲剧更让雍正不得不小心提防。雍正为了弘历的名声着想，决定在这一届的秀女中为弘历挑选一个满洲大姓的侧福晋，这个满洲大姓的女子，出身既不能高得压制了嫡福晋富察氏，又不能低了备受歧视。这样，一来可以转移群臣对弘历和高氏的关注和非议，二来用这个女子来分高氏的宠。权衡利弊后，雍正做了让步，同意弘历纳高氏为侧福晋，同时，他也为弘历选了一位出身满洲大族的漂亮女人，作为压制高氏的“挡箭牌”塞给了弘历。结果，乌喇那拉氏就成了那个“挡箭牌”。

雍正十二年三月，雍正帝的一纸谕令，高氏由使女晋封为宝亲王弘历的侧福晋，谕曰：“宝亲王使女、高斌之女着封为王侧福晋。”高斌闻讯大喜过望，急忙上谢恩折奏曰：“伏念奴才女儿至微至贱，蒙皇上天恩，令侍候宝亲王，今乃于使女之中超拔为侧福晋，实感诚惶诚恐，奴才肝脑涂地，以报皇恩。”同时，乌喇那拉氏也成为弘历的侧福晋。因为有富察氏和高氏的存在，弘历打心眼里不喜欢这个皇阿玛硬塞给他的、品性上虚情假意、表里不一的那拉氏。但是，胳膊扭不过大腿，皇阿玛的圣旨岂敢违抗，所以，弘历只好被动地接受了那拉氏。可怜如花似玉的那拉氏，一直像一朵镜中之花虚存在弘历的府中，她明白自己在弘历心目中的地位，因此，初入宫时处处小心谨慎，不敢越雷池一步。

在重华宫后院清静的西厢房里，那拉氏孤独地送走了一个个阳光璀璨的白天，又孤独地迎来了一个个明月高照的夜晚。自从她进入弘历府中之后，那狠心的夫君几乎都不正眼看她一眼，多少个日日夜夜，那拉氏都是独守空屋，在孤独、凄凉中度过的，每当听到弘历与嫡福晋富察氏和高氏等人的欢声笑语时，那拉氏的内心深处就会发出阵阵悲鸣之声。

那拉氏争强好胜的本性，决定了她绝不甘心久居人下，她一直在耐心地寻找机会。天资聪颖、颇有心机的那拉氏逐渐发现，弘历对他的生母格外孝顺，钮祜禄氏的言行往往能影响弘历。她暗自思忖："对，我何不好好地去孝顺老太太，做一个温柔贤良之妾，让老太太为我做主吧。"于是，那拉氏使出浑身解数，不断地讨好钮祜禄氏，每日都殷勤地向老太太请安，嘘寒问暖，揉腰捶背，陪着她散步聊天、养花弄草，变着法儿地给老太太讲各种笑话，经常逗得她开怀大笑。她还经常亲自下厨，为老太太做几道可口的菜肴小吃，喜得老太太逢人就夸："那拉氏这孩子不仅贤良孝顺，特别会疼人，手也巧得很哪。"

有一天，那拉氏独自在花园里徘徊，忽听背后传来一阵笑声，那拉氏回头一看，弘历和几个小太监迎面走来。那拉氏急忙躬身屈膝，谦卑地说："奴婢给王爷请安了。"由于心里慌乱，手中的绢帕掉在地上，正好飘到弘历脚下。弘历弯腰拾起手帕，递给那拉氏，问："你为何独自在此闲逛？"

那拉氏灵机一动，答道："皇额娘这几日偶感风寒，茶饭不思，奴婢深感焦虑，为此，在这里排遣内心的不安。不承想惊扰了王爷，请王爷恕罪。"

弘历望着羞涩的那拉氏，心中涌出一丝怜悯之情，说："难得你有如此孝心，好吧，今晚你侍寝本王吧。"

那拉氏觉得像有一团火掠过了她的脸，她激动地望着弘历，怀里就像揣了个小兔子似的怦怦乱跳。恰在此时，嫡福晋富察氏在高氏和几个丫鬟的陪同下来到花园里，看见弘历后，富察氏笑容满面地迎了过来："奴婢正想去告知王爷，皇额娘的病好多了，王爷不必惦念了。"

高氏瞥了一眼那拉氏，阴阳怪气地说："皇额娘凤体欠安，你也不去问安，跑到这里和王爷说起悄悄话来了，真是见缝插针啊。"

弘历急忙圆场："那拉氏也为皇额娘的凤体担忧，刚才还在这里哀叹呢。”

“真是难得啊。”富察氏也不冷不热地说。

弘历和富察氏、高氏说说笑笑地走了。那拉氏觉得头脑里浮起了一种以前从未有过的感觉，那种感觉像是在一口口地痛咬她的心，然后又毛骨悚然地透过她的骨脊，钻进血管里，弥漫到全身。她的眼睛紧盯着弘历和富察氏、高氏的每一个动作，当他们的手相触的时候，她觉得自己都快要晕过去了。一阵天昏地旋，她急忙一手抓住身边靠着的那棵树的丫枝，另外那只手则痉挛似的紧握着。那天夜里，弘历失约了，那拉氏独自静静地坐到天亮，伤心的泪水打湿了衣襟，她的脉搏剧烈地跳着，像是有一只钟在耳边嗡嗡作响，种种地狱里的声音都在她耳边可怕地低语，叫她去发狂，叫她去杀人。

疯狂的念头之后，理智又回到那拉氏的身上。当太阳又一次升起的时候，她擦干眼泪，梳洗打扮、整饬衣装，继续以往日的温柔去侍奉钮祜禄氏。

乾隆继位后，册立嫡妃富察氏为皇后，册封庶妃高氏为贵妃。乾隆还将贵妃高氏的家族由内务府包衣抬旗入满族镶黄旗，与皇帝和皇后同样出身，彻底去除奴籍，全族跨入清朝最尊贵的镶黄旗。在乾隆帝的《心写治平》图中，只有皇帝、皇后和贵妃高氏三人是乾隆元年郎世宁亲笔所画，此图中贵妃和皇帝、皇后一样身着明黄龙袍，按例贵妃只能着金黄龙袍，太后、皇帝、皇后、皇贵妃级别才能使用明黄色，足见乾隆对高氏的宠爱。每年在宫中的家宴位次，高贵妃和皇后都是头桌宴，分坐在皇帝两旁的东西首位。而此时的那拉氏，依然是一个没有任何名分的妾。她默默承受着命运的打击，不断地告诫自己：唯有淑慎贤明，夙娴礼教的表现，才能改变自己的命运，最终赢得夫君的欢心。每当她独自一个人的时候，就拼命学习汉文化，练字吟诗，抚琴低诵，努力想拉近和高氏的距离，期待引起弘历的注意。她常常静坐沉思，时而忧愁、悲伤，时而爽朗、热情，处处小心谨慎，时时勤勉自励。

那拉氏的诚心终于感动了上苍，乾隆二年十一月底的一天，她在慈宁宫的正殿里，一边给皇太后钮祜禄氏轻轻地捶背，一边给老太太讲着笑话：“说前朝有一户人家，家境也算是丰盈，老爷子是个七品县太爷，家教很严。可他的小孙子非常淘气，在儿子、儿媳的溺爱下不成体统。有一天，这小孙子又犯了错，老爷子就罚他在太阳底下晒着，儿子回来后，见小孙子在太阳底下暴晒，心疼得不得了，又不敢违逆老爷子，于是，也站到太阳下暴晒。老爷子见状，出来说：‘我罚他晒太阳，你站在那里干什么？’您猜儿子怎么说？”

太后想了想说：“敢情是老子管教不严，也应被罚吧。”

“不是，”那拉氏笑道，“那儿子说，你罚我儿子晒太阳，我就罚你的儿子也晒太阳。”

老太太先是一愣，随后大笑不止：“哈哈哈！这个儿子真会说话，逗死我了。”

恰在此时，乾隆皇帝走了进来，一见太后如此开心，也情不自禁地笑了：“皇额娘因何事如此开心呀？”边说边屈膝行礼：“儿臣给皇额娘请安。”

太后笑道：“皇帝下朝了？”

“下朝了，到皇额娘这里散散心。”乾隆扭头看看那拉氏，说，“哦，那拉氏在这里呀。”

那拉氏急忙跪倒在地：“奴婢拜见皇上。”

“哎，在家里不必行此大礼，起来吧。”乾隆说。

太后开心地说：“那拉氏这孩子，每天都过来侍奉我，刚才还给我讲笑话呢，逗得我差点笑岔了气。”

“奴婢不过是为了让太后开心，不承想让老祖宗偶感不适，真是罪过。”那拉氏谦卑地解释。

“哎，不碍事的，本宫就爱听你说话。”

那拉氏看看乾隆，低声道：“皇上和太后慢慢说话，奴婢告辞了。”

乾隆说：“好，你先去吧，回头朕再跟你说话。”

那拉氏走后，太后对乾隆说：“我看那拉氏那孩子性情温和，知情达理，每日都过来陪我，除了皇后，就数她最孝顺了。可是，额娘看得出来，你不喜欢她，对她过于冷淡了。”

“皇额娘教训的是，儿臣以后多亲近她些也就是了。”

“她入宫也好几年了，也该有个名位了。”

“皇额娘的意思是……”

“就封她个娴妃吧，她也的确称得起这个封号。”

“儿臣谨遵皇额娘懿旨，就封那拉氏做个娴妃吧。”

于是，乾隆二年十二月初四，那拉氏迎来了人生的第一个转折。那是一个风和日丽的日子，温暖的阳光洒在乾清宫的大院里。那拉氏跪在大殿石阶前，一个太监展开圣旨宣道：“奉天承运，皇帝诏曰：朕惟教始宫闱，式重柔嘉之范；德昭珩佩，聿资翊赞之功；锡以纶言，光兹懿典。尔庶妃那拉氏，持躬淑慎，赋性安和，早著令仪，每恪恭而奉职；勤修内则，恒谦顺以居心。兹仰承皇太后慈谕，以册印封尔为娴妃。尔其祗膺巽命，荷庆泽于方来，懋赞坤仪，衍鸿休于有永。钦哉！”

“奴婢叩谢皇上隆恩。”那拉氏怀着激动的心情，双手高举，接过圣旨、册书和金印。

自那天起，乌喇那拉氏首次戴上皇妃的凤冠，冠顶上的五只凤凰栩栩如生、展翅欲飞。从此后，后宫中有了那拉氏的地位，她仅次于贵妃高氏，与纯妃苏氏并排在后宫第三位。

第四十九章
崛　　起

乾隆十年元旦，京城里万家灯火，万民欢庆，可偌大的皇宫里却死气沉沉。贵妃高氏旧病复发，生命垂危，乾隆急得手足无措，不时地痛斥太医无能。颇有心机的那拉氏知道高氏在乾隆心目中的位置，为表现自己的豁达和贤良，她每日都到高氏的病榻前问候。这一日，那拉氏接过丫鬟手里的药碗，亲自给高氏喂药，高氏感激的泪水溢出眼眶，她强打精神说："妹妹如此待我，姐姐我实在是愧不敢当。"

"姐姐快别这样说，服侍姐姐是我的本分。"

"妹妹是有情有义之人，姐姐我怕是难逃这一劫了。"

那拉氏眼含热泪，诚恳地说："姐姐切莫自丧信心，你是偶染小恙，太医说不碍事的，吃几服药就好了。"

高氏摇摇头，心中充满悲哀："我知道自己的身子，怕是扛不过去了。以往咱姐妹相处时，难免有个磕磕碰碰的，妹妹千万别往心里去。"

"姐姐说哪里话，姐姐平日里待我不薄，妹妹感激还来不及哪。皇上又那样爱戴姐姐，你一定能康复起来，往后定会享尽人间富贵。"

高氏凄惨地一笑，说："皇上待我恩重如山，可惜，我没福气，也没给皇上生个一男半女，真是可悲，我是无儿女送终啊。妹妹正值青春年华，我有句话想告知妹妹，不知妥否？"说罢，高氏对身边的丫鬟说："你们先出去。"

几个丫鬟出去后，那拉氏说："姐姐有什么话，但说无妨。"

高氏气喘吁吁地说："皇上最宠爱的人是皇后，其次是我。但我有运无命，无福消受了。皇后也是命运不济，永琏死后她身体一直不佳，尽管她表面上装得若无其事，其实我知道，皇后的心情格外抑郁，如果她生不出儿子，那将来继承皇位的人就不是嫡生之子了。所以，妹妹还是有机会的。”

高氏的话，让那拉氏怦然心动，但她想想自己在宫中的地位，颇感无奈地说：“可是，皇上不喜欢我，我也是有命无运啊。”

“事在人为，太后除了皇后，就是喜欢你了，你只能仰仗太后的支持才会有光明的前途。我看得出来，妹妹是个志向高远、能力超群之人，将来你必有出头之日。但是，你千万记住，即使皇后生不出儿子，即使她有个三长两短，你也不要去争皇后的位子，你看宫中的那些妃嫔，一个个削尖脑袋地在皇上面前争宠，可是，她们哪个也不是皇上的真心所爱，那个位子只属于富察皇后，任凭是谁也无法替代她在皇上心中的位置。将来你就做个皇贵妃，只要你能为皇上生个儿子，也照样能继承大统，希望妹妹能记住姐姐这番苦心。”

那拉氏感激涕零：“妹妹一定牢记姐姐的诚心教诲。”

乾隆十年正月二十三日，为给高氏祈福，希望她早日恢复健康，乾隆颁旨册封高氏为皇贵妃，同时大封后宫，娴妃那拉氏晋娴贵妃、纯妃苏氏晋纯贵妃。可惜高氏无福，于正月二十五填仓日时病逝。正月二十六日，乾隆亲拟谥号，封高氏为慧贤皇贵妃。为表达对慧贤皇贵妃高氏的深情厚谊，提高高氏一族的哀荣，乾隆下旨将皇贵妃和贵妃仪仗内的红缎曲柄伞改成金黄色的曲柄伞，谕曰：“嗣后皇贵妃、贵妃仪仗内，红缎曲柄伞着改用金黄色；妃嫔仪仗内，着添用红缎曲柄伞一柄。”乾隆这一举措，确保了“金黄色缎曲柄伞”首次出现在慧贤皇贵妃丧仪的仪仗中。

乾隆十年十一月，乾隆命大学士史贻直为正使，礼部右侍郎觉罗勒尔森为副使，持节、正式册封娴妃那拉氏为贵妃。册文曰：“朕惟化起璇闺，克佐肃雝之范，劳襄椒掖，聿彰淑慎之声。爰考彝章，式颁纶綍。咨尔娴妃那拉氏，性生婉顺，质赋柔嘉，秉德罔愆，协珩璜之矩度；服勤有素，膺褕翟之光荣。兹仰承皇太后慈谕：以册宝封尔为贵妃。尔其益懋温恭，尚祗承夫休命，弥怀谦抑，庶永集乎繁禧。钦哉。”

那拉氏在后宫的地位又上升一步，“我已经是贵妃了，那是多少人盼望已久的事啊”。喜形于色之后，她暗自立下目标，要向更高的地位攀登。

乾隆十一年四月，富察皇后生下了皇七子永琮，乾隆大喜过望，皇宫里也一片欢腾，满朝文武都认为将来继承大统的非永琮莫属，贵妃那拉氏却心灰意冷，看来自己是毫无希望了，为此，她着实苦恼了很久。但是，仿佛上苍要弥补那拉氏所遭遇的不幸似的，第二年的腊月，永琮因出痘而不幸夭折，当富察皇后悲恸欲绝时，那拉氏却心中暗喜，她终于迎来了人生中重大的转折点。

乾隆十三年三月十一日，孝贤纯皇后富察氏不幸仙逝，乾隆痛不欲生，屡斥皇子妃嫔，责骂罢黜官员，妃嫔、皇子和大臣们个个提心吊胆，后宫更是乱作一团。太后果断向乾隆谏言："后宫不可无主，长此以往，后宫将无宁日。贵妃那拉氏贤明孝顺，心智豁达，可担此大任。"

于是，乾隆于同年七月初一奉太后懿旨："册命娴贵妃那拉氏为皇贵妃，摄六宫事。于以整肃壶仪，上奉圣母，襄助朕躬，端模范而迓休祥。顺成内治，有厚望焉。所有应行典礼，大学士会同礼部、内务府详议具奏，寻议、恭查皇贵妃册封大典。"

那拉氏初登皇贵妃宝座，统率后宫，其威严之风立显。她一改富察皇后温文尔雅、柔和亲近的主事风格，上任伊始，就在后宫中掀起轩然大波。七月十八日是乾隆皇帝和富察皇后的结婚纪念日，那拉氏料定乾隆一定会去长春宫祭奠孝贤纯皇后，于是下令后宫所有妃嫔、皇子及王爷世子福晋都到长春宫祭酒。那日早晨点卯时，怡亲王府里的两个仆人因故迟到，且面露喜色。那拉氏凤眼圆睁，厉声喝道："今日乃皇上与孝贤皇后百年之好之忌日，尔等竟毫无悲伤之情，并借故迟到，真是狗胆包天。来人哪，拖出去，每人重打四十大板。"几个太监将那两人拖出去，一阵大板，将两人打得皮开肉绽，惨叫声不绝于耳。怡亲王和福晋亦吓得跪倒在地，深责自己治家不严。那拉氏急忙离座，将怡亲王搀扶起来："王爷切莫如此，本宫惩罚王爷府中的下人，多有得罪。然本宫也有难处，皇后丧期之间，皇上悲情不减，后宫及朝廷的某些官员却行为不检，若不严加管教，恐有负圣恩，还望王爷体谅。"

那拉氏恩威并施，顷刻间在后宫中立威扬势。从那天起，后宫妃嫔和皇亲国戚见了皇贵妃无不战战兢兢，小心从事。

乾隆十五年八月初二，这是那拉氏一生中最辉煌的时刻。那日，太阳欢欢喜喜地将它的温暖洒向人间，清澈的空气使得大地广袤无垠，无限地扩展开去，整个世界都充满新奇的美丽。紫禁城太和殿里张灯结彩，喜气洋洋，妃嫔皇子、宗室皇亲、王公大臣齐聚大殿，大学士公傅恒为正使，大学士史贻直为副使，持节赍册、手捧金宝，册封摄六宫事的皇贵妃那拉氏为皇后。傅恒宣旨："奉天承运，皇帝诏曰：朕惟乾始，必赖乎坤成健顺之功以备，外治恒资于内职，家邦之化斯隆。惟中阃之久虚，宜鸿仪之肇举。爰稽茂典，用协彝章。咨尔摄六宫事皇贵妃那拉氏，秀毓名门，祥钟世德，早从潜邸；含章而懋著芳型，晋锡荣封，受祉而克娴内则。噙躬淑慎，洵堪继美于兰帏；秉德温恭，信可嗣音于椒殿。往者统六宫而摄职，从宜一准前规。今兹阅三载而届期，成礼式遵慈谕。恭奉崇庆慈宣康惠皇太后命，以金册金宝立尔为皇后。钦此！"

乌喇那拉氏款步走上雕龙刻凤的朱漆宝座，明黄色的皇后龙袍上九龙飞舞，缀满东珠的皇后凤冠上七凤展翅。那一刻，她那雅致的玉颜上洋溢着绝美的姿色，水色的双眸清澈见底又不失明媚，庄重的仪表下掩饰着威严，一副神圣高傲的神态立刻凸现出来。

一个太监高喊："跪——"

妃嫔皇子、王爷世子、福晋格格、宗室皇亲、文武大臣、宫女太监齐刷刷地跪倒在地，齐声高贺："皇后娘娘千岁、千岁、千千岁！"

继皇后乌喇那拉氏威严的目光扫视着全场，高傲的脸上露出久违的笑容。

那拉氏晋为皇后之后，她的家族由镶蓝旗抬为镶黄旗，其父那尔布被追封为一等承恩公，遣官致祭，造坟立碑如例。其母封为公妻一品夫人。时年，那拉氏的长兄已过世，侄子纳苏肯袭一等承恩侯，那拉氏一族跨入辉煌无比的鼎盛时期。

浩浩荡荡的南巡队伍向南方行进，沿途的万民跪倒在路边，一阵阵欢呼声随风飘荡："皇上万岁、万岁、万万岁！皇后娘娘千岁、千岁、千千岁！"

那拉皇后在凤舆中向百姓频频招手，一阵阵的万丈豪情涌上心头：若不是当年嫁到皇宫里，给弘历做个小妾，又如何会有今日这般辉煌的光景？虽然，皇上曾对我冷若冰霜，让我度过了那么多孤独哀伤的日子，但是，上苍没有忘记我，终于给了我一个机会。如今，我已是一人之下，亿兆人之上的一国之母了，这等无上的荣耀，已是一个女人的最高境界了。

想到此，那拉氏觉得这么多年含辛茹苦、凄凉悲苦的日子也算值了。她想起了晋为皇后之后的耀眼光辉和甜蜜日子——

第五十章
继皇后的幸福时光

乾隆十六年，乾隆与那拉皇后奉皇太后首次南巡江浙，一路上，那拉皇后尽心竭力地侍奉皇上和太后，终于打动了乾隆的心。那年三月十一日，是孝贤皇后三周年日，在杭州西湖行宫，皇帝在悼念孝贤皇后的一首诗中，流露出对那拉皇后的内疚：

独旦歌来三忌周，心惊岁月信如流。
断魂恰值清明节，饮恨难忘齐鲁游。
岂必新琴终不及，究输旧剑久相投。
圣湖桃柳方明媚，怪底今朝只益愁。

这首诗中的“新琴”指那拉皇后，“旧剑”指孝贤皇后。经过反思，乾隆意识到并不是继后不如前妻，而是因为自己与前妻感情太深才疏远她。既然继后没什么过错，就不该受到过分的冷落。于是，乾隆开始专注于培养与继皇后之间的感情。上帝终于给了那拉皇后一次机会。

乾隆十七年四月二十五日下午，乾隆处理完朝政后，驱车驾至畅春园向皇太后问安。一进门，太后就问：“皇帝，听说皇后就要生了？”

“是的，劳皇额娘惦记，就这一两天吧。”乾隆的心情显得非常愉快。

“呵呵呵，额娘就盼着再抱抱孙子哪。”太后笑道。

“还不知是男是女哪。”

“肯定是个男孩儿，前些天，皇后挺着个大肚子还来给我问安，我看她那个样子，又问起她最近的饮食习惯，料定一准儿是个龙子。唉！这么多年来，那拉氏这孩子一直尽心尽力地侍奉我，不容易啊，皇帝可别亏待了她呀。”

“不会的，儿臣最近经常去和皇后说话，前些天，江浙总督送来许多贡品，儿臣赐给皇后不少哪。”

在傍晚金黄色的余光照耀下，储秀宫里的一切都显得那样美好、醉人而又恬静。一声响亮的婴儿的啼哭声打破了储秀宫里的宁静，一个丫鬟满面春风地从正殿的房间里跑出来，向院子里的妃嫔们喊：“皇后生了，是个龙子。”

“噢，太好了。”顿时，院子里传来一片欢呼声。

已经35岁的那拉皇后经历了人生第一次分娩之苦，当她听着儿子响亮的哭声时，往日里的悲伤和哀怨瞬间化为乌有，心中唯有自豪和喜悦。历经千辛万苦终于盼来了宝贝儿子的降生，她觉得这么多年来的孤独、凄凉、寂寞和忍耐的付出终于换来了可喜的回报。“感谢上帝赐给我这个宝贝儿子，使我终生有靠了。上苍没有忘记我，不会只让我忍受苦难的，还有什么能比这个丰厚的回报更弥足珍贵的呢？”那拉皇后望着儿子俊俏的小脸，泪水止不住滚滚而下。

畅春园里，乾隆陪太后用完晚膳，母子俩坐在正殿里拉着家常，一个太监欢欢喜喜跑进门，扑通一下跪倒在地：“奴才给皇上道喜了。”

“什么喜事？是不是皇后生了？”乾隆毫不掩饰兴奋的心情。

太监回道：“正是，皇后生了一个龙子。”

“阿弥陀佛，”太后合掌念道，“果然是个龙子。”

“太好了，”乾隆兴奋地击了一下掌，“朕又多了一个皇子。传旨，立刻起驾储秀宫，朕要去看看皇后和十二皇子。”他转身对太后说，“儿臣改日再来和皇额娘说话。”

“你快去吧，替额娘问候皇后。”

那晚的月亮仿佛也与往常不同，刚一出现就显得格外明亮，给深沉的大地披上了一层银纱，为操劳的人们增添了些许快乐。

乾隆抱着十二皇子，脸上的笑容格外灿烂：“瞧这小家伙多可爱，眼睛像朕，鼻子和嘴巴像皇后。”

“这是臣妾有生以来最开心的一天，臣妾终于有了皇上的血脉，这是上苍赐给臣妾的宝贝。”那拉皇后激动之情溢于言表，“皇上，臣妾知道宫里的规矩，新生皇子几年后才能有正式的名字。可是，请皇上恕臣妾无理，眼下，臣妾该怎样称呼我们的儿子呢？”

乾隆略一思索，向门外喊了一声：“来人。”

胡世杰在门口现身：“奴才在。”

“传旨宗人府，十二皇子赐名永璂。”

“喳！”胡世杰躬身退出。

“皇上如此开恩，臣妾感激不尽。”

“嫡出之子，就是要与其他皇子不同。”乾隆并不掩饰对皇后之子的偏爱之情。

那拉氏回味着儿子的名字：“永璂！璂：美玉的一种，珍贵之物也。”那拉皇后的眼中涌出泪水：“谢皇上赐我儿如此珍贵之名。”

“王嬷嬷进来吧。”乾隆向门外喊了一声。一个眉清目秀的年轻女人走进来，跪下叩头：“奴婢王氏拜见皇上、皇后。”

“平身吧。”乾隆说，“皇后，这是朕亲自为老十二挑选的奶妈，刚满20岁，不仅奶水旺，还读过几年书，日后也可教导永璂。”

那拉氏望着王嬷嬷，眼神中流露出一种期待：“王嬷嬷，以后本宫的儿子永璂就拜托你了。”

“皇后请放心，奴婢一定将十二爷当成自己的亲生儿子。”

乾隆挥挥手：“抱走吧。”

王嬷嬷走上前来，从皇后手里接过孩子，转身欲走。

“等一下。”那拉氏的眼睛里充满泪水。王嬷嬷转过身来，那拉氏伸出手来轻轻抚摸着儿子的小脸，在他的脸上亲吻了一下。然后，转过脸去挥挥手，王嬷嬷抱着孩子走了，那拉氏紧紧抓住胸前的衣服，一行眼泪淌了下来。

乾隆走到那拉氏身边，轻轻抚摸着她的肩膀，说：“这是祖制，任何人都不得破例呀。”

“臣妾明白，只是，这孩子是臣妾身上掉下来的肉啊。还没看上几眼，就……”

“皇后放心，除了王氏，还有8个保姆，8个奶妈抚养永璂，他一定会健康成长的。”

次日，乾隆高兴地与臣子分享喜得十二皇子的消息，上谕曰：大学士管江南河道总督高斌奏：下江淮、扬、徐、海等属，四月以来，天气晴和，又得时雨霡霂。二麦秋实，愈见坚好，大概均得丰收。现米价无增，民情宁谧。得旨、欣慰览之。北省今春及入夏，雨旸时若，二麦可定丰收。又皇后已生皇子，一切顺适吉祥。卿其同此喜也。

乾隆此时的心情极为畅快，还特地作诗一首，庆贺继皇后生子。

视朝旋跸诣畅春园问安，遂至昆明湖上寓目怀欣因诗言志：

视朝已备仪，弄璋重协庆，（注：适中宫诞生皇子）
天恩时雨旸，慈寿宁温清；
迩来称顺适，欣承惟益敬。
湖上景愈佳，山水含明净；
柳浪更荷风，云飞而川泳，
味道茂体物，惜阴励勤政。

乾隆十八年六月二十三日寅时，皇后又生皇五女。九月，皇帝侍奉太后巡行热河，并至木兰围场围猎。那拉皇后本想随同皇帝巡行，但此时，皇后刚刚生完皇五女三个月，出于爱护皇后身体的考虑，乾隆下旨，令皇后去盘山行宫休养身体，谕曰：皇后至盘山，海望不必随往。着舒赫德为领侍卫内大臣，管理内务府大臣事务，随往。

后因事情有变化，乾隆再次下旨，壬申，谕曰：尚书舒赫德，差往江南。仍着阿里衮为领侍卫内大臣，随护皇后前往盘山。

盘山是燕山山脉南缘的一段，东西长 20 公里，南北宽 10 公里，雄伟多姿，景色幽古，久负盛名，曾入 15 大名山之列。远在初唐时，唐太宗李世民东征凯旋途中到此游赏，就曾赞不绝口，吟诗“兹焉可游赏，何必襄城外”，高度赞美盘山的绚丽景色。唐代时期兴佛教，盘山与山西五台山东西相呼，被称作“东五台”。到明清两代，这里建起寺庙 72 座、宝塔 13 座，行宫、楼台比比皆是，景况空前，成为香火极旺的佛家圣地。清幽的自然风光和众多佛寺，引来了善男信女络绎不绝，众多的文人墨客等或来参禅礼佛，或来游山玩水，留下了无数诗赋墨宝、碑记题刻，以及传奇故事，为盘山平添了许多人文景观和无限情趣。康熙皇帝曾进山 9 次，乾隆皇帝第一次巡游盘山时拍案称奇，情不自禁吟出：“早知有盘山，何必下江南！”下旨在山的东部兴建规模浩瀚的行宫“静寄山庄”，盘山发展鼎盛至极。此后他又 27 次到此巡游，既以此离宫处理朝政，又以此为避暑之胜地。为观赏山庄景色，每年耗费巨资，选传统造园之手法，集南北园林艺术之精华，使静寄山庄成为宏伟壮观、秀丽华美的皇家园林。

在风光秀丽的盘山行宫休养几个月后，那拉氏很快就恢复了健康。这一时期，乾隆和那拉氏恩爱有加，皇帝极力呵护皇后，以弥补原先对那拉氏的亏欠。可惜，在那个婴儿死亡率极高的时期，皇五女也未能逃过这一劫，乾隆二十年四月二十二日酉时，皇五女不幸夭折。所幸，继皇后此时又怀孕了，对下一个孩子的企盼冲淡了痛失爱女的悲伤。

乾隆二十年十二月二十一日卯时，那拉氏又生下皇十三子永璟。悲哀的是，这个孩子也未能逃脱“天花”的魔掌，于乾隆二十二年七月二十四日子时去世。年仅三岁。随葬端慧皇太子园寝，次年五月享配太庙，世袭罔替。

那拉皇后两次遭遇丧子之痛，她体会到了富察皇后内心的悲哀。值得庆幸的是，永璂已经5岁，身体非常健康，而且聪明异常，乾隆对其倍加喜爱。在永璂5岁生日的那天夜里，乾隆在储秀宫里摆下宴席，传旨让永璂的奶妈王嬷嬷带永璂到储秀宫，一家三口一起开怀痛饮，庆贺十二皇子永璂的生日。席间，机灵乖巧的永璂拿着几张纸跑到乾隆面前，说：“请皇阿玛赐教。”

乾隆放下筷子，接过那几张纸细看，上面工工整整地抄写着乾隆的两首诗：

辽阳怀古

唐宗战垒久成功，管邴曾闻度海东。
只有千年华表鹤，时看来往白云中。

望长城作

金墉迤逦倚山尖，想象当时守备严。
但拟天骄祛冒顿，那知民怨萃蒙恬。
千秋形胜因循览，万古兴亡取次觇。
自是天心无定向，从来违顺卜黧黔。

乾隆望着永璂，惊喜地问：“这是你写的字？”

“回皇阿玛，是儿臣所写。”永璂稚嫩的声音、聪明的才智让乾隆龙心大悦。

“哎呀，这孩子不得了啊，小小年纪字写得如此之好，前途不可限量啊。”

听到皇帝夸赞永璂，那拉皇后的心里比吃了蜜还甜，她一边给皇帝斟酒，一边说：“皇上日理万机，无暇顾及儿女们，如果皇上能亲自教导永璂，那他将来也许能成大器。”

“好好好，朕以后多多调教永璂，这孩子聪明贵重，比端慧皇太子一点也不差。哈哈哈。”

“真的吗？永璂哪能和端慧皇太子相提并论。”那拉氏的眼神里闪烁着惊喜的光芒。

“哎，怎么不能相比？”乾隆又饮了一杯，笑道，“永琏5岁时，朕亲自教他写字，他的字可没永琪写得这么好。”

乾隆又看了看永琪的字，说：“朕看永琪的字有王羲之之风啊，永琪，是谁教你写字的？”

“王嬷嬷教我认字，儿臣照王羲之的字帖练的。”永琪跑到外屋，从王嬷嬷手里接过一本王羲之的字帖和一摞练字时的纸张。

乾隆一张张看着永琪练过的字，又翻看王羲之的字帖，喜悦之情跃上眉梢：“太好了，永琪是无师自通啊，他是所有皇子中最聪明的一个。”乾隆向外屋喊了一声：“王嬷嬷。”

王嬷嬷进屋，跪倒在地：“奴婢拜见皇上。”

“王嬷嬷，永琪有这等才能，也是你教导有方啊。来人，赏王嬷嬷纹银五十两。”

“奴婢叩谢皇上隆恩。”王嬷嬷接过太监递过来的一盘子白花花的银子，颤颤巍巍地退了出去。

“皇后很有福气呀，生了这么聪明的儿子，这也是朕的福气。来，朕敬你一杯。”乾隆亲自为那拉氏斟了一杯酒，端起来递给皇后。那拉氏接过酒杯，激动得双手颤抖：“臣妾谢皇上隆恩。”

夫妻二人碰杯饮酒，皇后脸上绯红一片，喜笑颜开：“永琪的聪明才智都是皇上赐予的，龙父无犬子嘛。”

“哈哈哈，”乾隆将永琪抱在怀里，大笑道，“虎父无犬子，那龙父就更生不出犬子了，龙父只能生龙子嘛，朕就指望着永琪将来能继承大统哪。”

一闻此言，那拉氏的心中怦怦乱跳：“皇上，您不是在说笑吧？臣妾可担当不起呀。”

“君无戏言，”乾隆此时已有些醉意，“永琪如此聪明，又是皇后所生之子，他不继承皇位，谁还能继承啊？”

“皇上，您、您是要立、立永琪为太、太子？”那拉氏激动得话都说不利落了，一双渴望的眼睛盯着醉意蒙眬的皇帝。

“当然，朕即刻写下传位诏书，立永琪为太子。来，扶朕到书房去。”那拉皇后从皇帝的语气中，已察觉那个日思夜想的辉煌梦想就要从天而降了。她以最大的抑制力克制住全身的颤抖，扶起乾隆，颤巍巍地向书房走去。

书房的案子上，纸墨笔砚已准备齐全，乾隆提笔在绢纸上写道：

皇十二子永璂，乃嫡出之子，聪慧异常，器宇轩昂，人品贵重，皇后教导有方，日后必成大器。兹特册立命为皇太子矣，一俟朕驾崩之日，即刻继皇位也。乾隆二十二年四月二十五日亥时。

传位诏书写好后，乾隆仍意犹未尽，又提笔在另一张纸上为永璂赋诗一首：

春风润四月，中宫喜弄璋；
其形美似玉，璂者最担当。
时今已五载，聪慧惊异常；
勘勘承大任，锦坡披彩霜。

那天晚上，乾隆就在储秀宫里安歇了。那拉皇后拿着乾隆酒后写下的传位诏书，既激动，又惶恐：“这是皇上酒后写下的，能算数吗？万一明天皇上酒醒后反悔了怎么办？这个千载难逢的机会决不能错过了。”颇有心机的那拉氏知道此事非同小可，她生恐有变，就悄悄将诏书藏了起来。果然，乾隆第二天酒醒后，模模糊糊地记得昨晚曾写下了什么，于是问那拉氏：“昨晚朕写什么东西了吗？”

那拉氏担心的问题果然出现了，幸亏她早有防备，机智地回道：“皇上不是为咱们的儿子写了一首诗吗？”她把昨晚乾隆写下的诗拿给皇帝看，乾隆看后心中稍安。他又叮嘱了永璂一番，并颁旨命正六品国子监司业俞伟光为永璂的师傅。

几天后的一个晚上，乾隆在乾清宫的书房里批阅奏折，那拉氏做了一锅人参鸡汤和几样精美的小菜亲自给皇帝送去，乾隆正好有点饿了，连声夸赞皇后细心周到。那拉氏趁机陪皇帝喝了几杯酒。乾隆因连日来操劳国事，身体极感疲乏，几杯酒下肚后，就有点迷糊了。待皇帝睡熟后，那拉氏轻轻从皇上的腰上解下一枚钥匙，那是皇帝存放机密文件和玉玺的保险柜的钥匙，乾隆从未离过身。那拉氏打开保险柜，取出皇帝的玉玺，在那份传位诏书上盖上了乾隆皇帝的大印。

自此后，那拉氏觉得大势已定，剩下的就是如何尽一位好皇后的职责了。她对皇帝和太后的衣食住行都格外操心，很多事情都是亲力亲为。乾隆二十三年三月十五日，乾隆从泰陵回京的路上，感到身上的衣服有的地方不合适，令胡世杰传旨：“袍子领子小些，到家里着皇后放样。巡幸褂抬肩转身最小，亦着放样。”那拉皇后接旨后，亲自动手，将皇帝的龙袍和褂子抬肩改好。皇帝穿上后甚为满意，连声夸赞。

乾隆二十四年二月十七日，那拉皇后主持亲蚕礼。蚕桑关乎国计民生，历代帝王欲使统治稳定，必会关注养蚕缫丝业。自周朝始，在朝廷祀典中，就已确立了“天子亲耕南郊，皇后亲蚕北郊”的祭祀格局，于是就有了“亲蚕礼”。根据清朝的规定，亲蚕礼是由皇后所主持，率领众嫔妃祭拜蚕神嫘祖并采桑喂蚕，以鼓励国人勤于纺织的礼仪，和由皇帝所主持的先农礼相对。亲蚕礼不但有奖励农桑之意，也清楚界定男耕女织的工作区分。行亲蚕礼要先祭祀先蚕神。祭先蚕神于农历三月择吉举行，皇后和陪祀人员提前两天就进行斋戒，届时穿朝服到先蚕坛，祭先蚕神西陵氏，行六肃、三跪、三拜之礼。如果当时蚕已出生，次日就行躬桑礼，如蚕未出生，则等蚕生数日后再举行。躬桑前，要确定从蚕采桑的人选，整治桑田，准备钩筐。皇后要用金钩，妃嫔用银钩，均用黄筐；其他人则用铁钩朱筐。躬桑当天，皇后右手持钩、左手持筐，率先采桑叶，其他人接着采，采时还要唱采桑歌。蚕妇将采下的桑叶切碎了喂给蚕吃。蚕结茧以后，由蚕妇选出好的献给皇后，皇后再献给皇帝、皇太后。之后再择一个吉日，皇后与从桑人员到织室亲自缫丝若干，染成朱绿玄黄等颜色，以供绣制祭服使用。可见，亲蚕礼持续了从养蚕到织成布料的整体过程。

那年，那拉皇后主持亲蚕礼时，由乾隆皇帝钦点的陪祀者有：亲王福晋、郡王福晋、贝勒、贝子之妻、公之妻、尚书、大臣、副都统之妻、嫔妃两位、固伦和敬公主、和硕和婉公主等。在这场盛大的“亲蚕”祭祀礼活动中，那拉皇后享尽一国之母的尊荣。

从乾隆二十五年至乾隆二十九年的历次木兰围猎活动中，那拉皇后都随皇帝出巡，这些年中无论是哪里进贡来的贡品，皇帝都不忘赐给皇后一份，与皇后共享各种人间美味。

尽管那个时期，忻贵妃戴佳氏和令妃魏氏以及乾隆的其他妃嫔都极力在皇上面前争宠，但皇帝和皇后的关系总体上还是不错的。那拉氏非常清楚，乾隆身边有太多的女人，他又是个风流天子，处处遗情施爱的事太多了。自己虽然贵为皇后，但皇帝不属于她一个人，她无法遏制其他妃嫔的争宠和皇帝的风流行为。好在自己的儿子被皇帝默定为太子，尽管那一纸传位诏书是皇帝酒后写下的，但事后乾隆并未深究此事，那拉氏确信皇帝不可能对此事一点印象也没有，他心里默定的继位人就是永琪。在这些年里，乾隆也从未提过立太子的问题，所以，在那拉氏心里，再没有比儿子永琪继位更重要的事了，至于皇帝的风流韵事、妃嫔们的争风吃醋就随他们去吧。只要永琪能顺利继位，一切都不重要了。

那拉氏满以为将来继承皇位的非自己的儿子永琪莫属，没想到，一个巨大的威胁正渐渐向她逼近。

第五十一章
暗藏的威胁

关林和方莹从养心殿里出来，穿过乾清门，向太和殿走去。方莹边走边说：“我记得，《红楼梦》有一段描写宝玉和众姑娘一起放风筝的故事，这里面有什么隐情吗？”

“这个故事是第七十回，宝玉的风筝是‘林大娘才送来的美人’风筝，暗指林之孝的女儿林红玉，可这个‘美人风筝’却放不起去。宝玉恨得掷在地下，指着风筝道：‘若不是个美人，我一顿脚跺个稀烂。’林红玉是初入弘历潜邸时的那拉氏，身份低微，当然飞不起来。黛玉的风筝无名，紫鹃剪了黛玉的风筝线，说‘这一去把病根儿可都带了去了’，那风筝飘飘摇摇向天上飞去。黛玉是富察皇后的化身，富察皇后的病根是对乾隆的痴情和丧子之伤。‘那风筝越飞越远，展眼只剩了一点黑星，再展眼便不见了。’”

“探春放的是一只软翅子大凤凰风筝。探春正要剪自己的凤凰，见天上也有一只凤凰，两只凤凰风筝在空中绞在了一起，‘正不开交，又见一个门扇大的玲珑喜字带响鞭，在半天如钟鸣一般，也逼近来’。三只风筝搅在一起，一齐飘飘摇摇地去了。”

“放风筝的过程寓意非常明显，黛玉的风筝已经飞走不见了，暗示富察皇后已魂归天外。可是，又出来一只凤凰风筝和探春的风筝搅在一起，这只凤凰风筝就是那拉皇后的克星。那‘门扇大的玲珑喜字带响鞭’的大风筝，则指乾隆皇帝。‘响鞭’即是‘爆竹’，这是元春的谜语：‘能使妖魔胆尽摧，身如束帛气如雷。一声震得人方恐，回首相看已化灰。

[批语：此元春之谜。才得侥幸，奈寿不长，可悲哉！] 元春的化身之一是那拉皇后，'爆竹'暗指乾隆皇帝。天子怒发冲冠，'如钟鸣一般'撞了过来，探春的'软翅子大凤凰风筝'焉能不断线？"

方莹说："我记得，宝玉和姐妹们制灯谜时，探春作的灯谜是：'阶下儿童仰面时，清明妆点最堪宜。游丝一断挥无力，莫向东风怨别离。'谜底是风筝。隐喻的是那拉皇后就像断了线的风筝似的，是这个意思吗？"

"你很聪明嘛，正是这个意思。"关林看看方莹，笑道，"风筝在什么季节里都可以放，为什么探春说'清明妆点最堪宜'？因为乾隆三十年的清明节是闰二月十五日，这一日，正是那拉皇后与乾隆皇帝第一次发生激烈冲突的日子。那拉皇后不知天高地厚，竟敢在'太岁头上动土'，皇帝雷霆大怒，'一声震得人方恐'，那拉皇后'回首相看已化灰'了。乌喇那拉氏侥幸坐上皇后之位，'奈寿不长，可悲哉！'她在闰二月清明节后的十八日，如断了线的风筝一去不返。"

方莹问："那只和探春搅在一起的凤凰风筝指的是谁？"

"这个问题我还没有搞清，但肯定不是黛玉的风筝，因为她的风筝已经飞走不见了。不过，有一点可以肯定，这只凤凰风筝一定是乾隆第四次南巡时也在他身边的皇妃。"关林的脑海里灵光一闪，眼睛突然瞪大了，"难道是她？"

"谁？"方莹的眼睛也放出奇异的光彩。

"令贵妃，会是她吗？"

方莹的身子猛然间晃动了一下，脸色格外难看。

关林猜对了，那个逼近那拉皇后的巨大威胁就是令贵妃魏氏。

魏氏出生于雍正五年九月初九，比乾隆帝小十六岁。乾隆四年入宫，初时为富察皇后身边的宫女。魏氏本是汉人，容貌艳丽，能诗善画，深得乾隆喜爱。乾隆十年，年仅19岁的魏氏被乾隆封魏贵人，同年册为令嫔，乾隆十三年晋令妃，二十四年晋令贵妃。令妃魏氏以自己的美貌和才智赢得了皇帝的宠爱，使那拉皇后逐渐失宠，但是，这还不足以让那拉皇后焦虑绝望，真正的威胁来自乾隆二十五年十月初六，那一日魏佳氏生下皇十五子永琰。永琰长得和乾隆十分相像，乾隆非常喜欢他，表面上温柔贤良的魏佳氏开始酝酿她的阴谋。

令妃异常聪明，心机极深，她懂得要想在这壁垒森严的后宫之中出人头地，唯一的希望就在她的儿子永琰身上。可是，皇后成了她最大的绊脚石。虽然皇帝很宠爱自己，对皇后的感情并不是很深，但皇后也非等闲之辈，她尽心服侍太后和皇帝，并无大错，要想撼动皇后的地位着实不易。令妃只能默默地等待机会，好在，皇帝很喜欢永琰，这使她看到了一丝希望。她首先把进攻的目标锁定在传旨太监胡世杰的身上，胡世杰和皇帝朝夕相处，对皇帝的言行和行踪了如指掌，只有得到胡世杰的支持，才能掌握皇帝的心思。因此，每逢胡世杰来传旨时，令妃都极为慷慨地赐给他银两、古玩、玉器和银票，渐渐地，胡世杰已经是令妃的人了。终于，胡世杰在关键的时刻发挥了重要作用。

胡图远远跟在关林和方莹身后。看着两人的背影，胡图脑海中闪现出几幅清晰的画面——

近黄昏时，令贵妃的庭院里，几只喜鹊在榆钱树的树巅上来回盘旋，叽叽喳喳地叫个不停。胡世杰一溜小跑地进了院子，一进门就喊："恭喜贵妃娘娘，皇上又翻了您的牌子了。"

令贵妃快步从正屋里出来，含羞带笑的脸上洋溢着动情的微笑："哎呀，胡总管辛苦了，快请屋里歇歇。"

胡世杰诚惶诚恐，屈身随令贵妃进了屋。"胡总管请坐吧。"

"贵妃娘娘在上，奴才不敢造次。"

"胡总管不必客气，您已经是自己人了，坐吧。"

"谢贵妃娘娘赐座。"胡世杰小心翼翼地坐下了。

"快给胡总管上茶。"丫鬟端着茶盘上来，恭恭敬敬地捧给胡世杰："胡总管请用茶。"

胡世杰接过茶杯，掀开茶杯盖饮了一口，慢慢抬起头来，一张圆圆的大白脸上，那张难看的嘴巴掩饰不住几颗暴露的牙齿。此人正是胡图。

令贵妃坐在桌子另一边，从袖子里摸出一张银票递给胡世杰："这里有二百两银子，胡总管拿去喝茶吧。"

令贵妃说的数目显然吓到了胡世杰，他惶恐地放下茶杯，起身作揖道："令贵妃如此慷慨，奴才实不敢受。"

"哎，这点小钱不算什么，胡总管当然清楚，最近皇上总翻本宫的牌子，这等宠爱连皇后都没有过吧？"

"那当然，自从皇十三子永璟去世之后，皇上就很少到储秀宫去了。"

"胡总管知道皇上为何如此宠爱本宫吗？"令贵妃瞥视着胡世杰那张

猥琐的脸，觉得该是向他摊牌的时候了。

“当然是贵妃娘娘才貌双全，温存体贴了。”胡世杰不明真相，懵懵懂懂地说。

“胡总管错了，在这后宫里，比本宫年轻貌美的妃嫔不在少数，难不成皇上视而不见？”

“那奴才就不知原委了。”

“呵呵呵，”令贵妃冷笑道，“胡总管难道没看出永琰长得像谁吗？”

“当然看得出，在所有的皇子里，十五爷长得最像皇上了，所以，才深得皇上喜爱。”说到这里，胡世杰突然明白了令贵妃话中的意思，慌忙起身躬身道，“奴才该死、愚笨，没有体会到贵妃娘娘的深意。”

“呵呵呵，你现在明白也不晚。”令贵妃冷眼看着胡世杰。

“但这等天大的事情，岂是奴才敢打听的。”

“谁让你打听了？你可知本宫有件很为难的事，若你能帮本宫了却了这桩糟心事，那你今后的日子就是享不尽的荣华富贵了。”

“贵妃娘娘的意思是——皇后那里？”胡世杰试探地问。

“胡总管果然聪明。”

胡世杰吓得扑通一下跪倒在地：“求贵妃娘娘开恩，这等通天的大事，打死奴才也不敢涉足呀。”

“你不是已经涉足过了吗？”一向温柔贤淑的令贵妃，眼睛里射出一股令人胆寒的凶光，“不是你说的，皇后曾跟人说继承皇位的非永琪莫属吗？不是你说的大清的继位人都不是嫡出，皇上一心想立嫡出之子，所以，触怒天意，孝贤皇后和她两个儿子都先后夭折了吗？”

“天哪！奴才何时说过这些话啊？”胡世杰哭喊道，“求求贵妃娘娘饶过奴才吧，这些话皇上要是知道了一句，奴才就得千刀万剐呀。”胡世杰已经吓得魂飞魄散了，像捣蒜似的砰砰磕头不止。

“哼哼哼，你说过的话想赖过去吗？别做梦了，你要不想被皇上千刀万剐，就得按我说的去做，否则，你就等着凌迟处死吧。”

胡世杰一下子瘫倒在地。喘了一阵，他爬到令贵妃脚下：“奴才一切听从娘娘的指令，求贵妃娘娘救救奴才。”

“好，你起来。”令贵妃的脸色转晴，“只要你按照本宫的话去做，本宫保你平安无事，而且，还有享不尽的荣华富贵。你也不想想，十五爷要是做了皇上，本宫就是皇太后了，到那时，你就是首功啊。”

“谢贵妃娘娘，奴才该怎么做？”

“你这样……”令贵妃对胡世杰一阵耳语，胡世杰频频点头。

“喳，奴才一定尽力而为。”

“不是尽力，是一定要做到，否则，你就别怪本宫翻脸无情了。”令贵妃的话透着不可抗拒的威力。

“喳，奴才肝脑涂地、万死不辞。”胡世杰已没有了任何退路。

关林和方莹走到太和殿的广场上，方莹边走边问：“道士的那封信上有一首诗，其中一句是‘甲子纳音暗中藏’，这是什么意思？”

“道士是在暗示书中主人公的命运与甲子纳音有关。宝玉那块玉上写着‘莫失莫忘，仙寿恒昌’，宝钗金锁上的字是‘不离不弃，芳龄永继’，刚好配成一对。宝玉一见宝钗的金锁就大叫：‘姐姐这八个字倒真与我的是一对’，这里有条批语：[不知干支中四注八字可与卿亦对否？]这条批语暗示的是，乾隆和那拉皇后的生辰八字正好相克。”

“乾隆和富察皇后的生辰八字是相生，乾隆和那拉皇后的八字是相克，这倒有点意思。”方莹道。

“乾隆是辛卯松柏木，需水来滋润。富察氏和乌喇那拉氏的八字中都有水，富察氏是常流水，那拉氏是大溪水。二水滋润松柏木，皆大欢喜。可松柏木最怕大海水，那拉皇后与乾隆反目的时间是在乾隆三十年闰二月十五日至十七日，十八日她被乾隆遣送回京。十七日是壬戌大海水，十八日是癸亥大海水；松柏木遇大海水，焉能有好结果。宝玉在与冯紫英、薛蟠等人饮酒时说：‘听我说来：如此滥饮，易醉而无味。我先喝一大海，发一新令，有不遵者，连罚十大海，逐出席外与人斟酒。’这一情景隐写的是乾隆南巡期间微服民间、寻欢作乐的史实，宝玉为什么不说‘喝一大杯’？偏说‘喝一大海’，这个‘大海’指的就是闰二月十七日壬戌大海水。探春画中大海里的孤船是指十八日癸亥大海水，探春判词‘清明涕送江边望’，注意，这里变成了‘江边望’，而不是‘海边望’。可见，探春登舟远去不是在海上，大海里的孤船只是一种寓意，这就是‘甲子纳音暗中藏’的意思。”

方莹说：“太妙了，还有吗？”

“乾隆是丁酉月山下火，山下火最怕霹雳火，不宜见大海水，而那拉皇后恰恰是霹雳火，又在壬戌大海水时与乾隆激烈冲突，后果可想而知。”

方莹说：“乾隆是山下火，那拉氏是霹雳火，山下火最怕霹雳火，二火相克，必生大祸（火）。”

“对，”关林接着说，“第一回，甄士隐和贾雨村携手来至书房中，方谈得三五句话，忽家人飞报：‘严老爷来拜。’［批语：‘炎’也。炎既来，火将至矣。］‘严’即‘炎’，‘炎’为二火，这二火暗示的就是乾隆的山下火和那拉氏的霹雳火。”

“第一回写，三月十五日，葫芦庙中炸供引起火灾，将一条街烧得如火焰山一般。作者刻意点明‘三月十五日’这个时间，暗示的就是闰二月十五日清明，这一日山下火和霹雳火相遇，同时爆发，所以，才引起一场大火（大祸）。‘大火’隐喻‘大祸’也。这就是‘炎既来，火将至矣’的真正寓意。”

“这场大祸是什么原因引起的？”方莹问。

“第二十八回：宝玉与薛蟠、蒋玉菡及锦香院的妓女云儿一起到冯紫英家饮酒作乐，这一情节，隐写的是乾隆第四次南巡期间微服民间，寻花问柳的史实。云儿弹起琵琶唱道：‘两个冤家，都难丢下，想着你来又记挂着他。两个人形容俊俏，都难描画。想昨宵幽期私订在荼蘼架，一个偷情，一个寻拿，拿住了三曹对案，我也无回话。’［批语：此唱一曲为直刺宝玉。］”

“云儿之曲道出了‘祸起’的根由。‘两个冤家，都难丢下，想着你来又记挂着他。两个人形容俊俏，都难描画。’这一句唱的是富察氏和乌喇那拉氏两位皇后，像两个冤家似的，纠缠着乾隆的一生。‘想着你来’是说那拉皇后。南巡期间，二月初十，恰逢那拉皇后四十八岁千秋，乾隆为她庆祝生日，早晚两膳都加菜赐赏。‘又记挂着他’，是说乾隆始终不忘富察皇后。此次南巡，又一次路过济南，乾隆忆起富察皇后，便写了一首诗，正是这首蕴含着乾隆皇帝对富察皇后的深情思念的诗，切实刺痛了那拉皇后那颗极其要强的心。这两位皇后，都是‘形容俊俏’，一个宛如水中之月，一个形同镜中之花，两个人都贵为皇后，实在是‘难以描画’啊！第一回，葫芦庙着火时有一句脂批［写出南直召祸之实病］，‘南直’，是指南直隶，简称南直，为明朝行政区划，由应天府、扬州府、苏州府、凤阳府等 14 个府级单位组成，乾隆写的那首诗就是在南直隶期间写的。就是这首诗深深刺激了那拉皇后，导致她歇斯底里发疯，因此，招来一场大祸。这就是‘南直召祸’的真正寓意。为避祸，批书人故意写成明朝的行政区域名称，以表示此书与乾隆无关。”

方莹说：“‘想昨宵幽期私订在荼蘼架，一个偷情，一个寻拿，拿住了三曹对案，我也无回话。’这句是暗喻乾隆在第四次南巡期间，迷恋情色、微服出行，与妓女私会，甚至深夜不归；那拉皇后发现后苦劝无果，与乾隆激烈争吵。是这个意思吗？”

“你的理解非常正确。‘拿住了三曹对案，我也无回话。’你发现了我与妓女私会又能怎么样？朕是皇上，纵然是‘三曹对案’，朕也无须回话。那一夜，乾隆怒斥她有‘谋逆’之意。脂批说：‘此唱一曲为直刺宝玉。’小说中并没有宝玉偷情被寻拿的描写，脂批是暗示此曲是在揭示乾隆的风流韵事以及他与那拉皇后反目成仇的根由。”

方莹说：“荼蘼是春天的最后一种花，凋谢后即表示花季结束，所以有完结的意思。花开到荼蘼，便没有退路，也就不能继续美丽了。”

“对，云儿曲中‘想昨宵幽期私订在荼蘼架’，暗示那拉皇后搅了乾隆的好事，此事若传了出去，必将影响乾隆的一世英名，今后怕不能再如此随心所欲地拈花惹草了，此寓意一；寓意之二：暗示那拉皇后好梦到头，从今以后不能继续美丽了。”

听着关林的讲述，方莹仿佛看见了当年乾隆南巡期间的情景——

第五十二章
思念与牵挂

初春，沉睡的大地刚刚睁开惺忪的睡眼，漫山遍野都是一片新绿。浩大的南巡队伍，继续向南行进。那拉皇后掀开凤舆的帘子向外望去，远处连绵起伏的群山变得苍绿了，解冻的小河发出哗啦、哗啦的欢快的叫声，山坡上的小草铺满山野，嫩生生、绿油油的，显示着它顽强的生命力。原野中的一片片树林也冒出新的嫩芽，柳树的枝条向下垂着，就像一条条绿色的线挂在树上。一行大雁在空中飞翔，向人们宣告春天的到来。在温暖的春风轻拂下，那拉皇后的心情格外畅快。

远处，一座城池渐渐地浮现出来，微风中隐隐约约传来了一阵阵欢快的锣鼓和唢呐的声音，还有噼里啪啦的鞭炮声。乾隆从銮驾中伸出头来，问下面的太监："前面是什么地方？怎么这么热闹？"

太监回道："回皇上，前面就是济南府的德州了，那是济南和德州的百姓在恭迎圣驾呢。"

听到"德州"二字，乾隆的心猛地一颤，十七年前的悲惨一幕立刻浮现在眼前：那是乾隆十三年三月十一日，富察皇后随乾隆东巡回銮途中，仙逝于德州舟次的御舟上。虽然已经整整十七年过去了，但是，当年痛失挚爱的妻子的凄惨情景依然历历在目，乾隆始终无法忘怀。这已经是他第四次路过济南府了，前三次路过济南和德州时，他都拒不进城，怕的是一进城就会勾起无限的伤感，这次他决定也不进济南和德州城。想到此，乾隆下令："传旨，朕不进济南和德州城，让济南府尹和德州知府在路边恭候。"

“喳!”传旨太监飞马向前奔去。

鞭炮震天，鼓乐齐鸣，彩带飞舞，人声鼎沸，德州城边的道路两旁挤满了迎接圣驾的官员和百姓。皇上銮驾一到，官员和百姓齐刷刷地跪倒在地，齐声高呼：“恭祝皇上万寿无疆！恭祝皇后娘娘千岁!”乾隆和那拉皇后站在銮驾上，向人群挥手致意。几个官员跑到銮驾前，跪地叩头：“奴才恭迎皇上、皇后圣驾，请皇上赏脸，移步到城里小憩，给奴才们一个孝敬皇上皇后的机会。”

乾隆板着面孔说：“适才已让太监传旨，朕不进城了。朕已闻报，山东一些地方受了灾，朕已颁旨，免去山东一年的税负，并拨了一些物资款项以赈灾。尔等可将本府所辖的河堤水坝受灾情况、治水之策、吏治民情、钱粮税负等一并据实奏报。”

“奴才领旨，叩谢天恩。请皇上恕奴才禀报，现有本地举人梁文迪为恭贺皇上第四次南巡，特向皇上献诗两首。”

“呈上来吧。”

“喳。”济南府尹双手高举一个大红信封，太监接过来呈给皇上。

乾隆口谕：“赏接驾和献诗者各大荷包一对，小荷包两对。”

“奴才叩谢皇恩。”

二月初八，南巡队伍由山东进入江苏境内，当晚，乾隆驻跸宿迁龙王庙行宫，此行宫是乾隆历次南巡时下榻的地方。龙王庙行宫建筑群整体呈长方形，双重围墙，布局严整，规模宏大，轴线分明，左右对称，气势磅礴，雄伟壮观。中轴线上建筑物主次清晰，错落有致，自南向北，整个建筑群分为六大部分。最南端为古戏楼，额枋上悬挂“奏平成”鎏金匾一块，上下门悬有“阳春”“白雪”金匾各一块。古戏楼向北，为青砖铺设的宽阔广场，两边有相对应的“河清”“海晏”牌楼，乾隆皇帝每次下榻龙王庙，都是从“河清”“海晏”牌楼门进出的。两侧的石狮造型奇特，用料考究，前脚直立，后脚盘曲，昂首挺胸，雄强威猛，象征着大清帝国不可凌辱的气概。山门正门的正上方，青砖镶嵌着乾隆御笔题写的七个镏金大字“敕建安澜龙王庙”和一方“乾隆御笔”印。禅门的两旁有相对的两明两暗的“脚门”，是皇帝和文武官员进出行宫的通道。

广场北侧是山门，亦称禅殿。禅殿大门的两旁，置放两尊清中前期的皇家石狮，这两尊石狮据说在江苏独一无二，在全国也屈指可数。

过禅门进入第一道院落，中心位置是乾隆皇帝下旨建造的御碑亭，碑亭正中耸立着一块5米高的御碑，御碑上刻满了乾隆的圣旨和诗文。第二进院落是整体建筑中心院落，“龙王殿”是乾隆朝政议事和敬神祭祖的地方。第三进院落，是行宫的最后一进院落，也就是乾隆皇帝和后妃们的寝宫。

满天的繁星声息全无，一弯月亮像个羞涩的女孩子，不时地闪躲到云层里，光明和轮廓清新刻露，烘衬着深沉的夜景。行宫的园子里，草丛中的小虫窸窸窣窣地在夜谈，几星萤火优游来去，像是在厚密的空气里飘浮。

四个丫鬟提着四个大灯笼走来，那拉皇后走在中间，身后跟着两个侍卫。一行人从后院出来，向亮着灯的龙王殿走去。大殿门口站着一排侍卫和几个太监。胡世杰看见皇后走来，急忙从丹墀上下来，迎上去躬身问道：“皇后还没歇息呀？”

皇后说：“我来看看皇上。”

胡世杰小声说：“皇后请恕奴才冒犯，皇上有旨，任何人不得入内打扰。”

“皇上怎么了？白天就闷闷不乐的。”皇后问。

“皇上正烦着哪，可能是过济南府时，想起了先皇后，所以闷闷不乐，晚膳也进得不多。”

“唉！”那拉皇后叹道，“真是痴心不改呀。”愣怔了一会儿，她对胡世杰说，“你们小心伺候着，别让皇上熬得太晚了。”

“奴才遵旨。”

“走吧，回去吧。”那拉皇后掉头，一行人向后院走去。

“皇后慢走。”胡世杰在背后轻声喊道。

大殿里烛火通明，几个丫鬟垂手站在大殿两边，大气也不敢出。乾隆心绪烦乱地在殿里走来走去，脑海中不断闪出富察皇后的影子，他和富察皇后恩爱有加的美好岁月像电影一般在眼前重现——

孝贤纯皇后富察氏，出身于满洲镶黄旗，为八旗中的上三旗，由皇帝亲统，地位很高。在清代皇后中，真正出身于满洲镶黄旗的并不多，孝贤皇后不仅旗籍高，而且出身于名门宦家，世代簪缨。富察氏为满洲八大姓之一，从太祖到世宗时期，富察氏家族人才济济，名臣辈出，为大清多建功勋。早在努尔哈赤时期，她的祖先旺吉努就率族众归附了后金，在统一东北、创建帝国的多年征战中，屡建战功。她的曾祖父哈什屯是清朝开国功臣，在太宗朝以军功官至礼部副理事官，至顺治年间，累官至内大臣，加太子太保。她的祖父米思翰在康熙年间任议政大臣，当过7年的户部尚书，掌管国家的财政大权，曾经大力支持康熙帝的撤藩政策，深受康熙帝的器重。哈什屯和米思翰均于乾隆十三年五月被追赠为一等承恩公。孝贤皇后的父亲李荣保是米思翰的第四子，官至察哈尔总管。她的伯父马齐在康、雍、乾三朝任保和殿大学士达23年之久，时间之长，在有清一代是罕见的。她的另一位伯父马武任过都统、领侍卫内大臣，官居一品，位极人臣，多年报效朝廷，深受皇帝的倚重，被雍正称为“圣眷最渥之人”。时人记载：“明（明珠）、索（索额图）既败后，公（马齐）同其弟太尉公武（马武），权重一时，时谚云‘二马吃尽天下草’”。

一个阳光明媚的上午，长春宫正殿大堂里，富察皇后身着明黄龙袍，头戴皇后凤冠，端坐在龙椅之上，清内廷供奉的意大利画家郎世宁正在为皇后画像，一幅油画肖像作品已基本完成，郎世宁在做最后的局部调整。乾隆步入大殿，富察氏看见皇帝，正欲起身，乾隆急忙摆手：“莫动，莫动。”

郎世宁回头看见皇帝，急忙行了个屈膝礼：“微臣给皇上请安。”

“免礼。”乾隆微笑着看着画布上的富察皇后，满意地点点头，“画得很像，不仅形似，更重要的是表现出了皇后高贵的气质。”

皇后闻言，急忙从龙椅上下来，和乾隆一起端详着自己的画像。画面上的皇后，皮肤白皙，目光清澈，神态温婉平和，毫无张扬骄矜之气，显示出她良好的风度和修养。虽算不上妖艳夺目的国色天香，但称得上平正端凝的中上之姿。

乾隆由衷地赞道：“皇后之气质，在妃嫔中是绝无仅有的，可谓姿容窈窕，仪态万千，风姿绰约啊。”

皇后羞红了脸：“皇上谬奖，羞煞臣妾也。”

郎世宁急忙附和道：“皇上金口玉言，皇后真乃国色天香，母仪天下。”

乾隆心花怒放，高喝一声：“来人！”

胡世杰闪身进殿：“奴才在。”

“赏郎世宁纹银一百两，玉麒麟杯两只。”

“喳！”

郎世宁受宠若惊，急忙跪地谢恩：“微臣叩谢皇上隆恩。”

富察皇后不仅有姣好的容貌，高贵的出身，而且有较高的文化修养。她从小就接受父亲良好的正统教育，娴于礼法，深明大义，加之天生的端庄文静，可以说是一位标准的名门淑女、大家闺秀。她虽出身名门望族，但并不是骄奢任性的女子，从来不爱在自己的脸上精耕细作，也厌恶金银珠宝之类的华丽恶俗，相反，她生性节俭，平居恭俭，不喜奢华，平时在宫中的装饰打扮用品不是金玉珠翠，而是以简简单单的通草绒花为饰，成为皇后以后仍然如此。

乾隆九年（1744），蚕坛建成，富察氏带领妃嫔命妇大行亲蚕之礼，祭祀先蚕嫘祖，并当众演习养蚕织丝之术。后来蚕丝多了，富察氏不忍心遗弃，下令把它染上色彩，织成御衣，亲自进献给皇帝。乾隆穿惯了锦衣玉裘，见到这件略显粗糙的丝织御衣，竟感到格外亲切，除对皇后大加褒扬，还下令大小臣工崇俭去奢，并在祭祀登朝时多次穿用。

除了生性节俭，孝贤皇后对乾隆感情至深，爱护有加。对皇帝的生活起居，更是关怀备至，事必躬亲。乾隆八年春天，喜欢拈花惹草的风流天子，因身边有太多的妃嫔、宫女甚至是民间美女，滥施龙情，纵欲过度，终于遭到报应，患上了严重的疖疮。疖疮是一种性病，体征是皮肤剧烈瘙痒，而且皮疹多发于皮肤皱褶处，特别是阴部。乾隆被病痛折磨，痛苦不堪，经过太医广采各种偏方良药，精心医治，才渐渐初愈了，但御医一再叮嘱将养百日之后才能完全康复。皇后为皇帝龙体担忧，就搬到了乾隆寝宫的外屋居住。乾隆不解其意，问："皇后因何搬到此处居住？"

皇后柔情万分地微笑道："皇上休怪臣妾多事，臣妾是一心为皇上的龙体着想，在这百日之内，皇上还是忍忍吧，切不可临幸任何女子。"

"呵呵呵，"乾隆微笑地盯着富察皇后，说，"皇后是想让朕成为太监吗？"

"臣妾不敢，臣妾是想让皇上永远做皇上，才迫不得已出此下策。请皇上恕罪，体谅臣妾的一片苦心。"

"哈哈哈，"乾隆大笑道，"难得皇后一片忠心，好，朕就做几个月的太监吧。"

富察皇后在乾隆寝宫的外屋守住大门，精心服侍了乾隆一百多天，拒绝任何妃嫔和宫女接近皇帝，直到看到乾隆确实康复如初，才搬回到自己的寝宫居住。为此，乾隆不仅没有怪罪皇后，反而对皇后的良苦用心大为赞赏。

在门第、外表和性格这三大因素中，富察氏最为突出的就是性格。富察氏是一位既聪明透顶，又天真烂漫，既精明过人，又大气温柔，既识大体，又重小节，既善解人意，又有原则，既含蓄婉约，又可以笑唾檀郎的女人。在乾隆忙于政务时，她以自己的精明管理后宫，安排照顾皇子的生活和教育，让他不致分心；在乾隆遇到困扰情绪烦躁之际，她如同一朵解语花，迅速读懂他的内心，能给他极大的安慰，让他的心境迅速走出阴郁；当乾隆心情极佳，精力无处发泄时，她又能陪他纵情玩乐，陪他在围场纵马奔驰，甚至偶尔也一试挽弓射箭。

富察皇后一直为乾隆皇帝分忧解劳，夫妻二人休戚与共、同甘共辛。乾隆在国事中最关心的事务之一便是全国各地降雨的情况。当时最了解皇帝无日不以雨旸为念的，莫过于皇后。膜旱而同忧，雨雪而同喜。乾隆在《雨二首》的注文中特别提到这一情形：“忆十三年来，朕无日不以雨旸繫念，先皇后实同此欣戚也。今晨观德殿奠酒，若常此时遇雨，应解愁而相慰，兹岂可复得耶？兴言及此，泪欲沾襟。”

富察皇后办事很有条理，主持后宫不偏不妒，对待太监宫女宽和仁慈，还把乾隆各位妃子所生的子女都视为己出，因而深得其他妃嫔的敬重，后宫上下都盛赞她的美德。最能体现出皇后贤惠的，就要数她对待皇太后的态度了。乾隆是个大孝子，对母亲的孝顺到了无以复加的地步，他对皇后最满意的地方就是她非常孝敬自己的生母崇庆皇太后，这一点确实给了他极大的安慰。满朝文武和后宫妃嫔们都知道，太后出身卑贱，一开始不过是个粗使丫头，年纪虽长，仍然终日大说大笑，不改本色。而皇后出身名门，知书识礼，一举一动都透出骨子里的高雅。这婆媳俩气质风度迥异，按理说相处起来有点难度。可是皇后从心里把婆婆当成妈，关心照顾得无微不至。正因为太后出身低微，所以她在太后面前特别注重礼貌，遇到太后吃饭更衣，她都亲自照顾，不让别的宫女插手。太后微有不适，她彻夜不眠，在跟前小心翼翼地伺候。想不到大家闺秀出身的皇后能吃得了这份苦，后宫上下对此都十分佩服。因此，婆媳关系处得异常融洽，老太太一日也离不了这个正宫娘娘在跟前。由此，乾隆对孝贤皇后十分感激，也更加爱护和敬重。乾隆夸赞皇后：“皇后侍奉皇太后最得欢心，历观古之贤后，盖实无以加兹，其淑德堪比古今的贤后，故侍遇后族宠贵无比，圣心眷注亦古今所罕见也。”

有这样的贤后与和谐的宫闱环境，乾隆毫无内顾之忧，可以专心地处理国家政务。乾隆认为这一切都是孝贤皇后的功劳，对她十分感激，把她视为难得的贤内助。乾隆把他治国的功劳也分给皇后一份："朕躬揽万几，勤劳宵旰，宫闱内政，全资孝贤皇后综理。皇后上侍圣母皇太后，承欢朝夕，纯孝性成，而治事精详，轻重得体，自妃嫔以至宫人，无不奉法感恩，心悦诚服。十余年来，朕之得以专心国事，有余暇以从容册府者，皇后之助也。"

忆起与富察皇后一起度过的美好时光，乾隆按捺不住激动的思潮，心中涌出一种冲动。他快步走到案前坐下，拿起桌上的毛笔，一个丫鬟急忙过来研墨，另一个丫鬟拿着茶壶过来，在茶杯里斟满茶，浓厚的茶香弥漫出来。乾隆挥挥手："你们都出去吧。"

"喳。"几个丫鬟小心翼翼地退了出去。

乾隆思索一阵，挥笔在纸上写道：

四依皇祖南巡过济南韵

四度济南不入城，恐防一入百悲生。
春三月昔分偏剧，十七年过恨未平。
排遣闲情历村野，殷勤政务祝宁盈。
明朝便近芳山驻，秀色宁看云表横。

漫长的岁月丝毫没有减弱乾隆对富察皇后的思念之情，在那遥远的春三月里，他和富察皇后永远地分离了，十七年过去了，心中的思念仍不能平静啊！这首诗中清晰地道出乾隆心中难以平愈的伤痛。

那一夜，那拉皇后也辗转反侧，难以入眠。"这个痴情的风流天子，什么时候能对我这样，那我也就死而无憾了。我这个继皇后真的那么差吗？我哪一点比不上富察氏？皇上，在你心中就不能给我留点位置吗？两天后，就是我四十八岁的生日了，自从十六岁入宫以来，三十二年了，皇上，你给过我多少温存呢？"

那拉皇后的心中涌出阵阵悲哀，这时，她想起了高氏临死前对她说的话："你千万记住，即使皇后生不出儿子，即使她有个三长两短，你也不要去争皇后的位子，你看宫中的那些妃嫔，一个个削尖脑袋地在皇上面前争宠，可是，她们哪个也不是皇上的真心所爱，那个位子只属于富察皇后。"

"慧贤皇贵妃真是有先见之明，任凭是谁也无法替代富察氏在皇上心中的位置啊。好在，我现在还有圣母之尊，还能号令后宫，那些个心怀鬼胎、口是心非的妃嫔，尽管变着法地在皇上面前献殷勤，可是，她们谁也撼不动我的位置。哼，在我面前，她们哪个不是战战兢兢。我还有儿子永璂，只要我的儿子平安无事，一切都随他去吧。”想到这些，那拉皇后的心中稍安，迷迷糊糊地进入了梦乡。

恍恍惚惚中，那拉氏看见皇帝满脸含笑地向她走来，牵着她的手走进花园里，两个人在鲜花丛中翩翩起舞。那拉氏依偎在乾隆的怀抱中，幸福的脸上荡起甜蜜的笑容。忽然，远处传来一个女子的喊声：“皇上，皇上——”一团飘忽的白云里现出一个身着皇后龙袍的女子，频频向乾隆招手。乾隆猛地推开那拉氏，大喊一声：“皇后——”转身向那个女子跑去。

那拉氏跌倒在花丛中，伸出手凄惨地嘶喊：“皇上，皇上，臣妾在这里呀。”

“啊——”的一声大叫，那拉皇后从床上惊醒。两个丫鬟从外屋跑进来，惊问：“皇后，皇后，您怎么了？”

那拉皇后哀伤的眼睛里淌下两行热泪。

第二天早上，太监传旨，銮驾在龙王庙行宫歇驾两天。乾隆一整天都闷闷不乐，随行的大臣和妃嫔们谁也不敢去骚扰皇上。那拉皇后过去问安，皇帝也爱搭不理的，初九这天就在沉闷的气氛中过去了。

二月初十，当黎明的第一缕曙光微微洒向大地时，多少隐藏在黑暗中的生命因为朝阳的出现，而放射出了耀眼之光。那拉皇后早早地就醒了，今天是她的生日，往常在宫中，每当皇后生日时，皇宫里都是一片节日气氛。交泰殿里会装点得富丽堂皇，皇后娘娘的千秋节就在这里举行。当她满身珠光宝气地坐在交泰殿的龙椅上，接受王公大臣、妃嫔皇子、皇室宗亲的拜寿、庆贺时，心中那神圣自豪的感觉陡然会增加许多。

“可今天正在南巡期间，皇上又心情不爽，这生日没法过了。唉！算了，自己记着又长了一岁就行了。”那拉皇后郁郁寡欢地起床梳洗打扮，懒洋洋地走进侧殿的用膳之处。刚一进门，就传来一片祝福声：“恭祝皇后48（虚岁）岁千秋，皇后娘娘千岁、千岁、千千岁！”令贵妃魏氏、庆贵妃陆氏、容妃、卓氏和几位皇子及宫女、太监跪在地上，齐声向皇后道贺。

“哎呀，在这颠簸的南巡途中，各位姐妹还记得本宫的生日，着实让本宫感动。大家平身吧。”那拉氏的声音有些颤抖。

众位一起围坐在几张餐桌前，皇后看到餐桌上增加了十几道菜，诧异地问："怎么多了这么多菜？"

令贵妃笑道："是皇上下旨给皇后加菜，是专为皇后庆生的，晚膳时还要在中院的大殿里为皇后举办生日宴会哪。"

一股暖流涌上那拉皇后的心头，她的眼睛有些湿润了。"皇上没有忘记我，有这一句我就知足了。"

当月牙爬上树梢的时候，中院的大殿里灯火辉煌，笑声朗朗。十几桌丰盛的酒宴摆满了整个大殿，皇太后端坐在正席中间，乾隆皇帝和那拉皇后分坐两边，随行的大臣、妃嫔、皇子们一起举杯，恭祝皇后千秋。

乾隆多日来的抑郁一扫而光，脸上露出真诚的笑容。"皇后啊，这南巡途中，条件有限，其实，各地的官吏都上了折子，要给皇后庆贺生日，被朕给驳回了。你也知道，山东和江浙一带都遭了灾，朕这次南巡就是来体察民情的，因而不能过分地给地方增加负担。所以，你的生日只能这么过了，还请皇后见谅呀。"

"皇上对臣妾恩重如山，这份情义比什么都珍贵，臣妾感激还来不及哪，哪里还会有半点埋怨之情。"那拉氏的激动之情已经不能用浅薄的语言来表述，她似乎觉得身上的每一根汗毛都跳动着欢畅。

皇太后笑道："皇后是个懂事的孩子，她会体谅皇帝的这番苦心的。"

"太后所言极是，皇上日夜为国事操劳，还记着臣妾的生日，臣妾真是感激不尽。唯有以后在太后面前多尽孝心，为皇上分忧解难，尽己之责理好后宫之事，以报皇恩。"

"哈哈哈！"乾隆笑道，"这么多年来，皇后不辞辛苦，治理后宫不仅有方，而且有功。来，朕敬你一杯。"

"臣妾谢皇上隆恩。"那拉氏激动万分，用颤抖的手端起酒杯，和皇帝碰了一下，一仰脖，一杯美酒一干而尽。她兴奋得满面通红，眉宇间跳动着欢快和舒畅。

大殿里响起一片欢呼声："皇上、皇后恩爱有加，彰显着我大清江山永远山青水阔，百姓黎民日日安定祥和。"

坐在那拉氏身边的令贵妃嘴角挂着一丝怪异的微笑。

第五十三章
祸起萧墙

皇后生日的第二天，在宿迁顺河集，乾隆下旨减去部分护驾兵丁和大部分随行车辆，然后在徐家集渡过黄河。上岸后，乾隆在黄淮交汇的清口巡查河务，之后，开始乘船沿运河南下，船队由京口渡过长江。

御舟前有两对船在两边引路，船旁有一人骑马在河边行走，以备差遣。另有四只大船名安福舻、翔凤艇、湖船、扑拉船，载着太后、妃嫔和随行大臣跟在其后，其余船只装载各种用品以及随从官兵。船行时，河两岸及桥头村口各安排士兵守卫，禁止私船出入，纤道每里安设兵丁五名，令村镇民妇跪伏瞻仰，御舟经过须回避时，令男子退出，妇女则有幸可一睹圣颜。

乾隆皇帝南巡过程中，地方要搞建设、做典礼，因此产生了很多拉动经济的工程，民众有了做工的机会，商人有了赚钱的机会，贪婪的官员们也就有了太多可以伸手的机会。因此，江南官场、民众都以殷切的心情盼望皇帝前来本地巡行。

为了接待好皇帝，江南地方上的官员、士绅都竭尽全力，绞尽脑汁来准备迎接圣驾的一切事体。接驾时，这些人想出各种争奇斗异的名目、节目和器物等，让人眼界大开，很多特殊奇异的想法和作为，还真让人为他们的才干侧目。

乾隆南巡的主要财政支柱是两淮的盐商，两淮盐运使司公署就设在扬州城内，八大商总也住在扬州城内。扬州盐商豪侈甲天下，百万以下者谓之小商。这些商人尽管经济上富逾王侯，但在政治上却无权无势，与官府存在着严重的依附关系。因此，每次南巡时，当地官员都借机从他们手中勒索资金，以巴结皇帝，还令他们筹办行宫、园林等南巡工程。而这些富商也正想借南巡之机讨好官府，如果能引起皇帝的青睐，那今后自己的荣誉、富贵和权势就有保障了。所以，这些富商都心甘情愿、积极踊跃地为皇帝的南巡出资效力。

每次到扬州，乾隆帝都会驻跸多日。扬州的御道用文砖或石板铺成，要求平整笔直，不能随意弯曲，为此，许多民宅被拆，坟墓被挖，良田被毁。此外，皇帝所经之路要用黄土铺垫，泼水清尘。道旁或搭彩棚，或陈水嬉，还要有老百姓沿路迎接。乾隆此次游上方寺时，由于“万民随马足趋瞻”，出现了“或有践踏麦苗者”的景象，乾隆帝作诗云：“马足纷随定何碍，蹂躏惟惜麦苗芒。”

扬州巡行结束后，船队沿运河继续南下，经镇江、丹阳、常州、苏州进入浙江境内。二月二十五日，乾隆驻跸苏州府，赏给六班拉纤河兵(每班600人）各一月钱粮。乾隆在苏州游览各处园林，又陆行至灵岩山游玩，前后八天。

闰二月初三，乾隆由苏州出发，继续沿运河南行，至嘉兴石门镇后，乾隆舍舟骑马前往海宁阅视海塘，海宁陈世倌家第二次接驾。乾隆第三次南巡时将海宁陈家的隅园作为行馆，并赐名“安澜园”。乾隆皇帝很喜欢该园结构佳妙，回京后就在圆明园四宜书屋左右仿其位置进行改建和增建，园成之后也题名叫“安澜园”。此次南巡乾隆在陈家“安澜园”住了两天，而后重新登船。初七，乾隆到达此行的终点杭州。乾隆在杭州登观潮楼检阅福建水师，游览西湖美景，题诗作赋，好不快活。

“上有天堂下有苏杭”的经典诗句将杭州这座古城的美景描绘得如诗如画，漫步苏堤，泛舟湖上，西湖美景尽收眼底；灵隐寺更是鸟鸣山幽，香客络绎不绝，在青山绿水间多了一重浓郁的文化气息。位于杭州西湖孤山脚下的皇帝行宫，始建于康熙四十四年，康熙、乾隆南巡时都在这里驻跸。行宫门前的一对汉白玉狮子，是明代的遗物，左边的是雄狮，右边的是雌狮。行宫园内布局十分巧妙，将天然孤山景色和人工亭台幽径结合一体。三进门里的奏事殿，是皇帝办公的地方。通过中轴线上的甬道进入楠木寝殿，就是乾隆皇帝的下榻之地。五进殿后面，包括整个孤山都是乾隆行宫的后花园。站在孤山上，西湖十景的湖光山色一览无余，桥面上精美亭子清晰可见。后花园里还有玉兰馆、鹭香庭、领要阁、绿云径、戏台等院落和建筑。

杭州不仅风景如画，而且美女如云，这让乾隆这个天性风流的皇帝春心大动。

闰二月十五日晚膳后，乾隆在寝殿里换上便服，对身边的侍卫额尔图悄声说："昨晚上那个歌女找到了吗？"

额尔图点点头："找到了，今晚上她在云龙阁里等皇上。"

乾隆问："她知道朕的身份吗？"

"不知道，只晓得您是龙老板。"

"太好了。"乾隆微微一笑，小声说，"你带两个侍卫，都换上便装，随朕去云龙阁。"

"喳！"额尔图犹豫了一下，说，"可是，皇后似乎有些察觉，今天上午问奴才昨晚皇上到哪里去了。"

"你怎么回答的？"

"皇上昨晚不是去拜访杭州名士黄嘉诚去了吗？"

"呵呵呵，"乾隆拍拍额尔图的肩膀，笑道，"妙，看不出来，你还挺机灵的。"

"不过，皇上还是小心一些，如果皇后真的较起真来，奴才们怕是不好交代呀。"额尔图有些担心。

"你怕什么，不是还有朕为你做主吗？哼，"乾隆冷笑一声说，"谅她也不敢管朕的事。别管她，你快去换衣服吧。"

"喳。"额尔图转身出去了。

乾隆对着镜子照着，端详着自己穿上便衣的样子，虽然时年他已55（虚岁）岁，但方正的脸庞上依然显示着端庄威严的风采。"朕还没有老嘛，还能快活几年。"他的嘴角泛起一丝微笑。

"臣妾拜见皇上。"寝殿外响起皇后的声音。

乾隆一愣，"这个时候，她来干什么？"转念一想："皇后既然来了，朕总不能躲着不见吧。"于是，乾隆说："是皇后吧，进来吧。"

那拉皇后走进殿内，见皇上一身便装，心中一惊，问道："天色已晚，皇上换上便装要到哪里去呀？"

乾隆漫不经心地说："这行宫里太闷了，朕到西湖边上走走。皇后有事吗？"

"臣妾只是来看看皇上，既然皇上要去湖边游玩，那就让臣妾来陪您吧。"

"不必了，连日来舟车劳顿，太后年岁大了，劳累得很，皇后还是去陪陪太后吧。再说，皇后也累了，也该早点歇息了。”

“臣妾刚刚从太后那里出来，令贵妃和容妃正陪太后说话呢，臣妾还是陪皇上出去走走吧。”

乾隆有些不高兴了：“朕只想单独走走，无须皇后陪伴。”

那拉皇后当然明白皇上的那点心思，昨晚乾隆就彻夜不归，皇后很是担忧，她知道皇帝的那点毛病，不就是喜欢拈花惹草嘛。可是，自己身为皇后，如果对皇帝不加规劝，任其胡作非为，一旦皇帝的风流韵事传到地方官吏和百姓耳中，将有损于皇帝的盛名啊。想到此，那拉氏觉得自己有责任提醒皇帝。于是，开口道：“皇上这么不愿让臣妾陪您，难不成皇上是去和哪个女子约会吗？”

“你说什么？”乾隆恼了，猛回身厉声喝道，“朕要见谁，难道还得皇后恩准吗？”

“皇上，”那拉氏激动起来，大声说，“您是一国之君，要检点自己的行为呀。前些日子途经清江浦时，皇上将一个叫昭容的女伶带在身边，还特命用钿车锦幰送回扬州，赐给她玉如意、粉盝、金瓶、绿玉簪、赤瑛、玉杯、珠串等饰物，这在大臣们之间已有微议。昨晚，皇上又去会一个歌伎，且深夜不归，这要让地方官吏和百姓知道了，对皇上是何印象呀？”

“混账！”乾隆万没料到，那拉氏对他的行踪了如指掌，顿时恼羞成怒，心中陡然升起万丈怒火，骂道，“竟敢暗自查访朕的行踪，你好大的胆子，难道你想谋反吗？”

“臣妾是为皇上着想啊。”那拉皇后激动得不能自持，眼泪涌了出来，哭喊道，“世上清白美貌的女子无数，皇上喜欢哪个女孩子，都可以将她纳入宫去。可那是个下贱的歌伎呀，皇上狎妓，会毁了皇上一世英名的。”

“你闭嘴！”乾隆大吼，“朕要怎么做，用不着你来教朕。”

“皇上，您要为天下臣民做出表率呀。如果先皇后在世，也会像臣妾这样，苦口婆心地劝阻皇上的。您这样做，孝贤皇后在天之灵会感到寒心的。”那拉氏的情绪已经失控了，居然提到了让乾隆最感到痛心的富察皇后，这一句锥心刺骨的话彻底激怒了神圣不可侵犯的皇帝。

天子怒发冲冠，吼声如雷：“闭嘴！你找死啊？居然抬出先皇后来压朕，你再啰唆一句，朕立刻废了你。滚开！”乾隆一把将那拉氏推到一边，大步走出寝殿。

“皇上，”那拉皇后追出殿外，哭喊道，“皇上要三思啊！”

乾隆头也不回，大步向大门外走去，三个穿便衣的侍卫紧跟其后。寝殿里的几个宫女太监个个吓得浑身颤抖。

通往后院的垂花门后面站着一个女人，皇帝和皇后的争吵声她听得清清楚楚，看到皇帝怒气冲冲地走向大门，她的脸上露出一丝笑容。这个女人是令贵妃魏氏。

那拉皇后慢慢走回皇上的寝殿内，浑身无力地坐在案子前的椅子上，伤心的泪水滚滚而下。她抬起头来，仰望星空，双手合十，低声哭诉：“孝贤姐姐，我这样做错了吗？如果姐姐在天有灵，也来劝劝皇上吧。皇上这样的行为，岂不让天下苍生寒心？”

一番哭诉后，那拉氏慢慢站起身来，准备回到自己的房间去。她的目光落到案子上，在堆满奏折和文房四宝的案子中间，一把镇尺压着一张崭新的纸，上面是乾隆御笔题写的一首诗，这是皇帝重新抄写的怀念富察皇后的《四依皇祖南巡过济南韵》。那拉皇后拿起这首诗看着，当看到“十七年过恨未平”一句时，那拉氏一阵眩晕，她急忙扶住案子，胸膛剧烈地起伏，脸色苍白得可怕。

那天夜里，她浑身都没了知觉，不知道是如何回到自己的屋里的，只在床边呆呆地坐着，不住地低声自语：“孝贤皇后离去十七年了，皇上依然那样痴情地思念她，可是我呢？在皇上眼里，我还算是个皇后吗？慧贤皇贵妃料事如神啊，在皇上心里，任凭是谁也替代不了孝贤皇后的位置，我真是太傻了，干吗非要去争皇后这个位子，自以为当了皇后就可以与皇上平起平坐了，真是可笑啊。在皇上眼里，我这个继皇后算老几呀，皇上说得没错，他一句话我就什么都不是了。唉！如果真像慧贤皇贵妃说的那样，我只做个皇贵妃，那样也许会好得多，皇上或许就不会对我如此薄情寡义了。”

那拉氏感到一阵阵彻骨的冰冷。

第五十四章
圈　套

关林和方莹步入太和殿，首先映入眼帘的是大殿正中的那个做工最讲究、装饰最华贵、等级最高、雕镂最精美的髹金漆云龙纹宝座，它设在大殿中央七层台阶的高台上，后方摆设着七扇雕有云龙纹的髹金漆大屏风。这个皇帝的宝座是明朝嘉靖年间制作的，椅圈上共有13条金龙缠绕，其中最大的一条正龙昂首立于椅背的中央；椅面之下没有通常的椅子腿，而是一个须弥底座，在束腰的地方透雕双龙戏珠，满髹金漆。周围摆设象征太平的象驮宝瓶，象征君主贤明、群贤毕至的甪端，象征延年益寿的仙鹤，以及焚香用的香炉、香筒。宝座两侧的六根明柱和梁、枋上的群龙彩画，全用沥粉贴金。宝座上方天花正中是一个形若伞盖向上隆起的藻井，正中雕有蟠卧的巨龙，龙头下探，口衔宝珠，全部罩以金漆，更显出金銮宝殿的华贵气氛，足见坐上这个宝座的人是何等尊贵。

关林指着龙纹宝座说："这就是皇上的宝座，真是气势非凡啊。"

方莹望着大殿里各种形态的龙，感慨地说："太和殿里是龙最多的一个殿，这些神态各异的龙象征着神圣的皇权。"

"对，太和殿里的龙既是皇权的象征，也是突出皇帝至高无上的地位，更代表了太和殿本身无与伦比的政治地位。这个金銮殿不是用于上朝的，而是用来举行各种典礼的场所，明清两朝24个皇帝都在这个大殿里举行盛大典礼，如皇帝登极即位、皇帝大婚、册立皇后、命将出征，此外每年万寿节、元旦、冬至三大节，皇帝在此接受文武官员的朝贺，并向王公大臣赐宴。"

“神圣的皇权是不可挑战的，可惜，那拉皇后忘记了这一点。”方莹说。

“是啊，那拉皇后本是一片忠心，可惜，她面对的是神圣不可侵犯的皇上。”

方莹问：“王熙凤发疯时，拿着一把明位胃刀砍进园来，见鸡杀鸡，见狗杀狗。这里有一段批语说‘此处焉用鸡犬？然辉煌富丽非处家之常也，鸡犬闲闲始为儿孙千年之业，故于此处必用鸡犬二字，方时一簇腾腾大舍’。这段批语是什么意思？”

关林解释道：“表面看，此处的脂批完全是幸灾乐祸，但若把王熙凤看成乌喇那拉氏就明白脂批的意思了。乾隆三十年是鸡年；乾隆属兔，那拉皇后比他小七岁，属狗，小说中这段描述中的鸡、狗，是指生肖纪年。我们的祖先用生肖纪年，远在秦始皇称帝之前就开始了，所以，脂砚斋说‘鸡犬闲闲始为儿孙千年之业’。”

“‘明位胃刀’又是什么意思？”方莹又问。

关林说：“问得好，作者为什么不说‘明位心刀’或‘明位肺刀’？乾隆三十年闰二月十八日的星相是二十八宿的‘胃’！明白了吗？那一天正是那拉皇后被遣送回京的日子，胃里插了一把刀也，正似心如刀绞。”

“明位胃刀，哼哼，作者真是太高明了。”沉思一阵后，方莹又问，“那拉皇后情绝断发书中是如何表现的？”

“那拉皇后‘断发’的情景，隐写于《红楼梦》的第二十一回中：贾琏在女儿出痘期间，与‘多姑娘’鬼混，暗喻乾隆南巡期间微服民间、寻花问柳，平儿在‘枕套中抖出一绺青丝来’，隐喻皇后情绝断发。贾琏是乾隆皇帝青壮年时的化身之一，被称为‘琏二爷’，与‘宝二爷’暗合。贾琏是一个十足的浪荡子形象，一味好色纵欲，他在凤姐的生日时和鲍二家的偷情，被熙凤发现，贾琏恼羞成怒，拔出宝剑追杀熙凤，隐喻的就是在那拉皇后的生日之后帝后发生激烈冲突。”

方莹点点头：“明白了，还有什么？”

“那天，天龙说得没错，‘18’是湘云的点数，这个十八，正是指闰二月十八日。湘云抽到的是海棠签，题着‘香梦沉酣’，诗云‘只恐夜深花睡去’，这句诗出自宋代苏轼《海棠》诗：‘东风袅袅泛崇光，香雾空蒙月转廊。只恐夜深花睡去，故烧高烛照红妆。’意思是春光短促、好景难留，所以诗人连夜里都要点蜡烛赏花。湘云签暗示的是那拉皇后春光短促、好景难留。书中描写湘云‘醉卧于山石僻处一个石凳子上，业经香梦沉酣’。醉卧石凳，那石凳是指杭州的‘蕉石鸣琴’，隐喻的正是那拉皇后的痴心妄想。宝玉和熙凤发疯时，和尚手捧红玉说：‘沉酣一梦终须醒，冤孽偿清好散场！’和尚说的‘沉酣一梦’指的就是湘云的‘香梦沉酣’。十八日的早膳之后，那拉皇后的‘香梦’不再‘沉酣’，终该醒了。之后，她就如那芍药花一样，纷纷落下，红香散乱。”

方莹说：“还有一个问题，闰二月十八日早膳之后，乾隆立即派额驸福隆安把那拉皇后由水路送回京师。这一史实，在小说中是如何表现的？”

“那拉皇后被遣送回京的史实，隐写于第五回探春的画、判词和曲子之中。我们先看探春的画，画面上是：两个人放风筝，一片大海，一只大船，船中有一女子掩面，泣涕之状。探春判词：才自精明志自高，生于末世运偏消。清明涕送江边望，千里东风一梦遥。”

方莹说：“很多人认为探春的判词和曲子［分骨肉］都表达一个主题，即远嫁他乡，骨肉分离，饱受思乡、思家、思父母姊妹亲人之苦。”

“我不这么认为，”关林用坚定的口吻说，“我们先看画面上的风筝，两个人放风筝，这是指七十回中宝玉和众姑娘放风筝的故事，探春放的是大凤凰风筝，和天上的另一只凤凰风筝搅在一起，暗示令贵妃是造成那拉皇后悲剧的根本原因。大海上的一只船上，一女子掩面而泣：暗喻乾隆三十年闰二月十八日那天，乾隆派人把那拉皇后由水路送回京师。‘女子掩面而泣’是指探春——那拉皇后孤零零、冷清清、凄惨惨地独自而去。”

方莹：“探春的判词有什么隐喻？”

“‘才自精明志自高，生于末世运偏消。’探春和熙凤一样精明能干，志向高远，精细处不让凤姐，可惜，偏生于‘末世’，遇到乾隆这样一位花花太岁，真乃时运不济啊！‘清明涕送江边望，千里东风一梦遥。’很多人解释这句诗的意思是：清明节江边涕泪相送，是说家人送探春出海远嫁。在第二十二回探春作的灯谜处脂砚斋批道：［此探春远适之谶也。使此人不远去，将来事败，诸子孙不致流散也，悲哉伤哉！］”

“脂批说得很清楚，探春作的灯谜是她命运的预兆。因此，探春的结局很明显，她在清明节登舟是‘远适’‘远去’，而不是远嫁！而且她在远去之时，已经成家、有子孙了。这正是那拉皇后的境况。时年，那拉皇后 48 岁（虚岁），她的侄子已经有孩子了，她已经是奶奶辈的人了。正因为那拉皇后的远去，才导致其子孙流散。这才是‘远去’之实意！

那拉皇后‘远去’后，她的家族随之‘树倒猢狲散’。”

“探春的曲子叫［分骨肉］，”方莹说，“我记得，那首曲子是这样写的：一帆风雨路三千，把骨肉家园齐来抛闪。恐哭损残年，告爹娘：休把儿悬念。自古穷通皆有定，离合岂无缘！从今分两地，各自保平安。奴去也，莫牵连。对吗？”

“完全正确，你的记性真好。”关林说，“［分骨肉］暗喻那拉皇后与亲人永远分离。先看第一句：‘一帆风雨路三千，把骨肉家园齐来抛闪。’是说那拉皇后在杭州被乾隆派人从水路送回京城。水路：是指京杭大运河，北起通州，南至杭州，全长1794公里。过去说的里数，一般是指华里，1794公里，正好是三千多华里，所以说是‘一帆风雨路三千’。”

“那拉皇后在那一路上凄凄惨惨、孤苦伶仃、肠断神伤，她知道，从此将失去自由，把骨肉亲人和美好家园一起舍弃，实属无奈啊！”方莹的眼睛里闪烁着泪光。

“正是。‘恐哭损残年，告爹娘：休把儿悬念。’残年：一是指人的晚年；二是指一年将尽的时候。探春是清明时节乘船远去的，当然不是一年将尽的时候，所以，句中的‘残年’就是指人的晚年。‘残年’一词，再次证明探春不是远嫁。试想，探春若是嫁人，她的年龄应该是十五六岁，正是青春年少、风华正茂之时，怎么能称残年？此句和元春之曲‘故向爹娘梦里相寻告’所表达的意思是一样的，都是说那拉皇后在向父母亲人告别。当时那拉皇后已48岁，而且第二年她就死了，所以，剩下的日子就是‘残年’了。时年，她的父母长兄均已离世，那拉皇后只能在梦中向爹娘和亲人们告别。自古以来，穷困通达都有定数，聚散离合皆看缘分，‘从今分两地，各自保平安。’那拉皇后此一去，就和亲人们永远分离了，‘我已自身难保，顾不上你们了，亲人们还是各自珍重吧’。”

方莹说：“‘奴去也，莫牵连。’很多人解释这句的意思是探春希望亲人们对她不要牵挂、惦念，但我觉得不是这个意思。”

“这个解释肯定说不通。”关林谈自己的看法，“原文是‘莫牵连’，而不是‘莫牵念’或‘莫牵挂’；‘牵连’和‘牵念’意思完全不同。牵连：意为牵涉，牵扯，连累，株连；而牵念的意思才是牵挂，惦念。而且，前面‘告爹娘：休把儿悬念’已经表达了不要惦记我的意思，在短短几十个字的曲子里，作者不可能表达相同的意思。奴：这里意为‘奴家’，是古时女子、妇女的自称。其实，‘奴去也，莫牵连’是那拉皇后对乾隆的最后哀告，希望自己的落难不要株连到她的亲属，尤其是不要株连到她的儿子永琪。在那拉皇后遭难的时候，她肯定会想到唯一的儿子永琪，那个时候，在那拉皇后心中，再没有比永琪的安全更重要的事情了。”

“你的这个解释才能说得通。”

“所谓‘探春’，正是‘叹春’，闰二月就是春三月，那拉皇后本是一番爱君之心，却因此招来一场大祸，难道不该一叹吗？这才是‘所叹者三春也’的真正寓意。大观园红香圃中，宝玉和众姑娘聚在一起喝酒行令时，黛玉说的酒令是：落霞与孤鹜齐飞，风急江天过雁哀，却是一只折足雁，叫得人九回肠，这是鸿雁来宾。湘云说：奔腾而澎湃，江间波浪兼天涌，须要铁锁缆孤舟，既遇着一江风，不宜出行。黛玉和湘云的酒令隐喻的就是那拉皇后被遣送回京路上的情景。”

胡图隐藏在太和殿侧殿的门后，倾听着关林和方莹的谈话，脑海中浮现出200多年前的一幕——

闰二月十六日早膳后，乾隆向太后问安后，在寝宫里换上龙袍朝褂，准备到杭州知府去接见当地的名绅仕子。昨晚和那拉皇后大吵一顿后，他至今余怒未消，不愿意到后院去见后妃。这时，胡世杰进来，轻声说：“皇上，令贵妃来了。”

“让她进来吧。”

“喳。”胡世杰退出后，令贵妃走了进来。

“臣妾给皇上请安。”

“免礼。”

“皇上要出去呀？”令贵妃笑容满面地问。

“朕要到杭州知府去，令贵妃有事吗？”

“臣妾只是来向皇上请安，并无其他事。”令贵妃瞥了一眼皇帝的脸色，轻声说，“臣妾早上见皇上心情不爽很是挂念，听说昨晚皇上和皇后吵架了，臣妾很是担心。”

“不要提皇后，一提她朕就心烦。”

“皇上，其实皇后是一片好意，并无忤逆皇上之意，只是言语不大适当罢了。皇上胸怀天下，气量非凡，不必和皇后计较。”令贵妃的一番话，让皇帝的气消了不少。

“这个那拉氏，就是不懂事，说话总是不挑时候。算了，不提她了。”

这时，胡世杰又进来了：“皇上，十五爷来给皇上请安来了。”

“让他进来吧。”

“喳！”

5岁的十五皇子永琰进屋，看见令贵妃，惊喜道：“额娘。”

令贵妃厉声道：“还不给你皇阿玛请安？”

永琰慌忙跪倒在地叩头：“儿臣永琰给皇阿玛、额娘请安。”

“起来吧。”

永琰爬起身来，乾隆看着永琰，脸上露出一丝笑容，问：“谁带你来的？”

“是张嬷嬷。”永琰指指门口。

“噢，杭州好玩吗？”乾隆问。

“好玩。能和皇阿玛在一起就好玩。”

永琰的话让乾隆很开心：“好，明天皇阿玛带你去游西湖十八景。”

“太好了，儿臣谢皇阿玛。”

令贵妃见皇上高兴起来，乘机说：“皇上明天晚上有何安排吗？”

“现在还说不好，令贵妃是何意？”

“皇上如果没有其他事，可否赏脸与臣妾和十五阿哥一道共进晚膳，永琰好久没和皇上一起用膳了。”令贵妃边说边拉拉永琰的手，示意他说话。

聪明伶俐的永琰立刻明白了额娘的意思，开口道：“皇阿玛，儿臣好想和您一起用膳，请皇阿玛赐恩。”

望着永琰稚嫩诚恳的小脸，一股浓浓的父子之情涌上乾隆心头。“好吧，明天晚上朕和你们一起用膳，就咱们三人，到西湖的御舟上去。”

令贵妃大喜过望：“谢皇上隆恩。”

“谢皇阿玛。”

十六日傍晚，当一抹红霞铺洒在秀丽的西湖水面上时，胡世杰溜进西湖行宫后院的花园里，沿着一条碎石小路走到一座假山后面，令贵妃站在假山旁边的石榴树下，欣赏着树下花丛中的海棠花。胡世杰轻轻走到令贵妃身后，低声细语地说：“贵妃娘娘，奴才来了。”

令贵妃慢慢回过头来，盯着胡世杰说：“昨晚皇上和皇后吵架了，你知道吗？”

“回娘娘话，奴才听说了，当时奴才不在场，事后听丫鬟说，皇上要出去散散心，皇后极力劝阻，惹恼了皇上，被皇上痛斥一顿。皇上还说——”胡世杰欲言又止。

“皇上说什么?”

“皇上情急之下，说，‘你再啰唆一句，朕就废了你’。奴才不敢撒谎。”

“太好了。”令贵妃秀美的脸上露出一丝笑容，在胡世杰眼里，这个笑脸比横眉冷对的冷酷神色更使人感到恐惧，“机会终于来了，还记得本宫对你说的话吗?”

“记得，奴才丝毫不敢忘记。”胡世杰胆战心惊地说。

“明天晚上，皇上会在西湖的御舟上和本宫及十五爷用晚膳，我们一家三口也该团聚一番了。届时，如果皇后打听皇上的行踪，你就告诉她，到时，会有一场好戏的。”

“喳!”

“如果皇上发怒，向你问话，你就照我教你的话回皇上，你记住，无论皇上怎么发火，你都不要害怕。只要你照我的话说，本宫可保你平安无事。否则，你就准备挨千刀吧。”令贵妃的话句句都让胡世杰心惊肉跳。

“奴才谨记贵妃娘娘的指令。”胡世杰万般无奈，他觉得只有遵从令贵妃的指令，才有一条活路。

望着辉煌的金銮殿，方莹心潮起伏。那拉皇后的不幸遭遇，在她心里引起强烈的震撼。抑制住激动的情绪，方莹说：“闰二月十五日那拉皇后因劝阻乾隆而引起帝后激烈争吵，中间又隔了一日，这期间又发生了什么事?导致继后歇斯底里大发作，以致情绝断发?”

“我对这个问题也感到疑惑，到底发生了什么事呢?史料上没有任何记载。”关林现出聚精会神的沉思状态。

太和殿皇帝御座高台上的大屏风后面站着一个女人，静静地听着关林的讲述，那个女人是吴休玉。只见她满脸泪痕斑斑，神色恍惚，关林的话，唤醒了一个遥远的记忆——

闰二月十七日早膳时，那拉氏强打精神，吃了一点东西，委靡不振的心情有所好转。上午，她正无精打采地坐在屋里想心事，门外传来令贵妃的声音：“皇后在屋里吗?”

丫鬟说：“在，贵妃稍后，容奴婢禀告皇后。”丫鬟进来说：“皇后，令贵妃看您来了。”

“请她进来吧。”

令贵妃进门后，屈膝行礼：“臣妾给皇后请安了。”

“妹妹免礼，请坐吧。”那拉皇后强颜欢笑，坐在令贵妃对面，问，“贵妃可有什么事吗？”

“没什么事，”令贵妃笑容可掬地说，“早膳时，臣妾看到皇后闷闷不乐，听前院的太监和丫鬟说，前儿晚上皇后和皇上吵架了。”

“是的，那晚皇上要出去会一个歌伎，我极力劝阻皇上莫去，皇上却把我痛骂一顿。唉！本宫是一片爱君之心啊，是担心皇上的英名毁在这些下贱的妓女身上，妹妹，你说，本宫这么做有错吗？”

“皇后没错。不过，时机不太对，皇上正在兴头上，您直言劝告，会让皇上觉得很难堪。要是等皇上冷静下来，您再好言相劝，皇上也许会听进去的。”

那拉皇后点点头：“妹妹说得有理，可能是本宫太性急了。”

令贵妃笑道：“皇上就是那样，你越是当着他人劝他，他越听不进去。唉！我们做臣妾的，还是别自找麻烦吧。皇上年纪也不小了，找个歌伎也不过是想听听小曲，散散心，不会做什么出格的事。”

“听妹妹这一说，倒是本宫做得有些过分了。”那拉氏开始反思自己的行为。

“皇后，您也不必往心里去，过几天皇上消了气，也就没事了。我们这些做臣妾的，哪里管得了皇上的事，我们还是多为自己的孩子想想吧。”

令贵妃的话让那拉皇后心中猛地一震，她突然想到了儿子永琪，立刻清醒过来：“我怎么这么糊涂，这个时候怎么能够和皇上一争高低，皇上本来就是个色鬼，风流韵事比比皆是，这么多年我都忍了，为何这次要和皇上大吵大闹，要真是因此惹恼了皇上，永琪继位还有可能吗？唉！真是一时糊涂，小不忍则乱大谋啊。”

想到这些，那拉皇后惊出一身冷汗：“妹妹说得太对了，我真糊涂，怎么能跟皇上较真哪。不行，我得去向皇上赔罪。妹妹，你说，皇上会原谅我吗？”

“会的，皇后本是一片好意，当时皇上在气头上，等他静下心来，他没准还得感激皇后哪。”

那拉氏急忙站起身来，说：“皇上在哪里？本宫去向皇上请罪。”

“皇上不在宫里，说是到杭州知府府去了，也许晚膳时就回来了。”令贵妃微笑着说，她的笑容里带着一种奇怪的含义。

晚膳时，那拉氏没有看到皇帝和令贵妃，她问胡世杰：“皇上和令贵妃到哪里去了？”

胡世杰躬身回道：“回皇后，皇上和令贵妃到湖上的御舟上去了。”

“皇上和令贵妃到御舟上干什么？”

“奴才不知。”胡世杰瞥了皇后一眼，心中怦怦乱跳。

那拉皇后带着几个宫女和太监向西湖走去，远远看见御舟上灯火通明。她登上一艘小船，向御舟驶去。

那拉皇后怀着一个美好的愿望去向皇上赔罪，却万万没有料到落入一个心思缜密的暗算者精心布下的圈套里。

第五十五章 真　相

太和殿皇帝御座高台上的大屏风后面闪出一个女人，慢慢向关林和方莹走来。

“吴阿姨，您怎么会在这里？”关林望着满脸泪痕的吴休玉，惊讶地问，“您怎么了？为什么脸色这么苍白？”

吴休玉在关林面前站定，神色庄严地说：“关林，谢谢你，你终于破解了红楼谜团，我就是乾隆的继皇后乌喇那拉氏。”

好似晴天霹雳当头炸响，又好像被人从头到脚浇了一盆凉水，关林全身冰凉麻木。他惊恐万状地后退几步，只觉得脊梁上流下一股股的冷汗。“你、你说什么？你是……”

“对，我就是你要找的那块红玉，也就是那拉皇后。”刹那间，一道电光闪过，吴休玉变成了身着明黄色龙袍、头戴皇后凤冠的那拉皇后。

一切发生得这样突然和意外，关林感到自己的大脑已经失去指挥自己行动的能力，木头一般地站在那里动弹不得，瞪着两只惊恐的眼睛痴呆呆地看着眼前的一切。

那拉皇后说：“关林，我很感谢你，你破解了200多年前的一桩历史惨案，终于使后世之人了解了我这个继皇后被废的真相，本宫的灵魂可以安息了。”

关林终于清醒过来，他努力平静了一下情绪，说：“不，我还没有完全搞清那个真相。如果你真的是那拉皇后，那么，你一定知道，乾隆三十年闰二月十七日晚上到底发生了什么事，导致皇后歇斯底里地发疯，以致情绝断发。”

“是的，我当然清楚，那是本宫的惨痛经历。”那拉皇后的眼前浮现出当年的一幕，“那天晚上，我去向皇上赔罪，当我登上停在西湖中间的皇上的御舟时，我清楚地听到御舟舱内传来皇上和一个女人的说话声——”

御舟内烛光高照，笑声朗朗。那拉皇后走到船舱门口，站在舱门口的太监刚说了句：“皇后来了。”那拉皇后挥手制止了他。

皇后慢慢走到御舟的窗口，向舱内望去。只见乾隆皇帝和令贵妃坐在一张圆桌前，桌上摆满丰盛的菜肴。5岁的永琰坐在皇帝的身边，乾隆夹了一筷子菜放到永琰的碗里，笑容满面地说：“来，永琰，尝尝这个，这叫蟹翅煎豆腐。”

“谢皇阿玛。”永琰品尝着美味佳肴。

“好吃吗？”乾隆问。

“好吃，皇阿玛、额娘，你们为何不吃？”

“额娘看着你吃就高兴。”令贵妃望着永琰，眼神里满是疼爱的光泽。

乾隆端详着永琰，兴高采烈地说：“在朕所有的儿子中，永琰长得最像朕了，他的眼睛、鼻子和嘴巴都和朕小时候一模一样。”

刚才舱外太监尖细的声音令贵妃已经听到了，她瞥了一眼舱外，清楚地看到了窗口后面的那拉氏。于是，她说：“永琰不仅长得和皇上非常像，他的聪明才智也和皇上一样。现在永琰已经认得好几百个字了，每天都习字读书，他尤其喜欢皇上的诗，能背诵好多首哪。”

“是吗？永琰，你给皇阿玛背来听听。”

“儿臣遵命。”永琰放下筷子，朗声背诵道，“鹿走荒郊壮士追，蛙声紫色总男儿；拔山扛鼎兴何暴，齿剑辞骓志不移。天下不闻歌楚些，帐中唯见叹虞兮；故乡三户终何在？千载乌江不洗悲。这是皇阿玛写的《读项羽纪》。还有皇阿玛的《采莲曲》《辽阳怀古》《御崇政殿》《避暑山庄》等，儿臣都会背。”

“呵呵呵，”乾隆笑道，“永琰果然聪明，不过，光会背还不行，你知道朕写的这些诗的意思吗？”

“儿臣知道。”永琰滔滔不绝地将乾隆诗的含义解释给皇上听，令贵妃惊喜地注视着永琰，她自己就能诗善画，平日里不断地把乾隆诗的含义讲给儿子听，她相信，终有一日永琰的才能会引起皇帝的青睐。没想到永琰的记忆力如此之好，她觉得这一日终于来了，自己的精心设计没有白费。

乾隆听着永琰的讲述，不知不觉地放下手中的筷子，全神贯注地盯着永琰。

永琰讲完后，天真无邪的眼睛望着乾隆："皇阿玛，不知儿臣的解释是否准确，请皇阿玛赐教。"

乾隆心花怒放，喜悦飞上眉梢，两只眼睛笑得像两个小小的月牙儿。一个念头在皇帝的脑海中闪现，他要进一步考考这位十五皇子，于是问道："永琰，你知道如何做一个好君王吗？"

永琰略一思索，说："为君者，应胸怀天下，行为坦荡，知难而进；知民情，查忠奸，纳良谏是君王正道。正所谓不登泰山，不知山高；不涉沧海，不知水深；不于民间苦行，怎能分辨忠奸善恶。"

乾隆望着永琰稚嫩的脸庞，脸上现出惊讶万分的表情："永琰小小年纪竟有如此见解，真令朕刮目相看。"

"可惜呀，永琰不能继承皇位，无法施展他的才干，将来能做个王爷臣妾也就知足了。"令贵妃飞速地瞥了一眼窗口，不失时机地提出了舱外的皇后最感兴趣的问题。

乾隆斩钉截铁地说："谁说永琰不能继位？哪个皇子继承皇位，是朕说了算。"

听到乾隆的这句话，舱外的那拉皇后浑身像雷击了一般，仿佛一只巨大的手在撕扯她的心，令她全身疼痛不已。

这时，只听令贵妃说："皇上可别拿臣妾开心，臣妾哪敢有如此的非分之想，皇后的儿子永璂才是继位之人啊。"

"这是谁说的？哪个不要命的胆敢私议皇位继承人的问题？"乾隆的声音格外严厉。

"皇上息怒，臣妾一时出言不慎，皇上切莫往心里去。不过，臣妾并非胡言乱语，其实宫里早就传遍了。"

"什么？"乾隆惊道，"宫里的人怎么说？"

"臣妾不敢说。"

"你说，不管什么话，朕都恕你无罪。"

"那臣妾就斗胆进言了。胡总管听人说起过，说是皇后亲口对人讲的，将来继承皇位的非十二皇子永璂莫属。"

一闻此言，乾隆登时就火冒三丈："混账话！永璂凭什么要继承皇位？”

“因为永琪是嫡生之子呀，自古以来皇位不都是传嫡不传庶吗？”令贵妃巧妙地引出了皇帝不喜欢听的话。

乾隆恨恨地说：“哼，那拉氏不过是个继皇后，永琪算不上嫡生。”

“胡总管还说，去年，大阿哥领一个算命先生进了宫，算命先生说，我大清历代皇位都是庶出之子继位，本朝违背天意，所以孝贤皇后和她的两个儿子均遭天谴。”令贵妃又加了一句让乾隆皇帝痛彻心扉的话。

乾隆脸上肌肉猛烈地痉挛着，嘴唇闭得紧紧的，抑制住了正要发出来的叫喊。他内心急剧地翻腾，脑海中闪出永琏、永琮和富察皇后的影子。**“朕一直想让嫡生之子继位，难道朕真的违拗了天意吗？”**

听着令贵妃的话，那拉皇后脖颈发硬，两眼发直，短促而痉挛地呼了一口气，浑身的血好像都冲进脑袋里，把她的两颊染得通红。她再也无法控制自已，内心深处只有一个魔鬼的声音在嘶喊，让她疯狂，让她杀人。她疯了似的冲进舱内，指着令贵妃的鼻子大喊：“令贵妃，你、你满嘴胡说八道，你、你这个卑鄙无耻的小人。”

令贵妃尖叫一声，慌恐地站起身来，后退几步，永琰也吓得闪到令贵妃身后。“皇后，臣妾只是和皇上闲谈，没、没什么恶意。”令贵妃的声音显得苍白无力。

“你、你在皇上面前搬弄是非，挑拨离间，还敢说你没什么恶意。”那拉氏气得浑身直哆嗦。

“住口！”乾隆大喝一声，“朕和令贵妃在此闲话家常，你闯进来干什么？”

“皇上，令贵妃是和皇上闲话家常吗？她分明是觊觎皇位，诬陷臣妾呀。”那拉氏转身指着令贵妃斥道，“你平时装出一副温良贤淑的样子，其实你是一副蛇蝎心肠。平日里，你在皇上面前争宠也就罢了，如今你终于露出了那副丑恶的嘴脸，你陷害本宫，陷害永琪，好取而代之。你别做梦了，本宫就是拼着一死，也不会让你的阴谋得逞。”那拉氏越说越激愤，情绪已完全失控，不由自主地扬起手臂，啪的一声，一记响亮的耳光打在令贵妃的脸上。

“浑蛋！你疯了。”乾隆大吼道。

“哇！”的一声，令贵妃放声大哭：“皇上，您要给臣妾做主呀。”

“你别装模作样地假装一副可怜相，老天爷也不愿看见你这副下贱丑恶的嘴脸。”那拉氏指着令贵妃歇斯底里地吼道。

“够了！那拉氏，你再敢污蔑令贵妃，朕立刻废了你。”乾隆怒不可遏，指着舱门大吼道，“你立刻给朕滚出去。”

“皇上，臣妾在你眼里就那么一钱不值吗？臣妾做错了什么？要遭人如此诬陷和欺辱。”那拉氏声嘶力竭地为自己争辩，“臣妾什么时候和人说过永琪应该继承皇位的话？这分明就是这个卑鄙的小人魏氏在诬陷臣妾，皇上明察啊！”

“住嘴！”乾隆铁青的脸上燃烧着愤怒的烈火，“那拉氏，不要以为你是皇后就可以肆无忌惮，朕一句话就让你什么都不是。”

“既然皇上这么无情，那你就废了臣妾吧，臣妾就是做鬼也不会放过魏氏的。”那拉氏发出野兽般的咆哮，那同时也是夹杂了绝望与混乱的哀号。

“你简直是疯了，”乾隆大喊一声，“来人！”

两个太监出现在舱门口：“奴才在。”

乾隆指着那拉氏吼道：“把她拖出去。”

天子怒发冲冠，太监丝毫不敢怠慢。“皇后，您就别再说了。”两个太监边说边架起那拉氏，拖向舱门口。

“皇上，皇上！您要明察啊。”那拉氏的喊声逐渐远去。

“皇上，臣妾何曾受过如此奇耻大辱，臣妾冤枉啊。”令贵妃扑到桌子上，放声大哭。

“额娘——”永琰吓得抱住令贵妃的腿，悲惨的哭声让乾隆心乱如麻。

西湖行宫后院太后的房间里，那拉氏向太后哭诉了御舟上的遭遇，本来，她期待能得到太后的同情和支持，在她进宫以后的每一次关键时刻，都是太后做主为她赢得了无比的荣耀。但是，这一次，那拉氏失算了，当太后听完那拉氏的哭诉后，厉声斥责道：“皇后，你一向精明稳重，今天怎么这么糊涂，皇帝不过是和令贵妃母子闲暇之余一家小聚，这本是人之常情，即便是席间谈到了皇位继承人的问题，那也不是你该过问的。皇位由谁继承，关系到大清的江山社稷，不是你们这些个妇道人家考虑的问题。千百年来，后宫中为争夺皇位继承人上演了多少幕血溅宫闱、骨肉相残的悲剧，康熙年间，九子夺嫡的惨痛教训还没汲取吗？所以，雍正爷才立下规矩，后宫干政者杀无赦。你今天闯进皇帝的御舟大吵大闹，为的是什么？不就是为了皇位继承人吗？这不是后宫干政又是什么？”

“太后，臣妾没想干政，臣妾只是想请太后劝劝皇上，不要听信令贵妃的谗言啊。”那拉氏悲切地恳求。

“令贵妃即使有错，也不是你大闹御舟的理由。你跑到本宫这里哭诉，是想让本宫为你做主吗？你想错了，本太后是不会纵容你如此胡闹的。你还是回去好好反思自己的过错吧。”

那拉氏木然地回到自己的房间，呆呆地坐在床上，几十年的哀怨、悲伤一起涌上心头，皇上不把她放在眼里，还有谁能敬她这个皇后，如今连令贵妃也在暗算她，儿子永璂如果没有希望了，那她这个皇后还有什么存在的价值。她彻底绝望了，于是，那天夜里，就发生了皇后断发的疯狂一幕。

闰二月十七日的晚上，西湖行宫后院皇后的房间里，传来一阵歇斯底里的哭喊声，紧接着是丫鬟们的声音：“皇后，不可如此啊。”

那拉皇后坐在梳妆台前，手里拿着一把剪子，哭喊道：“既然皇上如此绝情，本宫还留着这头黑发有何用处？我就剪去这三千青丝，去静安寺做个尼姑吧。”

丫鬟安佳兰跪在地上，抓着皇后的手，悲悲切切地哭道：“皇后要冷静呀，千万不可自断青丝呀。”

“你闪开！休要拦我。”那拉皇后一把将安佳兰推倒在地，手中的剪刀剪了下去，一股浓黑的头发掉在地上。

“天哪，皇后要断发出家啊。”屋里的丫鬟们全都吓呆了，顷刻间，丫鬟乌扎伊尔反应过来，大喊一声：“皇后，不要剪发啊！”她和几个丫鬟一起扑上去抱住皇后，乌扎伊尔夺下皇后手中的剪子。

皇后屋里的哭闹声惊动了和皇后同住一院的皇太后，太后对身边的丫鬟说：“你去皇后屋里看看，皇后怎么了？”

“喳。”丫鬟跑了出去。一会儿，丫鬟慌慌张张地跑进来，对太后说：“禀太后，不好了，皇后自己剪发了。”

“什么？”太后大惊失色。

第五十六章
最后的春梦

夜空中笼罩着低沉的阴云，月亮像害怕似的躲到云层里了，一些胆子大点的星星眨着惶恐的眼睛，惊慌失措地看着人间恐怖的景象。

乾隆怒气冲冲地走进行宫的中院，几个侍卫跟在他身后。奏事殿门前站着几个太监，乾隆走到大殿门口，扫视一眼几个太监，厉声问："胡世杰呢？"

一个小太监说："刚才被太后传去了。"

"立刻传他来见朕。"

"喳！"小太监一溜烟地向后院跑去。

奏事殿里，乾隆心烦意乱地来回走动，脸上布满了愤怒的神色。几个丫鬟吓得战战兢兢地立在那里，大气也不敢出。一个丫鬟小心翼翼地捧上茶来，颤巍巍地说："皇上请用茶。"

乾隆把手一挥，喝道："你们都出去。"

"喳！"几个丫鬟终于解脱了，慌忙退了出去。

"奴才胡世杰奉旨见驾。"殿外响起胡世杰的声音。

"进来吧。"

胡世杰一进门，扑通一下跪倒在地："奴才胡世杰叩见皇上。"

乾隆猛转身，指着胡世杰吼道："大胆的奴才，竟敢在宫里私议皇储之事，你长了几个脑袋？"

"皇上息怒啊！"胡世杰吓得屁滚尿流，声嘶力竭地喊道，"奴才纵然有天大的胆子，也不敢私议皇储之事。奴才恳求皇上赐告，皇上的雷霆之怒，是从何而起呀？”

“你说，你听谁说十二阿哥必能继承皇位？你要有半句假话，朕扒了你的皮。”皇上字字千钧，胡世杰早已吓瘫在地。

“皇上开恩啊，奴才、奴才不敢说啊。”

“狗奴才，还想欺君吗？朕立刻点了你的天灯。”

“皇上！奴才……”胡世杰脑海中闪过令贵妃的影子，横竖也是个死，如果照令贵妃的话说，或许可免一死。他努力壮起胆子，哭喊道：“皇上，奴才，是、是听皇后身边的人说的。”

“大胆奴才，你活腻歪了，竟敢陷害皇后。”乾隆的眼睛死死地盯着胡世杰。

砰砰砰，胡世杰的脑袋使劲地磕在地上，脑门上血迹斑斑：“皇上啊，奴才何来如此大的胆子，敢去陷害皇后，这是要遭雷劈的。奴才不敢有半句虚言，皇上明察啊！”

“那你说，何时何地听到皇后这般说的？”

“皇上容奴才禀告，那是去年三月的一天，具体日子奴才记不清了。那天奴才去储秀宫传旨，在储秀宫门口碰到皇后身边的太监小李子，和他聊了几句，小李子说，他曾听到皇后对十二爷说，要十二爷好生读书，将来好继承皇位。十二爷问皇后：‘儿臣能继位吗？’皇后说：‘你是嫡生之子，你不继位谁还能继位？’并说，这是皇上亲口说的。奴才的话句句属实啊。”

乾隆的脑海里闪出永璂5岁生日夜里的那一幕——

乾隆将永璂抱在怀里，大笑道：“虎父无犬子，那龙父就更生不出犬子了，龙父只能生龙子嘛，朕就指望着永璂将来能继承大统哪。”

那拉氏激动地说：“皇上，您不是在说笑吧？臣妾可担当不起呀。”

乾隆带着醉态说：“君无戏言。永璂如此聪明，又是皇后所生之子，他不继承皇位，谁还能继承啊？”

想到此事，乾隆感到阵阵眩晕，身体猛地晃动了一下。

“皇上！”胡世杰爬到乾隆身边，抱住他的腿，“皇上息怒，奴才死不足惜，可皇上要保重龙体呀。”

乾隆推开胡世杰的手，慢慢走到龙椅前坐下，眼光迟钝，脸上毫无血色。喘息了一阵，皇帝抬起头来，盯着胡世杰的眼睛，问：“这件事你跟谁提起过？”乾隆的声音明显地低沉下来。

“回皇上，奴才没有跟任何人提过。”胡世杰已横下一条心，冒死一搏，“皇上通天智慧，无人敢欺。皇上可以问问身边的太监宫女，如奴才跟任何人提起过此事，奴才甘愿领受千刀万剐之罪。”

“那就是那个该死的小李子在宫里传的这些话了？”乾隆咬牙切齿地说。

“奴才不知是谁传的。”

“还有一事，你听谁说的，大阿哥曾领一个算命先生进宫，说了些什么话？”乾隆的语气松缓下来。

胡世杰的胆子壮了起来，坦然回答：“回皇上，也是听小李子说的，那是去年五月的时候，小李子在御花园里对奴才说，大阿哥曾经领着一个算命先生进了宫，算命先生说：‘我大清历代皇位都是庶出之子继位，乾隆爷一心想让嫡出之子继位，违拗了天意，才导致端慧皇太子、七爷永琮和孝贤纯皇后的早亡。’奴才不敢有半句假话。”

乾隆的心猛地一阵紧缩，“难道朕真的违拗了天意才受此惩罚吗？算命先生说得没错，自太宗皇帝起，历代皇帝都是庶出啊！”

乾隆扫了一眼胡世杰：“还有什么情况？”

“这……”胡世杰犹豫了一下。

“说！”乾隆的声音又严厉起来。

“小李子还说，从十二爷半岁以后，他的乳母王嬷嬷就经常偷偷摸摸地带着十二爷往储秀宫去见皇后，有时还在储秀宫过夜。”

“什么？”乾隆吃惊的表情绝不亚于刚才发怒时的状况。

“还有，乾隆十八年九月，皇后生皇五女后，去盘山行宫休养身体，随后，十二爷的乳母王嬷嬷和几个太监带着十二爷去了盘山行宫，和皇后一起住了三个多月。”

乾隆感到一阵眩晕，这些事情，他竟然毫无察觉。按大清祖制，为防止母以子贵的情况发生，杜绝外戚专政，后妃一旦产下皇子，就立刻交给奶妈抚养，皇子的生母除了在各种庆典时能够看上一眼自己的孩子，平常根本不可能亲近孩子，长此以往母子间的情分自然不可能深厚。这样虽消除了后宫干政的隐患，却导致了皇家无亲情，母子之间感情隔阂很大，雍正皇帝就与生母的感情非常淡漠。王嬷嬷奉皇后的秘密懿旨，隔三岔五地悄悄带永璂与皇额娘见面，就是为了培养母子之间的感情，在永璂初谙人事的时候，王嬷嬷就经常奉懿旨教导他不要忘了生母之恩，为此，王嬷嬷也获得皇后的许多赏赐。不幸的是，那拉氏的这一秘密被令贵妃窥见，成为她觊觎皇位、后宫干政的致命证据。就此事而言，胡世杰并未诬告那拉皇后。

一阵沉默后，乾隆深深地叹了口气，说："你去吧，今晚的事，不能向外透露半个字。"

"谢皇上不杀之恩，奴才纵有千万个胆子，也不敢向外泄露半点。"胡世杰又磕起头来。

乾隆挥挥手："好啦，去吧，去吧。"

"谢皇上！"胡世杰爬起身来，用袖子擦了擦地上的鲜血，慢慢退了出去。额头上的血已浸湿了衣衫。

月光静静地倾泻在西湖水面，好像一身白得耀眼的寡妇的丧服，覆盖着广阔的湖面。微风吹过，湖面荡起了波澜，水中的月亮成了破碎的玉片，漂浮在水面上，打破了原有的宁静。

行宫后花园的一间佛堂里点着几支粗大的蜡烛，昏暗的烛光下，释迦牟尼佛祖显得更加威严神秘。佛堂里静悄悄的，安佳兰和乌扎伊尔战战兢兢地立在佛堂门口，望着佛堂里的那拉皇后。

供台上香烟缭绕，那拉皇后跪在佛祖脚下，虔诚地默默祷告：佛祖在上，本朝皇后乌喇那拉氏，自十六岁入宫以来，处处小心翼翼、时时如履薄冰，期待能得到夫君弘历的些许爱戴和温存。无奈，我命运不济，红颜薄命，夫君弘历只对先皇后富察氏倾心爱戴，慧贤皇贵妃高氏亦是其知心之人，而我在宫里只不过是个摆设。弘历继皇位后，对先皇后爱之更深，我虽尽一己之力，倾心服侍皇上和太后，但皇上仍对我如雪似冰。所幸太后与我极为投缘，我晋娴妃、娴贵妃、皇贵妃直至皇后，均仰仗太后的鼎力支持，太后之恩我丝毫不敢忘却。我晋为皇后之后，曾与皇上有过几年幸福时光，本宫亦竭尽全力治理后宫，辅佐皇上，侍奉太后，并不敢有丝毫懈怠之心。可惜好景不长，在我生下皇十三子后皇上就移情别恋了。本宫表面上贵为皇后，但多少个日日夜夜本宫都是在孤独、寂寞和凄凉中度过的，心中的酸楚无人能懂。这些我都忍了，可是，皇上的此番行为让本宫伤透了心，我对皇上的规劝有错吗？我不过是在尽一个好皇后、好妻子的职责。可那心怀鬼胎的小人令贵妃竟乘人之危，落井下石，在皇上面前屡进谗言，妄图取我而代之。激愤之下，我万念俱灰，自断青丝，欲出家为尼。本宫知道，在皇上和太后健在时，皇后是不能剪发的，可我却昏了头，以致铸成大错。皇上不会饶恕我的，我自己闯的祸自己承担，本宫唯一放心不下的就是我的儿子永璂，我已经48岁了，心中再无非分之想，只恳求佛祖保佑，让皇上的惩罚不要落在我的儿子头上。只要儿子永璂平安无事，我死也瞑目了。佛祖保佑，阿弥陀佛。

那拉皇后虔诚地给佛祖叩头，苍白的脸上淌下滚滚热泪。

在那拉皇后向佛祖祷告的时候，皇上的寝宫里，皇太后对坐在对面的乾隆说："皇后自己断发了，皇帝知道了吗？"

"儿臣刚刚听说，这个那拉氏简直是疯了。"乾隆心中的怒火已燃烧到极点，他把御舟上发生的事和胡世杰的供词详细告知了太后。太后的脸色铁青，龙头拐杖狠狠地在地上戳了几下："她这是在咒皇帝和额娘早点死啊，这样，永璂就能继位了。"

"她做梦去吧，这个那拉氏，为了谋取皇位，竟如此丧心病狂。"

"额娘也错看了她。其实，王嬷嬷带永璂偷偷面会那拉氏的事，额娘早有耳闻，原来额娘一直以为她是思子心切，这是做母亲的人之常情，额娘也是做母亲的，理解这种行为。因而训斥她几次，每次她都哭哭啼啼的，表示只是想看看儿子，绝无干政之意。因此，额娘也未将此事告知皇帝。现在看来，这件事没那么简单，皇后表面上装得温良贤淑，其实是野心勃勃，早就为永璂继位做打算了，这不是后宫干政又是什么？"

"那拉氏丧心病狂，如此忤逆太后和儿臣，断不可饶恕。"

"皇帝打算怎么处置她？"

"儿臣决定废了她。"乾隆决心已定。

"额娘一向维护皇后，可这次额娘不阻拦你。如果这次不严惩她，以后宫中还有宁静日子吗？说不定还要来个宫廷政变哪。"

"儿臣准备明日就派人将她送回京去。"

"此事不可张扬，随行的大臣和妃嫔们若知道了事情真相，必将引起满朝震动，额娘担心那些个阿哥若知道皇后被废了，都会觊觎皇位的，康熙年间九子夺嫡的惨剧就会重演啊。"太后忧心忡忡。

"额娘请放心，儿臣已经想好对策了，明天早上我们去蕉石鸣琴观景去。"乾隆已经胸有成竹。

杭州丁家山是灵隐山南高峰之支脉，海拔42米，站在山顶俯瞰西湖，水天一碧，秀丽壮观。山中奇石林立，状类芭蕉；有一条数十级的石阶直通山顶，石阶之南，一块三米多高的大石如屏，壁上刻着四个大字"蕉石鸣琴"；屏以内有石床、石桌和石凳，据琴抚之，古音疏越，响遏行云，故曰“蕉石鸣琴”，为西湖十八景之一。

乾隆三十年闰二月十八日早晨，丁家山脚下布满兵丁，一大群轿夫抬着十几顶豪华的轿子登上丁家山。在朝阳的照射下，山色逐渐变得柔嫩，山形也逐渐变得柔和，很有一伸手就可以触摸到凝脂似的感觉。

十几顶轿子在一片翠绿的松林里停下，乾隆、太后、那拉皇后和几个妃嫔在太监宫女的搀扶下下了轿子，向景色迷人的“蕉石鸣琴”走去。那拉皇后跟在皇帝身后，忐忑不安地观察着皇帝的神色。昨晚上乾隆和那拉皇后的激烈争吵似乎并没有影响天子游玩的兴致，他拉着太后的手，指着前面的一道大石屏障说：“皇额娘，您看那几块大石，形成了一道天然的石头屏风，这道石屏下面有古人做的石床、石几和石凳。中间那块大石壁上刻着‘蕉石鸣琴’四个大字，相传是北宋欧阳修所书。古人在屏内石桌上抚琴，悠悠古琴之声在天然的屏障里回响，恰似仙境呀。”

“呵呵呵，”太后笑道，“今日我等也去那里做一回神仙，皇帝，我们就在这‘蕉石鸣琴’用早膳吧，体验一下神仙过的日子。”

乾隆满脸含笑地说：“儿臣正是这个意思，已传旨将早膳送到这里来，还有几个抚琴女子，专为皇额娘演奏。”

“好好好，额娘今日好好做一回神仙。呵呵呵！”

太后爽朗的笑声和皇帝的微笑驱散了那拉皇后心中的阴云。她款步上前，扶住太后的手，柔声说：“太后就是活神仙，您老人家今天要好好乐上一乐，在这仙境般的地方用膳，佛祖将保佑皇额娘长命百岁。”

“哼哼，皇后果然是温良孝顺啊，恐怕皇后的美意本宫消受不起啊。”太后的语调中透着一股寒气，那拉氏不由得打了个寒战。

几十个太监宫女一阵紧忙活，将早膳摆在几个石桌上。乾隆和太后坐在一桌上，那拉皇后想坐到皇帝和太后那桌上，乾隆指着另一桌微笑道：“那桌是专为皇后准备的，皇后还是坐到那里吧。”

于是，皇后独自一桌，令贵妃、庆贵妃、容妃和卓妃及几个小皇子坐在另一桌上，十几个随行的大臣挤在另两张石桌上。那拉氏看看自己这桌上的菜明显比其他桌上的多，还有很多其他桌上没有的精美食品。她诧异地抬起头来，望着对面的乾隆皇帝。皇帝笑着说：“这是朕特意赐给皇后的，请皇后尽管享用。”

看到皇帝如此善待皇后，其他妃嫔和大臣均露出惊喜的笑容，唯有令贵妃的微笑里隐含着一种深意。

刹那间，一股暖流涌遍那拉氏的全身，她感到心跳剧烈，全身的血液都在沸腾，泪水情不自禁地模糊了双眼。“臣妾谢皇上隆恩。”

乾隆挥挥手：“皇后不必拘礼，用膳吧。”

那拉氏含着激动的泪水拿起筷子，心中百感交集：“皇上不仅没有责怪惩罚于我，还对我如此厚爱，可见我这个继皇后在皇上心中的地位多么重要。我真是太蠢了，竟然做出那么疯狂愚蠢的事。是我自己太不懂得皇上的心思了，竟以妇道人家之心去度天子之腹，有皇上这一份深情厚谊，我还有什么不知足的。”她为昨晚自己的疯狂行为而深深自责，暗暗发誓要做古往今来最好的皇后，竭尽全力去为皇帝分忧，以报答皇帝的厚爱。

山石间花团锦簇，绿林成荫，彩蝶曼舞。几个歌女抚琴弹唱，悠扬的琴声伴随着泉水的叮咚声在“蕉石鸣琴”仙境般的优美环境中回荡。

那拉皇后满满斟了一杯美酒，向着乾隆皇帝和皇太后举杯道：“臣妾恭祝皇上和太后万寿无疆！”

皇帝和太后面含微笑，举杯响应。那拉皇后带着真诚的微笑，一饮而尽，她觉得这杯酒是她喝过的最香甜的美酒，畅快淋漓的心中溢满了无限的甘美。微风吹过，几片鲜艳的花瓣飘落在那拉皇后的身上，给她端庄丽质的仪容更增加了几分娇媚。

第五十七章
疯狂的代价

“蕉石鸣琴”的早膳间充满祥和的气氛，皇帝和太后笑逐颜开，妃嫔大臣们见皇帝如此开心，也个个心花怒放，那拉皇后更是惊喜异常。

早膳在一片欢快的气氛中结束，乾隆说：“吃饱喝足之后，众位随朕到云林禅寺上香如何？”

“好啊。”妃嫔大臣们一片欢呼声，“皇上要去哪里，哪里就蓬荜生辉呀，哈哈哈！”

乾隆饶有兴致地说：“云林禅寺原名灵隐寺，背靠北高峰，面朝飞来峰，始建于东晋咸和元年，开山祖师为西印度僧人慧理和尚，南朝梁武帝赐田并扩建。五代吴越王钱镠，命请永明延寿大师重新开拓，并赐名灵隐新寺。宋宁宗嘉定年间，灵隐寺被誉为江南禅宗五山之一。顺治年间，禅宗巨匠具德和尚住持灵隐，筹资重建，仅建殿堂时间就前后历十八年之久，其规模之宏伟跃居东南之冠。康熙二十八年，圣祖皇帝南巡时，赐名‘云林禅寺’。朕继位之初，住持巨涛，嗣法谛晖，博涉群书，于佛学造诣颇深，为朝野所重。当时的光禄少卿扬州的汪应庚来游云林禅寺，与巨涛一见如故，捐资重修大雄宝殿及其他殿、堂、阁、轩、楼、亭等数十处，又补饰五百罗汉，修理合涧桥、龙泓洞、鹫峰径等，历时三年，总共用去费用二万余两银子。朕前三次南巡时，均驾临此处，并有诗留下，刊刻于石。这也是个神仙去处啊。”

一个大臣说：“臣等能随皇上一同登云林禅寺，真是三生有幸啊。”

那拉皇后说：“皇上第一次和第二次南巡时，臣妾都陪皇上去过云林禅寺，今日又有幸陪皇上再登仙山，这是臣妾的福分啊。”

乾隆扫了一眼那拉氏，笑道：“好啊，那就起驾吧。”

“起驾——”胡世杰高声喊道。

皇帝的轿子起驾后，皇太后和几个妃嫔、大臣的轿子依次跟随。按惯例，皇后的轿子应该跟在太后的轿子之后，奇怪的是，皇后的轿子却迟迟不动，那拉氏掀开轿帘，斥责轿夫：“大胆奴才，为何不起轿？”

立在轿子边的额驸福隆安悄声说：“皇后稍安毋躁，皇上另有安排。”

“什么？”那拉皇后大惊失色，一种不祥之感涌上心头。

几个妃嫔和大臣见皇后的轿子不动，均感到很奇怪，纷纷掀开轿帘向后张望。庆贵妃陆氏问轿子下面的太监：“皇后怎么了？为何不起轿？”

“回贵妃娘娘，奴才不知何故。”

前面的轿子已经下山了，福隆安说了句：“起轿。”八个轿夫抬起轿子，向另一条下山的路走去，身着黄马褂的乾隆御前侍卫康烈尔和普泰琛带着几个蓝翎侍卫紧随其后。

那拉氏感觉不对劲，掀开轿帘问福隆安：“你们要抬本宫去哪里？为什么不跟皇上一起走？”

福隆安说：“请皇后恕罪，额驸奉旨护送皇后回京。”

“什么？”那拉氏惊出一身冷汗，“为何送本宫回京？”

“额驸不知，额驸只是奉旨行事。”

“可是，本宫的很多东西都在行宫里哪。”

“皇后放心，自会有人送到船上去的。”

那拉皇后一下子跌倒在轿子里，白嫩的面色刹那间变成了青灰色，一种巨大的恐惧感弥漫心头。

浩大的南巡船队停泊在运河码头上，船上旌旗招展，岸边兵丁密布。一群人簇拥着皇后的轿子来到码头上，两个宫女扶着那拉皇后下了轿。皇后惶惶不安地四下张望，除了侍卫和太监宫女，没有一个妃嫔、大臣来为她送行，她的心好像被拴了块石头似的直沉下去。

“怎么？就本宫一个人走吗？”那拉皇后的声音里透着无比的凄凉和哀伤。

“是的，皇后。”福隆安说。

“为何，这是为何呀？”那拉氏压抑的悲愤突然爆发了，声嘶力竭地喊，“难不成皇上和太后欺骗本宫？回去，你们抬本宫回去，本宫要面见皇上，面见太后，快回去呀。”

“皇后，”福隆安一下跪倒在地，“皇上的旨意不可违逆呀。”

那拉氏指着福隆安厉声喝问：“福隆安，皇上的旨意是怎么说的？你说，你说呀。”

“皇上只说让额驸早膳后立刻护送皇后回京，其他事情额驸一概不知啊。”

“本宫闯了大祸，皇上怎么责罚都可，为何要如此啊？就这样一声不响地把本宫遣送回京，这算是怎么回事啊？”那拉皇后回头向着远方哭喊，“皇上！您到底想如何惩罚臣妾？请皇上明示啊！呜呜呜。”她双手捂脸，失声痛哭。

目睹皇后的惨状，福隆安、康烈尔、普泰琛和丫鬟太监们个个唏嘘不已。

“皇后要冷静呀，”福隆安强忍泪水，哽咽道，“事已至此，还是遵从皇上的旨意吧，不可再节外生枝了，皇后要为您的家人着想啊。”

福隆安的话犹如一记重锤，在那拉皇后的心里猛击一下，她瞬间就清醒过来。“是的，我要为亲人着想，我要为儿子永璂着想，不可一错再错了。”想到此，她慢慢转过身来，失魂落魄地向码头上的“安福舻”号龙舟走去，无声的泪水滚滚而下。

云雾缥缈中，茫茫大士和渺渺真人在空中现身。茫茫大士手捧红玉，长叹道：“沉酣一梦终须醒，冤孽偿清好散场！”

手持长矛、挂着腰刀的兵丁在山脚下排成两队，整个云林禅寺已被兵丁严密把守。几十顶轿子在半山腰的一个石板铺成的平台上落轿，乾隆皇帝、皇太后、妃嫔皇子和大臣们纷纷下轿，乾隆扶着太后，向山顶的大雄宝殿走去，众人跟在皇帝身后。妃嫔和大臣们没看见皇后，都感到非常奇怪，庆贵妃悄悄问胡世杰：“皇后到哪里去了？刚才下山时就没看见皇后的轿子。”

“回贵妃娘娘话，奴才不知，可能早膳后，皇后偶感不适，回行宫去了吧。”

庆贵妃又和容妃、卓妃悄悄议论着，几个大臣也交头接耳，唯有令贵妃神色坦然，面含微笑。

波光闪闪的京杭大运河宛如一条飘飘荡荡的碧玉带，蜿蜒于秀美的江南大地上，滚滚滔滔地向无边的绿色田野奔腾而去。这条雄伟的长河中，装满了王者的雄心，成就了帝王的霸业；流淌着臣民庶子的心酸，演绎着悲欢离合的故事；用浓重的笔勾勒出一幅尘封的历史画卷。

空中低悬着令人抑郁的卷卷阴云，盘旋的燕子发出阵阵哀鸣声。一只孤舟漂泊在奔腾不息的运河上，顺着弯弯曲曲的河水向北方漂移。

那拉皇后孤单单地坐在船头上，神色木然。舱内一角蜷缩着十几个丫鬟和太监，几个侍卫按着腰刀看守着这些人，不准他们相互说话。这些人是十七日晚上西湖御舟上的丫鬟和太监。看见这些丫鬟太监，那拉皇后明白了，皇帝是要严密地封锁消息，不让任何人知道那日晚上御舟上发生的事。

刚上船时，福隆安悄悄对那拉氏说："皇上另有旨意给皇后。"

那拉皇后心头一震："是何旨意？"此时，她仍然心存一丝侥幸。

"皇上口谕，十七日晚上御舟上发生的事，皇后不能在宫中泄露半个字。"

皇帝的这道口谕，彻底击碎了那拉氏所有的幻想，她明白这道圣旨的分量。那天晚上的御舟风波，实际上就是帝位之争，如传了出去，必将在宫中和朝野上引起轩然大波，直到这时，那拉皇后才意识到自己的疯狂行为所造成的后果有多么严重。

"我真是个蠢物啊，居然做出这么愚蠢疯狂的事情。在皇上和太后看来，我为儿子永璂争夺帝位，不仅闯进御舟和令贵妃激烈争执，还自断青丝诅咒皇上和太后快快死去，好让儿子永璂继位，这是多么愚蠢可笑的行为啊。可是，皇上，您就不能给臣妾一个认罪的机会吗？你就不能听听臣妾的肺腑之言吗？臣妾只是一时激愤，不是那个意思啊！那个令贵妃心怀鬼胎、居心叵测，是要取臣妾而代之，她何尝不是为自己的儿子在争夺皇位呀。皇上，您是恨透了臣妾吧？臣妾本就不该做这个皇后，如果我只做个皇贵妃，如果我不去争什么皇位，那就什么事都不会发生，可如今，这一切还能从头来过吗？可悲啊，什么尊贵繁华，什么鲜花着锦之盛？一切皆是过眼云烟，到头来不过是一场美丽的梦，梦醒之时就是大难临头之日啊。"

悔恨、哀怨的泪水无声地淌下，浸湿了衣衫。那拉皇后明白，此一去，所有的耀眼光环、荣华富贵都将付诸东流。儿子永璂，自己的亲人和家族，将因为自己的愚蠢和疯狂而一并遭难，历朝历代皆如此，树倒猢狲散，没有人会幸免。想到此，那拉氏心如刀绞，痛彻骨髓。

那拉皇后仰望苍天，心中在祷告："老天爷呀，你能否让皇上发发慈悲，不要惩罚我的儿子和亲人呀。”

一路上，那拉皇后凄凄惨惨，肠断神伤，正是：落霞与孤骛齐飞，风急江天过雁哀，却是一只折足雁，叫得人九回肠。奔腾而澎湃，江间波浪兼天涌，须要铁锁缆孤舟。

一阵悲凉的歌声传来：“一帆风雨路三千，把骨肉家园齐来抛闪。恐哭损残年，告爹娘：休把儿悬念。自古穷通皆有定，离合岂无缘！从今分两地，各自保平安。奴去也，莫牵连。”

那拉皇后在船头站起身来，向着西湖行宫的方向发出最后一声嘶喊：“皇上，臣妾去了，臣妾自知罪不可赦，最后一次恳求皇上，不要株连我们的儿子和臣妾的亲人呀。”

福隆安、康烈尔和普泰琛等人看着悲恸欲绝的皇后，个个泪流满面。

那天，那拉皇后像断了线的风筝，一去不返。“游丝一断浑无力，莫向东风怨别离。”

父母叹双亡，纵居那绮罗丛，谁知娇养？幸生来，英豪阔大宽宏量，从未将儿女私情略萦心上。好一似，霁月光风耀玉堂。厮配得才貌仙郎，博得个地久天长，准折得幼年时坎坷形状。终久是云散高唐，水涸湘江。这是尘寰中消长数应当，何必枉悲伤！

那拉皇后过早地失去双亲，虽然她嫁入皇家，从娴妃晋为贵妃、皇贵妃直至皇后，登凤銮驾、居繁华殿、入逍遥堂；锦衣美食，荣华富贵，何等荣光。可是，有谁把她真心疼爱？有谁将她放在心上？幸亏她生来就心量宽、豪情壮，全不把那儿女私情放在心上。否则，又能怎样？天天哀怨悲伤，只能早早命丧。嫁了个亲王，后来又当了皇帝，按说是郎才女貌，真应该地久天长，那就弥补了年幼时的“坎坷形状”。只可惜，这一切不过是“几缕飞云，一湾逝水”，早晨还唇红酒绿、笑语翻飞，眨眼间日落斜晖，水逝云飞；就如那“香梦沉酣”，一枕黄粱；到头来，游丝一断，如云散高唐；孤船远去，似水涸湘江；这一切皆是前生冤孽数应当，悲伤也徒枉。

温暖和煦的春天此时却吹得那拉皇后彻骨的冰凉，凌乱的发丝随风飘起，蒙蒙细雨打在她毫无知觉的脸上，混合着泪水一起流进滚滚的河水之中，带走了那曾经无比的辉煌。夕阳的余晖给那个不能重写的结局添上最后一抹哀伤。

那天晚上，在西湖行宫进晚膳时，陪同皇帝的是皇太后、令贵妃魏氏、庆贵妃陆氏、容妃和卓氏及几个幼年皇子。庆贵妃怯生生问乾隆：“皇上，怎么不见皇后？”

乾隆冷笑一声：“皇后身体有恙，朕已差人送她回京了。”

“啊！早膳时皇后不是好好的吗？”几个妃子都感到很诧异。

皇太后不冷不热地说：“皇后凤体欠安，皇帝安排她回京调养了，各位就不要大惊小怪了，快用膳吧。”

几位皇妃见乾隆面有不悦之色，都不敢再多言了。令贵妃却殷勤地给皇帝和太后夹菜，脸上挂着兴奋的笑容。

第五十八章
树倒猢狲散

那拉皇后被遣送回京后即被囚禁在储秀宫里，大门口站着一排兵丁，皇后和她身边的丫鬟太监，均不能离开储秀宫。每日的生活用品由宫里的太监送到大门口，再由里面的太监拿进去。

而此时，乾隆继续在南方巡游，清除了那拉氏这个绊脚石，皇帝游玩的兴致更高了。闰二月二十三日至苏州府，苏州的秀美风光让这个风流皇帝流连忘返，游玩六天后才依依不舍地离去。闰二月二十九日，乾隆奉太后回銮，至镇江后，两次奉太后渡江，游览长江中的名胜“金山”和“焦山”。三月初三，乾隆从长江登陆至江宁府驻跸，并亲诣明太祖朱元璋的陵墓奠酒致祭，还参观了织造机房。七天后，乾隆离开江宁，由七里港奉太后渡过长江，然后由江浙运河回返。

乾隆南巡结束后，于乾隆三十年四月二十日回到京城。此次南巡共计四月有余，总计126天，为历次南巡中时间最长的一次。乾隆回京后，那拉皇后倒霉的日子就开始了。

首先遭难的是皇后身边的太监小李子。一天傍晚，小李子伺候完皇后，从储秀宫的正殿里出来，这时，从大门外走进一个太监：“小李子，胡总管传唤你。”

“喳。”小李子跟着那个太监出了大门。刚出大门，站在门外的一排兵丁的后面闪出两个手按腰刀的蓝翎侍卫，押着小李子向皇宫的深处走去。

太阳就要落下去了，宫殿向阳的一面变成了金绿色，而另一面则完全被灰暗的阴影笼罩了。一条弯曲而阴森的道路把几个人引向远处一所阴影里的低矮房屋，在苍茫的暮色中，它显得鬼影幢幢。小李子心里阵阵发虚，胆怯地问："你们要带我到哪里去？"

"少废话，到了地方你就知道了。"

严厉的声音让小李子打了个寒战，一阵恐怖的感觉弥漫全身。他被带进那间隐秘的小屋，一张方桌上已点起一盏宫灯，昏暗的灯光下坐着神色严峻的胡世杰。

"奴才给胡总管请安。"小李子跪倒在地，心惊肉跳地发问，"胡总管，您唤奴才有何吩咐？"

"哼哼，"胡世杰冷笑一声，"狗胆包天的奴才，竟敢在宫中私议皇储之事，妖言惑众。"

刹那间，小李子耳朵里轰的一声，如同雷鸣一般。他直瞪瞪地看着胡世杰的脸，仿佛已经丧失了说话的功能。愣怔了好一阵儿，小李子突然爆发出一阵惨叫："天哪！奴才冤枉啊，奴才何时私议过皇储之事？散布过何等妖言？请胡总管明察啊。"他已经吓得晕头转向了，只知道砰砰地使劲磕头。

"哼哼，你还是到阎王爷那里喊冤吧，看在皇后的面子上，就赏你个全尸吧。"

"不能啊，奴才冤枉啊，胡总管饶命啊，皇后，皇后救我呀。"小李子凄厉的嘶喊声让人不寒而栗。

"皇后都自顾不暇了，还有工夫救你？哼哼哼。"胡世杰的冷笑像是催命鬼发出的索命声，小李子已吓得灵魂出窍了。

胡世杰一挥手，两个侍卫按住小李子的双手，一个太监将一根绳索套在他的脖子上，三个人使劲一拉，小李子就"悬梁自尽"了。

当天晚上，十几个在西湖御舟上目睹皇后疯狂行为的宫女太监全部神秘失踪了。

那拉皇后被遣送回京之事，已经在宫中妃嫔皇子和朝廷大臣中引起种种猜测，乾隆意欲将那拉皇后贬废的消息传出，满朝文武议论纷纷，后宫更是轩然大波。刑部侍郎阿永阿闻讯，本想就皇后之事进谏，又恐事关重大，弄不好会牵连家中老母，为此思前想后，犹豫不决。母亲见阿永阿愁容满面，茶饭不思，关切地问："儿啊，因何事烦恼？"

阿永阿将皇后可能要被废的消息告知老母，说："儿臣想写个折子，劝谏皇上，不可废后。可此事乃惊天大事，弄不好儿臣将引来杀身之祸，连累额娘啊。”

其母深明大义，对儿子说：“我儿应以国家社稷为重，不要顾及额娘。”

阿永阿在母亲的鼓励下，与家人洒泪而别，朝至金銮，慷慨上疏。“皇上，臣听闻皇上欲以贬废皇后，不知是何原因？”

乾隆冷冷地说：“这是你应该关心的问题吗？”

“皇上容臣禀告，皇上的家事就是国事，一旦皇后被废，将引起朝野震动，后宫大乱，诸皇子就会为争夺皇位而相互倾轧，于我大清江山有害无利。况且，皇后并无大错，无端废后必将遗祸朝廷。”

“住口！”乾隆怒斥道，“那拉氏在杭州时，情似疯迷，忤逆太后和朕，还敢说无大错吗？”

“皇上，皇后即使有错，亦不该受如此之重的惩罚，请皇上以江山社稷为重，不要废后，以免引起后宫大乱，骨肉相残，危及江山社稷啊。”

“放肆！”乾隆大怒，吼道，“阿永阿乃觉罗近臣，竟敢蹈汉人恶习，擅议朕的后宫之事，实乃为博一己之名！着实可恶，来人。”

“臣在。”康烈尔和普泰琛从御座后闪出。

“将阿永阿立交九卿议罪。”

“喳！”康烈尔和普泰琛按着腰刀，走到阿永阿身边。

“皇上三思啊，不可因一时冲动，误朝廷大局啊。”阿永阿仍不知死，据理力争。

啪的一掌，乾隆狠狠地拍在御案上：“还敢狡辩，朕看你是活得不耐烦了，押下去。”

大殿里的群臣个个惊魂失措，鸦雀无声。

“皇上息怒，”刑部尚书钱汝诚挺身而出，仗义执言，“阿永阿乃一片忠君之心，其有老母在堂，尽忠不能尽孝。”

乾隆冷笑道：“哼哼，你父钱陈群老病居家，汝为独子，何不归家尽孝？”

结果，阿永阿远戍黑龙江，钱汝诚则归养家中，“尽孝”去了。

乾隆三十年五月初九，皇太后和乾隆皇帝在养心殿密议，乾隆向太后禀告朝廷中对废后的议论，沉思道：“朝廷中对废后一事议论颇多，儿臣反复衡量，还是保存那拉氏的名号，不加废除为妥。”

太后说：“那就让她虚存皇后名号吧，囚禁起来也就是了。但后宫不可无主，令贵妃敬慎柔嘉，温恭端淑，应晋册为皇贵妃，摄六宫事。”

“好吧，那就请皇额娘下懿旨吧。”

当天，皇太后写下懿旨，着令贵妃魏氏晋皇贵妃，统领后宫。这一天，是继皇后乌喇那拉氏“开到荼蘼花事了”的日子，令贵妃取代那拉皇后成为后宫新主，昔日耀眼的明星陨落。

第二天，后宫妃嫔和文武大臣齐聚太和殿，大学士公傅恒为正使，协办大学士吏部尚书陈宏谋为副使，持节册封令贵妃魏氏为皇贵妃。册文曰：朕惟彤闱赞化，本敬顺以扬庥，紫掖升名，表恪恭而锡庆，爰稽彝典，式播温纶。咨尔令贵妃魏氏，早侍深宫，夙娴懿范，襄廿年之内治；麟趾凝祥，超九御之崇班，凤章优秩；自膺册命，益茂芳徽，只事小心，克承欢于璇殿，含章明顺更流誉于椒庭。兹仰奉皇太后懿旨，以册宝晋封尔为皇贵妃，尚其勉副慈恩，光昭壸德。永怀淑慎，辉翟服以垂型，弥凛谦冲，绵鸿禧而迓福。钦哉。

魏氏娇媚的脸上挂满得意的笑容。那天下午，胡世杰溜进令皇贵妃的房间里，奴颜婢膝地跪地献媚：“奴才恭喜皇贵妃娘娘，您终于如愿以偿、统率后宫了。”

“呵呵呵，”皇贵妃发出一阵胜利的笑声，“怎么样？按本宫的指令行事，感觉如何啊？”

“娘娘神机妙算，那个废皇后哪里是您的对手。”

一张五百两的银票掷在胡世杰面前：“拿去吧，以后知道怎么做了？”

“奴才叩谢娘娘天恩。奴才这条命就是娘娘的，从今往后，任凭娘娘差遣，奴才肝脑涂地，愿效犬马之劳，以报皇贵妃的洪恩。”

当晚，西城的一座三进院园的豪宅里，中院的正殿里坐满了惶恐不安的人，这个院子的主人是那拉皇后的侄子、一等承恩侯纳苏肯，其他人都是皇后的亲属。一个年纪较大的人说：“侯爷，今天宫里传出消息，令贵妃晋皇贵妃，取代皇后了。”这个人是皇后的舅舅。

纳苏肯垂头丧气地说：“我已经听说了，看来皇姑姑危险了。”

“皇后到底出了什么事？正月十六皇后陪驾南巡去了，可三月初就听说她独自被送回来了。”皇后的表兄焦急万分。

“唉！我什么也不知道啊。三月十日，我听说皇后回来了，就进宫去看望皇姑。可是，到储秀宫一看，门外全是兵丁，根本不让靠近，也不让往里传话。看来，皇姑真的出事了。”纳苏肯忧心忡忡。

“皇上会把皇后怎么样呢？难不成还废了她？”

“你还没看出来，令贵妃晋皇贵妃，摄六宫事，皇后已经被废了。”

"侯爷，您不能想想法子吗？皇后要是废了，我等还有好日子过吗？"

"我能有什么办法？"纳苏肯无奈地摇摇头，"我这个一等承恩侯不过是仰仗皇姑姑世袭的，本来还想再熬几年就晋为承恩公了，谁承想，祸从天降啊。皇后都废了，我这个承恩侯算老几，皇上一句话，我就什么都不是了。唉，现在是凶多吉少啊，各位还是早做打算吧。"

众人你望望我，我望望你，一副大难临头的模样。

浓重的青石板似的云层，低低地悬浮在皇宫的上空，时而有绺绺的灰色残云，拖在奇形怪状的屋檐之上，那一排排龇牙咧嘴的小兽，个个都露出了狰狞的面目。高大的树木遮蔽着血色的高墙，疾风掠过储秀宫的青砖地面，卷起一股股尘烟，往日里整洁温馨的院落变得凌乱不堪。

那拉皇后神情呆滞地从正屋里出来，茫然的眼睛扫视着空荡荡、静悄悄的院子，昔日里恭迎伺候皇后的丫鬟和太监在院落里穿梭奔忙，欢声笑语曾在这个大院里飞腾，如今，这热热闹闹的景象一夜间就一起消失了，皇后身边只剩下安佳兰和乌扎伊尔两个丫鬟，还有两个鬼头鬼脑的太监。

五月十四日早晨，那拉氏起床后，仍然像往常一样梳洗打扮，尽管她已经失去了自由，但她心里犹存一丝幻想：皇帝不会就这样遗弃了我，说不定哪一天，我就东山再起了。就是抱着这样一种缥缈的希望，她才度过了一个个难以忍受的日日夜夜。今天，她依然身着皇后的龙袍，佩戴好皇后专用的每一件饰物，努力为自己保持一份皇后的尊严，幻想着有朝一日能像过去一样在后宫里展示皇后的威严和风采。

早膳后，那拉皇后在房间里百无聊赖地坐着，院子里传来胡世杰尖细的声音："圣旨到，乌喇那拉氏接旨。"

那拉氏噌地一下站了起来，脑海里闪过一个念头：皇帝不会弃我不顾的，他终于召唤我了。她快步走出正殿，跪在石阶下面："臣妾那拉氏接旨。"

胡世杰面南而立，身后站着康烈尔和普泰琛。胡世杰宣旨："皇上口谕，着收回乌喇那拉氏的四份册宝，即皇后一份、皇贵妃一份、娴贵妃一份、娴妃一份；那拉氏即刻搬出储秀宫，移居乾西二所居住，钦此！"

那拉氏如同遭到雷轰电掣一般地僵在那里，这道圣旨，在她的耳朵里，就像末日审判的号角那样洪亮骇人。这一刻，她的所有幻想都成了泡影，乾西二所那个偏僻荒凉的冷宫，将是她了却残生的地方。

“臣妾领旨谢恩。”那拉氏机械地叩头，木然地站起身来，慢慢地向屋里走去。猛然间，一阵天旋地转，那拉氏眼前金星飞舞，身体猛烈晃动着，踉踉跄跄地向前扑去，安佳兰和乌扎伊尔急忙扶住她。

辉煌的皇后寝宫里，乌扎伊尔含泪捧着四份册宝和册印，递给胡世杰。

胡世杰一脸奸笑地说：“皇后请吧。”他向外做了一个手势。

“你总得容本宫收拾一下东西吧。”

“皇后还想收拾什么呀？这里的一切都不属于您了，乾西二所已经为您准备好了所需的物品。”

“什么？本宫连自己的首饰也不能带走吗？”那拉氏盯着胡世杰那张可恶的脸，一股冲天的怒气从胸中喷涌而出。

“皇后息怒，您连皇后都做不成了，还要那些首饰做什么？”胡世杰阴笑着拉了一下皇后的衣袖，“瞧瞧，您穿得多体面，这皇后的龙袍今后怕是穿不着了吧。”

胡世杰话音未落，只听啪的一声，一记响亮的耳光打在他那张大白脸上，那拉皇后凤眼圆睁，指着胡世杰骂道：“你是个什么东西，竟敢拉扯本宫的衣服，你这个狗仗人势的阉货，早晚雷劈了你。”

胡世杰捂着脸，喃喃地说：“皇后，您如今是落架的凤凰，就不要抖什么威风了。”

“够了！”站在胡世杰身后的康烈尔大喝一声，“胡总管，你只是来传旨的，皇后纵使有错，也轮不到你来教训。你若再敢口出蔑视、侮辱皇后之语，我一刀劈了你。”

普泰琛对胡世杰也怒目相视，手按在腰刀上，恨不得立刻抽出刀来，一刀劈了这个下贱的阉货。胡世杰见势不妙，急忙后退几步。康烈尔向皇后拱手道：“皇后息怒，请移步乾西二所吧，委屈皇后了。”

那拉氏深深地叹了一口气，转身走进寝室，拿了些随身衣物和一个锦盒出来，极其蔑视地看了一眼胡世杰，说：“本宫拿了一些自己的东西，你这个狗奴才要不要检查一下啊？”

“皇后恕罪，奴才不敢。”胡世杰已没了刚才的威风。

“哼，谅你也没这个胆量。”那拉氏最后看了一眼富丽堂皇的寝宫，扭头向院子里走去，安佳兰和乌扎伊尔含着泪水跟在她身后。

在同一天，上谏书的阿永阿的赐物也被全部缴回，计有如意、玉器、铜器、朝珠、玻璃挂镜、皮褂、锦袍、通海绸、泽绸、漳绒、羽纱等一百二十多件。

凄凉的晚风迎面扑来，高大的梧桐树上黑乌鸦呱呱的惨叫，像是地狱里发出的丧钟声。那拉皇后神情呆滞地走进荒凉冷清的乾西二所，望着破败的院落和屋里布满灰尘的简陋家具，那拉氏突然发出一阵令人毛骨悚然的狂笑："呵呵呵，这就是做皇后的下场，这就是忠心侍君的结局，好啊，好得很啊，哈哈哈！"

这凄惨的笑声听起来是那样绝望，那样哀伤。

夜空中星光闪烁，乱云遮月，那拉氏独自站在昏暗寂静的房间里，桌上的一盏小油灯发出垂死般的微弱光亮，头上的拱顶洒下阵阵冰冷的寒气，直逼进她火一样燃烧的额头。安佳兰和乌扎伊尔给她端来了晚饭，只有简单的两个炒菜和一碗白米饭。乌扎伊尔看着傻子一般的那拉氏，轻声说："皇后，用晚膳吧。"

那拉氏毫无反应，一言不发，一动也不动地站着。两个丫鬟叹了口气，将晚饭放到桌上，悄悄地退了出去。当东方的曙光驱散了最后一抹黑暗的时候，乌扎伊尔和安佳兰端着洗脸水进了屋，她们发现放在桌上的晚餐动也没动，那拉氏还站在那个地方，一动也没动，好像钉在那儿似的，她就这样站了整整一夜，没有吃过一口东西，也不曾睡过一会儿。乌扎伊尔走向前去，那拉氏像是没看见她似的，两眼直勾勾地望着窗外。

"皇后，您没有睡觉吗？"乌扎伊尔说。

"什么？"那拉氏瞪着一双哭得红肿的眼睛，痴呆呆地望着乌扎伊尔，"噢，乌扎伊尔，你，你说什么？"

"皇后，您一夜都没睡觉吗？"

"不知道，本宫什么都不知道。"那拉氏机械地回答，大脑里一片空白。

"皇后，"乌扎伊尔的眼里涌出泪水，"您要保重身体呀，事已至此，您千万要想开呀。"

乌扎伊尔的声音唤醒了那拉氏麻木的神经，悲伤绝望的情绪一下子爆发出来，她倒在桌子上，撕心裂肺地哭喊："皇上，你好狠心呀，你杀了臣妾吧。"

那拉氏彻底崩溃了，她离真正的发疯已经不远了。

这一天就这样过去了，她没吃一点食物，只是在斗室里走来走去，像一只被困在笼子里的野兽似的，曾经庄重艳丽的脸上因忧伤和愤懑而变得焦黄。

在那拉氏搬进乾西二所的那天上午，纳苏肯慌慌张张跑进大门，向中院奔去。纳苏肯的这座豪宅，连同宅子里的家具陈设，都是那拉氏晋为皇后之后，皇上赏赐给他的。此时，纳苏肯穿过前院的垂花门，跑进中院的正殿，他气喘吁吁地对几个妻妾说："糟了，糟了，皇姑被遣送到乾西二所了。"

"完了，皇后被打入冷宫了。"妻子吓得脸色苍白，瞪着两只惊恐的眼睛喃喃地说，"皇上会把我们怎么样？不会连我们一起都打入冷宫吧？"

"现在还不知道，可是，皇姑被废了，我们还能在这里过舒坦日子吗？"纳苏肯神情格外沮丧。

话音刚落，外面传来一个尖细的声音："圣旨到！纳苏肯接旨。"

一瞬时，屋里所有的人全都惊呆了，他们谁都明白，繁花似锦的好日子已经到头了。

纳苏肯和几个妻妾神色慌张地从屋里出来，纷纷跪倒在地。"臣纳苏肯恭请圣安。"

"圣恭安。"胡世杰宣旨，"皇上口谕，着内务府收回御赐纳苏肯官房一所及所有御赐之物，废除纳苏肯一等承恩侯世袭爵位，降为六品侍卫，在粘杆处任职，即刻着办。钦此！"

"臣领旨谢恩。"纳苏肯脸色苍白，浑身颤抖。

一辆马车装载着一家老小的随身衣物，纳苏肯率全家惨然地离开那座豪宅，向城外走去。"南直召祸"之后，不仅那拉皇后自己倒了霉，她的亲属们一并遭难。她的家族于乾隆三十一年又被打回原旗，其他亲属均被降职，世袭的爵位也全部取消了。那拉皇后的家族，本来是倚仗她这棵大树来乘凉的，如今大树轰然倒下，树上树下的猢狲一股脑地散去了。

空中响起那个熟悉的声音："机关算尽太聪明，反算了卿卿性命。生前心已碎，死后性空灵。家富人宁，终有个家亡人散各奔腾。枉费了，意悬悬半世心；好一似，荡悠悠三更梦。忽喇喇似大厦倾，昏惨惨似灯将尽。呀！一场欢喜忽悲辛。叹人世，终难定！"

那拉皇后的处境一夜之间发生翻天覆地的巨变，不仅世人一片愕然，就连她自己也没想到乾隆竟然如此绝情，对自己的惩罚来得如此迅猛，更没想到皇帝竟会采用如此刻毒的办法。朝野上下，目睹阿永阿、钱汝诚的遭遇，谁还敢为皇后求情、喊冤。尽管那拉氏对这一切在心理上有所准备，但事到临头，仍使她震惊不已。

在被秘密废除皇后身份之后，那拉氏处于极度的孤独和悲愤之中，她不但在宫中失去了行动自由，而且，断绝了与外界的一切联系，甚至连其亲生儿子也不能见面。那拉氏精神与肉体俱受折磨，终于一病不起。她整日昏昏沉沉，形容憔悴，面色蜡黄，头发蓬乱，昔日华贵庄严的风姿已荡然无存。

空中的声音响起：“粉渍脂痕污宝光，绮栊昼夜困鸳鸯。可叹啊，可叹！”

一阵悲凉的歌声传来：

滴不尽相思血泪抛红豆，

睡不稳纱窗风雨黄昏后，

忘不了新愁与旧愁，

咽不下玉粒金莼噎满喉，

照不见菱花镜里形容瘦。

展不开的眉头，挨不明的更漏。

呀！恰便似遮不住的青山隐隐，流不断的绿水悠悠。

第五十九章
冷　宫

转眼间已是深秋，曾经是碧绿的树上被涂上一层金黄，阵阵秋风带着浓重的凉意，将那一片金黄毫不客气地卷在空中，之后，又轻飘飘地抛洒在地上。乾西二所的院子里落满了枯枝败叶，乌扎伊尔和安佳兰想尽微薄之力将这个小院尽量收拾得整洁一些，无奈，一阵风起，刚刚扫起的落叶，又被吹到空中乱舞。

院子西北角有个小小的佛堂，里面供奉着观音菩萨。佛堂里香烟缭绕，寂静无声，观音菩萨依然是那副慈眉善目的模样，眯着一双温柔的眼睛静静地注视着跪在她面前的那拉皇后。

那拉氏虔诚地望着观音菩萨，心底深处发出一阵阵悲鸣："大慈大悲的菩萨，您目睹了本宫以往的辉煌，也看到了我如今的惨状，我怨不得别人，一切都是因果报应。为了那顶辉煌耀眼的凤冠，我曾绞尽脑汁，使出毕生精力甚至是不择手段地去奋斗、去谋取。当终于如愿以偿地坐到那个位置上时，我觉得这天下是如此之美好，这凤冠是如此之高贵，这生活是如此之辉煌，那种自豪、那种威严是如此令人心旷神怡。在身为后宫之主、母仪天下时，我曾随心所欲地给予那些臣子、妃嫔、民众和下人恩赐，也曾毫不留情地惩治那些犯下过错的人，甚至是惩罚那些没什么过错，只是让我看着不顺眼的人。当全天下的人都齐呼'皇后娘娘千岁、千岁、千千岁'的时候，还有什么能比这份荣耀更神圣、更值得自豪的呢？但是，这如此辉煌的荣华富贵没有填满那个贪婪欲望的深渊，我竟愚蠢地盯上了那个更加耀眼的皇冠，我想让我的儿子坐到那个位置上，那是全天下最神圣、最高贵的天子之位。为了这个目的，我忍耐、受苦、谋划、争夺直至发疯，可悲呀，到头来，我争到什么了？如今这一切，就是我疯狂争夺的结果，惨啊！如今，我已是万念俱灰，再无任何非分之想，唯一挂念的就是我的儿子和亲人们，他们怎么样了？能逃过这苦难的一劫吗？皇上啊，您觉得对我的惩罚还不够吗？您觉得这个冷宫还不够冷吗？假如您对我还有一点点夫妻之情，请开恩让我见见我的儿子吧，他也是皇上的骨肉啊。大慈大悲的观音菩萨，您显显灵吧，让皇上发发善心，不要惩罚我的儿子和我的亲人呀，我自己闯的祸自己承担，让一切磨难都落到我的头上吧。菩萨保佑，阿弥陀佛。”

那拉氏已经没有眼泪了，唯有虔诚地给观音菩萨叩头。

这时，院门吱呀一声开了，门外走进一个十几岁的少年，身上秋香色的长袍显示着他的皇子身份，康烈尔、普泰琛和一个少年丫鬟跟在少年皇子身后。

“十二爷，”安佳兰尖叫一声，“皇后，十二爷来了。”

仿佛一个晴天霹雳炸响，那拉氏浑身猛地一哆嗦：“菩萨显灵啦，菩萨显灵啦。”她慌乱地给菩萨磕了两个头，爬起身来，冲出佛堂。

望着头发蓬乱、消瘦颓丧的那拉氏，十二爷永璂惊呆了，半年多没见皇额娘，曾经风光无限的皇后竟变成了这个样子：囚徒一样的生活让那张曾经白皙丰满的脸庞变得清瘦蜡黄，灰蒙蒙的眼睛里已没有了昔日的光泽，额头和眼角刻上了哀伤悲愤的深深痕迹，乌黑油亮的头发也变成了深灰色，两鬓和头顶陡然冒出了缕缕银丝，象征高贵身份的明黄色龙袍已换成民妇一般的俭朴便装。

“皇额娘。”永璂大喊一声，向前扑去。

“永璂，我的儿呀，你让额娘想死了。”那拉氏一把将永璂抱在怀里，悲切的哭声使本来就阴郁的院子里更加凄凉。乌扎伊尔、安佳兰和两个侍卫、丫鬟个个泪流满面。

简陋的房间里，那拉氏坐在炕沿上，捧起永璂的脸仔细端详着：“儿啊，你比原先长高了许多。”

永璂流着伤心的眼泪说：“皇额娘，您怎么变成这个样子了？您名义上还是皇后啊，皇阿玛为何如此对待皇额娘呀？”

那拉氏心有余悸，急忙捂住永璂的嘴：“儿啊，千万莫出此言，这怪不得你皇阿玛，都是额娘自己惹的祸啊。你记住，无论将来额娘怎样，你千万不可埋怨皇阿玛，你毕竟也是皇阿玛的儿子呀。懂吗？”

永璂似懂非懂地点点头："儿臣谨记皇额娘的话。"

"儿啊，如今你每日还去给皇祖母和皇阿玛请安吗？皇祖母还像从前那样喜欢你吗？"

永璂摇摇头，悲切地说："儿臣去给皇阿玛和皇祖母请安，他们都说，以后不必过来请安了。儿臣看得出，皇祖母已经不喜欢儿臣了，皇阿玛更是连看都不愿看儿臣一眼。儿臣几次和皇阿玛说，要来看看额娘，皇阿玛都不允。"

"天哪！都是额娘害得你啊。"永璂的话，在那拉氏的心里又捅了一刀，她觉得自己的心里在流血："永璂，就算皇祖母和皇阿玛不愿见你，你也不能放弃尽孝的责任，更不能放弃学业，只要一有机会，你就向皇阿玛和皇祖母表示你的孝心，展示你的才华。"

永璂点点头："儿臣明白。"

强忍悲愤，那拉氏又问："纳苏肯和你舅公、姨母、表兄等人如今怎样？"

永璂将亲人们的情况一一告知皇额娘，那拉氏伤痕累累的心猛烈颤抖着，她闯下的大祸终于祸及自己的亲人了。"唉！额娘真是作孽呀，连累我儿和亲人们跟着受罪。儿啊，你其他皇兄皇弟可像以往一样与你亲近？"

永璂摇摇头，眼中充满悲哀："皇兄皇弟都不愿与儿臣来往，尤其是七阿哥和八阿哥，见了儿臣总要训斥一番。只有十五弟还像过去一样和儿臣亲近。"

"十五弟？"

"是的，十五弟经常来找儿臣玩。令皇贵妃娘娘见了儿臣也格外亲热，还时常派人赐儿臣一些礼物。"

那拉氏心里一阵紧缩，脸上现出困惑不解的表情："难道是我错怪了令贵妃？"她哪里知道，这正是令贵妃的高明之处。如果在那拉氏落难之时，令贵妃再落井下石，她想扳倒那拉氏取而代之的目的就显得太明显了，因此，她不仅没有像其他妃嫔和皇子那样远离永璂，反而更加关照他，有时还在皇帝面前为皇后求情。这在乾隆看来，令皇贵妃实在是太善良了，因而更加憎恨那拉氏。

那拉氏痴痴地看着永璂，说："永璂，既然皇贵妃和十五弟一如既往地善待你，那就说明他们很爱你，你一定要像敬重皇额娘那样敬重皇贵妃，也许，是额娘错了。今后，或许只有皇贵妃能够呵护你，明白吗？"

“儿臣明白。”

“永琪，如今不比过去了，你身在屋檐下，怎能不低头。今后你凡事都要忍耐，千万不可与阿哥们争执，更不能流露出对皇阿玛和皇祖母的怨恨，你记住了吗？”

“皇额娘放心，儿臣都记下了。”

那拉氏回头看看站在一边的少年丫鬟，说：“思雨，你是个好孩子，以后好好照顾十二爷。”

思雨哽咽着说：“皇后放心，奴婢一定尽心尽力地服侍十二爷。”

秋末的黄昏来得总是很快，还没等原野上被日光蒸发起的水汽消散，太阳就落进了西山。于是，瑟瑟的秋风，驱赶着白色的雾气，向远处游荡。而偌大的宫殿的阴影，更快地倒压在低矮的树丛上，阴影越来越浓，渐渐和夜色混为一体，但不久，又被月亮照成银灰色了。天空中的阴云越聚越重，隐隐地传来阵阵雷声。猛然间，一道闪电划过，疾风夹杂着铜钱大的雨点从天而降。

大雨冲刷着破旧的门窗，发出吱吱呀呀的鬼怪似的叫声。昏暗的屋子里，桌上宫灯里的烛火摇曳，一缕昏暗惨淡的烛光笼罩在那拉氏的身上，在这闪动的光线照耀下，屋里的一切都显得幽暗而阴郁。那拉氏坐在桌前，从一个锦匣里拿出一张黄色的绢布，展开细看，那是永琪5岁生日时，乾隆酒后写下的传位诏书。

那拉氏的心里急剧地翻腾着：由于自己愚蠢疯狂的行为，连累自己的儿子和亲属一并遭难，皇上肯定再也不会考虑让永琪继位，或许连个爵位也不会给他，那永琪的一生就惨了。现在，改变永琪命运的唯一机会就在这一纸诏书上，如果有朝一日皇上驾崩了，只要皇上没有明确立下继位人，这张传位诏书或许就能起到决定性的作用，朝廷中一定会有人响应的，到那时，也许永琪和自己的亲人就有出头之日了。

那拉氏极其小心地将传位诏书藏好，抓起桌上的毛笔奋笔疾书，桌上已经有十几张她的手稿。痛定思痛后，那拉氏决定将自己一生的经历记录下来，告知后人，她是如何从辉煌的顶峰跌落到苦难的深渊里的。回想自己的一生曾经历过一番梦幻，虽今日身处茅椽蓬牖，瓦灶绳床，其风晨月夕，阶柳庭花，亦未有伤于我之襟怀笔墨者。面临这无可奈何之日，愧则有余、悔则无益，何不将已往上赖天恩、下承祖德，锦衣纨绔之时、饫甘餍美之日，背父母教育之恩、负师兄规训之德，以至今日一事无成、半生潦倒之罪，编述一记，以告普天下人。虽我之罪固不能免，然闺阁中本自历历有人，万不可因我不肖，则一并使其泯灭也。

正是：

浮生着甚苦奔忙，盛席华筵终散场。
悲喜千般同幻渺，古今一梦尽荒唐。
谩言红袖啼痕重，更有情痴抱恨长。
字字看来皆是血，十年辛苦不寻常。

乾隆三十年除夕，纷纷扬扬的雪花在凛冽的寒风中曼舞，忽散忽聚，飘飘悠悠，轻轻盈盈，将整个世界装点成一片银白。苍松翠柏披着白色的纱帐，傲然挺立在白皑皑的雪地里，像是有意在蔑视着寒冷的冬季。璀璨的烟花在夜空中绽放，欢乐的锣鼓伴着声声祝福在京城的大街小巷中回荡；家家张灯结彩，人人披红挂绿，焚香致礼，敬天地、祭列祖，辞旧岁、迎新年。

皇宫里一片欢欣鼓舞，宫中个个大殿挂满了大红灯笼，喜庆的春联承载财气、寄托着来年的美好希望。一对对色彩鲜艳、披甲执铱、凶相毕露的金武门神和温文喜庆的五谷丰登文门神、福寿双全仙子门神、童子门神等张挂在宫殿门边，彰显着驱邪逐魔的吉祥。几个太监按例为乾清宫丹壁上的万寿灯点燃蜡烛，称为“上灯”。营造司首领向上，行一跪一叩礼，赞上灯。敬事房、乾清宫太监各一名，先点燃标灯，随之掌仪司奏乐；营造司太监点燃“万寿灯”，各处首领、太监点燃两厢栏杆灯，整个皇宫里灯火通明，一片辉煌。

乾清宫里烛光高照，喜气洋洋，乾隆皇帝在此举行盛大的家宴。皇太后坐在首席的正中，乾隆和令皇贵妃分坐在太后两边，几十个妃嫔和众多的皇子、公主、皇子福晋和额驸分坐在各个席面上，大殿里一片欢声笑语。

皇太后兴高采烈地说，“今儿个是除夕，天降瑞雪，好兆头啊。”

“是啊，”乾隆说，“瑞雪兆丰年，明年定当风调雨顺，国泰民安。”

“这全是托了太后的福了。今年皇上南巡给天下黎民带来无尽的恩惠，皇上和太后洪福齐天、惠济苍生、施恩天下、感天动地，上苍也为之动容，故降此瑞雪，佑我大清繁荣昌盛啊。”令皇贵妃的一番话说得皇帝和太后心花怒放。

妃嫔和皇子们个个笑逐颜开，举杯齐声高贺：“恭祝皇上和太后万寿无疆，祝我大清江山永固。”

“好好好，列位妃嫔和朕的儿女，我大清先祖立业以来已将百载，如今正值天下太平，繁荣盛世，朕儿孙满堂，这个大家庭温馨和睦，其乐融融，朕很开心啊，尔等与朕同乐吧。”乾隆红润的脸上洋溢着幸福的微笑。

乾隆皇帝这顿丰盛的年夜饭，共有菜点120多品，大宴桌上的菜点由外到里分成八路，有各式荤素甜咸点心，有冷膳、热膳共63品，还有两副雕漆果盒，四座苏糕、鲍螺等果品、面食。

大殿的一个角落里，永琪和几个福晋、额驸坐在一桌上，望着席面上丰盛的菜肴，永琪的脑海中不断地闪出皇额娘凄惨的面容。

乾西二所清冷昏暗的房间里，桌上的一盏宫灯发出微弱的光亮，地上的一个炭盆里燃烧着的炭火，难以抵御冰天雪地的寒冷，乌扎伊尔和安佳兰不时地搓搓手、跺跺脚，活动着冻得发麻的手脚。那拉氏披头散发地坐在炕上，身上围着一床棉被，一声声的咳嗽带出了丝丝血迹，她已经重病缠身好长时间了。屋子里弥漫着浓浓的中药味，一个小火炉上的药锅冒出呲呲的热气。乌扎伊尔将熬好的药倒进一个碗里，用一个小勺慢慢地给那拉氏喂药。安佳兰在一边的桌子上独自包着饺子。

外面不时传来噼里啪啦的鞭炮声，漫天的焰火照射进昏暗的屋里，一闪一闪地发着红光。那拉氏喝了几口热乎乎的药水，身上仿佛有了些力气。她扭头看看窗外，有气无力地说：“今儿是除夕夜呀，宫里正在吃年夜饭哪，可怜你俩跟着本宫受此大罪。”

“皇后快别如此说，奴婢跟着皇后享受了多少荣华富贵，如今皇后遭难，奴婢们更应精心侍奉皇后。”乌扎伊尔的话让那拉氏觉得心头一热。

“明天就是兔年了，那是本宫的本命年啊，二月初十，本宫就满48周岁了，可惜，再也没有人恭祝皇后娘娘的千秋了。”

“有的，奴婢二人为皇后庆贺千秋。”安佳兰的声音里充满了无奈和哀伤。

“呵呵呵，”那拉氏苦笑一声，“还千秋哪，我能熬过这个冬天就谢天谢地了。”

“皇后切莫丧失信心，”乌扎伊尔说，“开春后，您的病很快就会好了。”

“那又能如何呢？还不是接着受苦，皇上对我的惩罚还没到头哪。”

安佳兰煮好了饺子，端到那拉氏面前：“皇后，吃饺子吧，无论如何，我等也得过年啊。可惜，没有肉，皇后和奴婢只能吃素馅饺子了。”她夹起一个饺子吹了吹，送到那拉氏的嘴里。那拉氏嚼着素馅饺子，眼里滚下两行泪水。

正月初一，乾隆皇帝于寅时就起床了，当他步出养心殿外，看到外面的一片银白时，心情格外畅快。

胡世杰说：“恭请皇上‘踩岁’。”

“哦，是的，该踩岁了。”

胡世杰扶着皇帝走下台阶。从正殿的台阶之下到大门口，路上都铺着芝麻秸等，皇帝踩着芝麻秸走到大门口，就叫作“踩岁”，有“步步高”的吉祥之意。

“踩岁”后，乾隆先到养心殿的东、西佛堂及宫内其他十多处佛堂拈香行礼，请各处神佛来宫里过年，出入门时都有爆竹声相随。之后，乾隆至太后寝宫向太后贺岁。丫鬟太监迅速躲在屏风后，皇帝来到殿上，双手捧着一柄如意，跪在太后面前，奏道：“儿臣谨贺太后新年新喜。”

太后将如意接过，笑道：“祝我大清日益富强，愿皇帝身体康健。”

皇帝向太后叩头毕，太后下座，说：“皇上，该吃素馅煮饽饽了。”

令皇贵妃和庆贵妃站在桌旁伺候。皇帝吃了一个煮饽饽，笑道：“嗯，好吃，今年的素馅子很好。”

太后说：“今年的香油比往年香。”

皇帝漱口净手后，令皇贵妃率领妃嫔及一群宫女给皇上行礼贺年，众太监也口称“新喜”给万岁叩头。皇帝受礼毕退出，便赴保和殿去接受群臣贺礼。

当火红的太阳升起的时候，皑皑白雪在金色阳光的映照下熠熠生辉。欢乐的人群蜂拥到大街上，人们舞着长龙，扭着秧歌，敲锣打鼓庆贺新春，秧歌旱船、耍龙舞狮、小调大戏、高跷社火、花车彩灯等，为新春佳节增添了浓郁的喜庆气氛。

下朝后，乾隆和太后、妃嫔等人共进早膳，大圆桌上摆满丰盛的菜肴和精美的食品：黄米饭一品，燕窝挂炉鸭子、挂炉肉、野意热锅各一品，万年青酒炖鸭子热锅一品，八仙碗燕窝苹果烩肥鸡一品，青白玉碗托汤鸭子一品等，共二十一品。此外，太后、嫔妃们各用帷子条桌，分等摆菜，有绿龙黄碗菜、霁红碗菜等。每桌还有：黄米饭、饽饽，盘肉、攒盘肉等。

午刻，皇帝御殿，行礼、奏乐、进茶、行酒、乐舞、杂技、百戏等轮番上演，热闹非凡。

永璂乘人不备，悄悄将康烈尔拉到僻静处，小声说：“我有一事相求，康大人可愿帮我？”

“十二爷有何吩咐？”

“康大人陪我去一趟御膳房如何？”

“所为何事？”

“皇上快要进午膳了，那山珍海味数不胜数，你可知我皇额娘在那冷宫中吃的是什么？”

一闻此言，康烈尔的神情立刻变得格外严峻。思忖一阵后，他说：“好，我陪十二爷去御膳房搞些酒菜，但是，没有圣旨我不能去乾西二所。”

“只要弄到些菜肴，我自己给皇额娘送去。”

两个人来到御膳房，康烈尔让永璂等在外面，他自己走进御膳房，对膳房总管说：“拿个餐屉盒，装十几样上品菜肴。”

总管问：“要给哪位皇子或娘娘送去？”

“这不是你该问的，你只照办即可。”康烈尔冷冷地说。

“好的，皇卫爷稍后。”总管进了后厨房。一会儿工夫，总管提着餐屉盒出来，递给康烈尔。

“谢过总管。”康烈尔提着餐盒出了御膳房，在一个拐弯处，将餐屉盒交给永璂。“太好了，”永璂激动地说，“我替皇后谢过康大人。”

“快去吧，小心，莫让皇上知道了。”

“好，我去了。”永璂提着餐屉盒转身跑去。拐过一个弯，丫鬟思雨迎面跑来：“十二爷，弄到膳食了？”

“弄到了，多亏了康烈尔，走。”两个少年各用一只手提着餐屉盒向乾西二所跑去。

乾西二所大门口两侧站着几位蓝翎侍卫，永璂和思雨气喘吁吁地跑来，到大门口时，一个侍卫伸手拦住他俩：“你们要干什么？”

永璂喘了一阵，说：“认识我吗？我是十二皇子永璂，来给皇额娘送膳。”

侍卫拱手施礼：“对不起，十二爷可有皇上旨意？”

永璂一下愣住了，“这……，本皇子给皇额娘送饭，还须向皇上请旨吗？”

“是的，没有皇上旨意，任何人都不能进去。十二爷不要为难下官。”

“可是，那是皇后呀？”思雨喊了一声。

“住口，丫鬟不得多嘴。”侍卫严厉地说。

这时，一个太监从里面出来，问：“什么事啊？”

侍卫拱手道：“魏公公，十二爷来给皇后送膳，但没有皇上旨意。”

魏公公瞥了一眼餐屉盒，一脸奸笑地说：“难得十二爷有如此孝心，今儿个是大年初一，皇后也该过个年了。可是，十二爷没有皇上旨意，奴才们不敢造次呀。”他挠挠头说：“这样吧，十二爷把餐盒交给奴才，由奴才给皇后送去，如何呀？”

“本皇子就不能进去看一眼皇额娘吗？”永璂的眼里涌出了泪水。

“哎呀，没有皇上旨意，奴才不敢让十二爷进去呀，皇上要是怪罪下来，奴才吃罪不起呀。”魏公公说，“如果十二爷不愿让奴才送进去，也就罢了。”

“那好，就麻烦魏公公送进去吧。”永璂万般无奈，只好把餐屉盒递给魏公公，“请转告皇额娘，儿臣永璂给她拜年来了，祝皇额娘新年快乐，身体康健。”

魏公公接过餐屉盒，笑道：“十二爷放心吧，奴才一定将话传到，皇后听后会很高兴的。十二爷请回吧。”

永璂和思雨眼泪汪汪、恋恋不舍地离去，魏公公提着餐屉盒进了院子。刚一进院，魏公公向另一个太监招招手：“来来来，我们的年饭来了。”

两个太监钻进西厢房的小屋里，急忙打开餐盒，望着几屉精美的菜肴，露出贪婪的笑容：“嘿嘿，真不错，这可是皇上吃的年饭啊，咱哥俩也来尝尝吧。”

“哈哈，太好了，这个年过得好。”两个无耻的小人，狼吞虎咽地吃起来。

清冷的正房里，躺在病床上的那拉皇后气喘吁吁，不住地咳嗽。乌扎伊尔端着一碗面条，对皇后说：“皇后，吃点面条吧，这是长寿面，算是您的年饭了。”

“呵呵，长寿面？”那拉氏苦笑一声，“本宫的死期已经不远了。”

“皇后，大过年的，莫讲此等丧气话。您看这天气逐渐暖和了，等春暖花开的时候，您的病就好了。”

“皇后，吃点面条吧。”安佳兰说，“您不吃东西，身体怎么吃得消。”

乌扎伊尔和安佳兰扶起皇后，艰难地靠在墙上。安佳兰把被子围在她的身上，乌扎伊尔端着碗，一口口地喂着皇后面条。

京城里鼓乐震天，鞭炮阵阵，人声鼎沸。皇宫的戏楼里，皇帝和太后妃嫔们喝着香茶、嗑着瓜子，欣赏着舞台上的精彩表演。

一阵凄凉的歌声传来：

入泥怜洁白，匝地惜琼瑶；
鳌愁坤轴陷，龙斗阵云销。
缤纷入永宵，诚忘三尺冷，
瑞释九重焦，僵卧谁相问？
花缘经冷结；金钗雪里埋。
嫩寒锁梦因春冷，冷吟秋色诗千首；
自是霜娥偏爱冷，幽梦冷随红袖笛；
水向石边流出冷；入世冷挑红雪去。

这冷宫里的岁月，真的是寒彻透骨，冷若冰霜啊！

第六十章
含恨而死

乾隆三十一年六月中旬，乾隆颁旨，七月一日，起驾至木兰秋狝。兵部奉旨确定了皇帝出行所需的侍卫、官员、护军等具体人数，还有蒙古各部自愿参加陪伴皇上围猎的人数，以及所需的粮食、马匹等物资，工部负责沿途的安营扎寨，确定围猎过程中所需的一切俸银和赏赐银两。

木兰，本为满语，汉译为“鹿哨子”或“哨鹿围”，原本是满族人捕猎时使用的一种工具，用嘴吹或吸，发出呦呦鹿鸣声引诱雄鹿，并将鹿捕获。围场，就是行围打猎的场所。

木兰围场自古以来就是一处水草丰美、禽兽繁衍的草原，“千里松林”曾是辽帝狩猎之地。清初，这里是蒙古王公的游牧之地，林木葱郁，水草丰沛，动物繁多，野鹿成群，老虎、麋鹿和其他野兽不计其数。这里春夏绿草如茵，山花烂漫；秋季层林尽染，野果飘香；冬季银装素裹，玉树琼花。山地高原交相呼应，丘陵曼甸连绵起伏，河流湖泊星罗棋布，森林草原交错相连；浩瀚的林海与大面积天然草原浑然一体，优美壮观。木兰围场优越的先天地理环境使清帝选中这里为皇家狩猎场，清军入关前，满族是狩猎为主的生活方式，素有精骑善射的传统。清军入关后，将这个传统承袭下来，并形成了新的制度。木兰围场地形复杂，有高山、峡谷、丘陵、草原等，为训练八旗军队骑射提供了很好的自然条件和场地。康熙皇帝为锻炼军队，在这里开辟了一万多平方千米的狩猎场，根据围猎及训练军队需要，依照山脉的走向和动物分布，共划分为 67 围，后来又增加 5 围，达到 72 围，围与围之间以木栅栏或在沟口植柳为界，俗称“柳条边”。每到秋季，皇帝率领满蒙八旗贵族官兵到木兰围场行猎讲武，谓之“木兰秋狝”。木兰秋狝不仅是一项重要的狩猎活动，更是清廷加强武备、绥服蒙古、安定边境的重要策略。乾隆皇帝自乾隆六年起，每隔一年到木兰围场秋狝一次，乾隆十六年以后改为一年一次。那年八月，乾隆皇帝在木兰围场举行秋狝后，一口气写下了《入崖口有作》《于木兰作》等九首诗篇，并镌刻于石碑之上，立于石桌子乡沟梁顶上。诗中描写了云影环绕的双峰下伊逊河奔泻而过，辽阔的草原上点缀着朵朵野花的秀丽景色，每一首诗都对木兰围场充满了赞美和颂扬。乾隆十七年九月，乾隆皇帝到岳乐围场行猎，忽然有几个猎户上前告诉皇帝说此处有伏虎，一个猎户说曾亲眼看见老虎钻进前面约300步的山洞里。乾隆皇帝听了很是兴奋，于是举起枪朝着300步开外的山洞放了一枪，原本是想将老虎引出洞来，结果这一枪直接击中了山洞里的老虎。老虎咆哮而出，在崖壁上蹿下跳，围猎之人惊骇不已。不一会儿老虎又钻回了山洞，于是，乾隆皇帝朝着洞口又放了一枪，这一枪让老虎登时毙命。乾隆大喜过望，望着手中的枪说：“此功在圣祖皇帝所赐的这杆枪上，朕遵循祖制，上苍褒奖朕也。”这次狩猎，给皇帝留下了非常深刻的印象，他写了一篇《虎神枪记》，刻成碑文，又写了一行文字，记录猎虎的经历，并将这行字刻在了一块近十米高的崖壁上。

乾隆三十一年七月一日，浩浩荡荡的队伍向木兰围场开进，令皇贵妃、庆贵妃、舒妃、豫妃、容嫔、禄常在、新常在、宁常在、武常在、那常在和诸位皇子皇孙随驾，十二皇子永璂也在其中。

初秋的阳光虽然依旧明亮，却不再痛炙人的脊梁，变得宽怀、清澄，仿佛它终于乏力了，不能肆无忌惮地蒸融田野了，于是，就将那一片炙热收敛起来，让金黄的色彩温柔地抚慰大地。轻微的秋香气息弥漫在天空中，夹杂着金菊的芬芳气味，雾气翻腾，被漫天的红霞冲破，露出一片蔚蓝色的天空。

七月十四日这天，秋高气爽，晴空万里。一个管围大臣统领王公，带领行猎布围的千余名蒙古骑兵和上万名八旗军队分头布围，形成一个个严严实实的形如铁桶一般的包围圈。乾隆皇帝在护从大臣和侍卫的簇拥下从行营来到看城，登城远眺，只见旌旗飘扬、队形齐整，刀枪弓箭遮天蔽日，骏马嘶鸣昂首待发。乾隆看到东面一处围场围的野兽过多，下令合围士兵开一个口子，放出部分野兽，以利以后兽群繁殖。一切准备就绪后，乾隆下旨：“开始吧。”

激昂的战鼓擂响，阵阵号角催人奋进。疾驰的马蹄声、哨鹿的吆喝声、野兽的嘶鸣声和捕获猎物后的欢呼声此起彼伏，声震云霄。乾隆一身戎装，从看城上下来，跃上一匹骏马，皇帝要出猎了。各班近卫牵狗驾鹰、持枪驭马，精神抖擞地列队注视着皇帝，几个侍卫专职护卫皇帝的安全。“嗷、嗷、嗷——”乾隆一声吆喝，催马奔去，一群侍卫紧随其后。

这天，当乾隆皇帝和永瑆在木兰围场催马飞驰时，乾西二所却沉浸在一片阴郁的悲哀之中。那拉皇后躺在病榻上，气息微弱，奄奄一息。乌扎伊尔和安佳兰守在皇后身边，眼含热泪，用热毛巾擦拭着皇后冰凉的手脚。那拉氏睁开眼睛，嘴里发出微弱的声音：“永瑆，永瑆，我的儿呀，你在哪里啊？”

乌扎伊尔哽咽着说：“皇后，十二爷随驾去木兰围场行猎去了。”

“皇上，你好狠心呀，为何不让我见见儿子呀？见不到儿子永瑆，我、我死不瞑目啊。”那拉氏悲切的声音催人泪下。

安佳兰哭着说：“皇后，您一定要挺住，十二爷会回来看您的。”

“我、我不行了，等不及了。”那拉氏绝望地挣扎着。在无数个日日夜夜里，她一次次地祈祷，一次次地恳求，希望皇帝能宽恕自己的罪孽，希望佛祖伸出那双威力无比的长臂，抓回她曾经拥有的辉煌。可是，一次次的希望最终都化为一个个泡影，而死神却迈着坚定的步伐，一步步地向她逼近。在为数不多的日子里，她不敢再去回想昔日里那令人炫目的璀璨，那样会使她的痛苦增加一千倍，不！不能回忆，她脆弱的神经已经承受不起如此巨大的打击，也许瞬间就会崩溃。不能回忆，她这样告诫自己，逝去的永远不会再回来。唯有思念，才能唤醒她那早已死亡的灵魂。**思念吧，思念那唯一让我牵肠挂肚的亲生骨肉，我只有这一点点奢望了**。尽管每一次思念都如同刀口撒盐，痛之又痛，但她对儿子永瑆的思念一刻也未停止，她一遍又一遍地回想，永瑆从出生时到成长过程中的每一个细节都历历在目，哪怕是永瑆小时候的一个无意间的顽皮举动，都能让她情不自禁地傻笑半天。她就这样在漫长的思念中痛苦地煎熬着，在思念中疼痛地呻吟，又在疼痛中等待。假如没有这个希望，那她的生命也许早就终结了。

那拉氏发出一阵撕心裂肺的哭喊：“苍天啊！纵使本宫犯、犯下弥天大罪，皇上如此恶毒的惩罚是否太过残忍了？到死也不让我见见儿子，天理难容啊!”

“皇后，皇后!”乌扎伊尔望着垂死挣扎的皇后，束手无策，泪如雨下。

傍晚时分，魏公公蹑手蹑脚地走到那拉氏房间的窗前，从破碎的窗洞里望着屋里的情景。只听皇后一阵阵的喘息声，夹杂着一个含混的声音：“安佳兰，快、快把那个锦匣拿出来。”

魏公公看到安佳兰起身走到一个柜子前，从柜子里拿出一个锦匣递给皇后。

“来，扶我起来。”

两个丫鬟将皇后扶起来靠在墙上，那拉氏气喘吁吁地对乌扎伊尔说：“乌扎伊尔，本宫把、把这个锦匣交给你，你一定要、要亲手交给十二爷永璂。”

乌扎伊尔接过锦匣，哭道：“皇后，您、您不能死啊。”

“你、你答应本宫，一定、要亲手、交、交给、永璂。”那拉氏的声音越来越微弱。

“奴婢一定遵从皇后的懿旨，将锦匣亲手交给十二爷，皇后，您就放心吧。”

那拉氏的头转向窗户，魏公公急忙闪到柱子边。

屋里的两个丫鬟已哭声一片：“皇后，您、您不能……”

那拉氏拼尽最后一丝力气，把手伸向窗户，喃喃自语：“永璂，我、我的儿呀，额娘、来生再、再和你相会吧。”她的眼睛越瞪越大，嘴里发出最后一声嘶喊：“皇、皇上，你，你好狠心……”一语未了，那拉氏的嘴里喷出一口鲜血，一头倒在炕上。

“皇后，皇后——”凄厉的嘶喊让苍天落泪，使万物垂首。

乾隆三十一年七月十四日未时，被废的那拉皇后满含悲愤之情，离开了这个充满争斗与肮脏的世界，终年四十九虚岁。

黄昏时分，斜阳的余晖映照着木兰围场的山光水色，交织成一幅飘动着的画面，瑰丽无比。乾隆行围结束，蒙古王公贵族和二品以上的官员将获得的野兽在皇帝面前跪献。这次围猎，乾隆猎杀黑熊一只、豹子一只、公狼三只、鹿两只，战果辉煌。蒙古王公贵族和大臣、皇子们齐声向皇帝道贺：“皇上威武，大清永固。”

“哈哈哈!”乾隆大笑道，“当年，圣祖皇帝一生共猎获老虎一百三十五只，熊二十只，狼九十六只，豹子二十五只，鹿则不计其数，圣祖是真正的捕猎高手。朕至今已猎虎五十六只，熊六只，豹子两只，狼三十四只，鹿六十二只，与圣祖皇帝相差甚远啊。不过，朕还没有老，还有机会嘛。”

“皇上威风不减当年，是我大清真正的巴图鲁。”

当夜，乾隆在行宫里大宴满蒙王公大臣，皇太后和随驾的妃嫔、皇子及文武官员陪同皇帝宴饮。席间，乾隆赏赐蒙古贵族大量的绫罗布匹、金银瓷器、鞍马弓箭等珍贵物品。行宫里响起一阵阵悠扬欢快的马头琴声，几十个天仙般的蒙古姑娘翩翩起舞，乾隆陶醉在一片灯红酒绿和香艳的美女之中。

月亮昏晕，星光稀疏，京城的皇宫中一片沉寂。浓密的树影里，只有那些因秋风的吹打沙沙作响的树叶，似乎在回忆着白天的热闹和繁忙。

养心殿后院的一间小屋里亮着灯，一个黑影溜了过来，在门上轻轻敲了几下。屋里一个尖细的声音问：“谁呀？”

门外的人说：“胡总管，是奴才小魏。”

“等着。”屋里的人是胡世杰，他因病此次未随驾木兰围场。胡世杰开了门，魏公公慌慌张张地走进屋里。

“何事如此惊慌？”胡世杰问。

“胡总管，皇后死了。”

“噢，终于解脱了。”胡世杰幸灾乐祸地说，“活着也是受罪呀，还是早点死了好，灵魂就可以上天堂了，呵呵呵。哎呀，可惜，皇后死得不是时候呀，皇上可在木兰围场哪，这丧事该如何料理呢？”

魏公公说：“胡总管，奴才看见皇后临死前将一个锦匣交给了丫鬟乌扎伊尔。”

“什么？锦匣？”胡世杰警觉起来，问，“里面是什么东西？”

“奴才不知。”

“皇后临死前说过什么话？”

“皇后叮嘱乌扎伊尔，一定要将锦匣亲手交给十二爷，还一个劲地喊十二爷的名字，其他没说什么。”

胡世杰沉思一阵，说：“这个那拉氏临死之前名义上还是皇后呀，她要是给永璂留下什么懿旨就麻烦了。不行，此事必须立刻禀告令皇贵妃。”

胡世杰马上走到桌前坐下，提笔匆匆写了一封信。将信密封后交给魏公公："你立刻去面见安抚使司副使齐璐松，要他带两个人即刻起身，速往木兰围场面见令皇贵妃，把这封信亲手交给皇贵妃。"

"喳，奴才即刻去办。"

"路上千万小心，这封信不能落到任何人手里。"

"喳!"

第六十一章 丧仪风波

太和殿的空气中隐含着某种神秘的力量，使眼前的一切都变得庄严肃穆。关林神情庄重地凝视着那拉皇后的幻象，那张曾经庄重高贵的脸庞由于悲哀而变得惨不忍睹。那拉皇后悲痛的叙述让关林深深震撼。一阵轻轻的脚步声传来，关林转脸望去，马天龙从皇帝宝座的屏风后面黯然走出，他的眼光迟钝，表情木然，脸上毫无血色。那拉皇后盯着马天龙，带着一种难以形容的复杂表情。

马天龙慢慢走到那拉皇后面前，扑通一下跪倒在地，大喊一声："儿臣永瑆拜见皇额娘。"

"永瑆？你，你是本宫的儿子永瑆？"那拉皇后直瞪瞪地看着马天龙的脸，露出万分惊愕的神情。

"皇额娘，我正是永瑆呀。"刹那间，白色的云烟泛起，马天龙变成了身着金黄色龙袍的十二皇子永瑆，身后站着一位清朝宫女。

关林好像头上被人打了一棍似的，像个泥塑似的愣着，直到现在，他才明白了方莹为什么总是叫马天龙"十二爷"。他猛回头，瞪着一双惊恐的眼睛看着方莹。此时的方莹浑身颤抖，眼里浸着泪花，俊俏的脸庞一片死灰。

"皇额娘！"永瑆大叫一声，一下扑在那拉皇后的怀里，放声大哭。

那拉皇后扶起永瑆，悲切地说："儿啊，当年，额娘临死前都没能见你一面，佛祖可怜咱这苦命人，终于又让额娘见到你了。"

关林看着永瑆身后的宫女，惊道："肖雅婷？"

肖雅婷惨然一笑："我是十二爷永璂的贴身丫鬟，名唤思雨。关林，上帝安排我们做了一回同学，真的是荣幸之至。"

"那，那个王景瑞又是谁？"

"他前世就是我的夫君，乾隆朝宗人府的府丞卢玉光。"

关林一阵眩晕，思雨的话在他的耳朵里，就像一个炸雷一般令人魂飞魄散。

"天哪！我身边的人竟然是200多年前的鬼魂，哈哈哈！"他歇斯底里地大喊，"上帝跟我开了一个天大的玩笑，真是可悲呀。"

"不，"思雨说，"你是上帝派来的使者，是你解救了我们这些冤魂。"

一个女人躲在一根粗大的柱子后面，窥视着眼前的一切，那个女人是刘敏。

永璂拉着那拉皇后的手，哭诉道："皇额娘，当年，儿臣在木兰围场时，就预感到发生了不幸的事情，那是佛祖在向儿臣报信啊。"

"儿呀，额娘死后，又发生了什么事？以致所有与此事有关的人的灵魂都不得安息？"

永璂平静了一下情绪，回忆道："七月十四日那天，儿臣随驾木兰围场行猎，那天下午——"

14岁的永璂已经长成个半大小子了，他很想在这次围猎中射杀几只饿狼或豹子，以期获得皇阿玛的青睐。上午，他在几位侍卫的配合下，已经猎杀了一只狼，首猎成功，让永璂兴奋不已。此时，他在几个侍卫的护卫下催马狂奔，紧紧追赶前面的一只梅花鹿，那只可怜的小鹿在阵阵的呼啸声中已经吓得晕头转向了，没命地四处乱撞。永璂弯弓搭箭，瞄准那只小鹿。猛然间，他的心头一阵紧缩，浑身打了个寒战，脑海里忽然闪出皇额娘的影子。"啊——"永璂尖叫一声，身下的马纵身一跃，永璂猝不及防，一头从马上栽了下来。

"十二爷！"侍卫们一片惶恐，纷纷跃下马来，跑到永璂身边，将他抱起。"十二爷，怎么回事？摔伤了吗？"

永璂眼睛发直，神色木然。

当天行猎结束后，诸皇子皇孙将所获猎物摆在地上，皇帝走过来一一过目，永璂猎获最少，只有一只狼。乾隆扫视一眼永璂，没好气地说："听说你从马上摔下来了，可曾受伤？"

“回皇阿玛，儿臣只是擦破了点皮，并无大碍。”永琪看了一眼皇帝恼怒的脸色，赶紧低下头去。

“这就是你的战果啊？”乾隆踢了踢永琪脚下的狼，脸色阴沉，“是侍卫的功劳吧？”

“儿臣也、也射中了。”永琪心惊胆战地说。

“哼，真是废物，连马都骑不稳，你还能干什么？”乾隆转身下旨，“将皇室子孙射获的猎物记入档册，待行猎毕一并奖赏。永琪记一过，来日加倍补过。”

“儿臣来日定将加倍努力。”永琪诚惶诚恐。

乾隆“哼”了一声，转身离去。

血红的夕阳，在散乱无章的云朵霞片中徐徐下沉，色彩斑斓的河流、丘陵和草原被一片红霞笼罩着，慢慢地暗沉下来。永琪垂头丧气地走到一棵大树下坐了下来，凝视着西边的落日，心情格外沉重。不远处的一个人关切地望着永琪的背影，似乎犹豫了一阵，然后向永琪走来。

“十二爷，”那人向永琪拱手道，“为何独自在此？”

永琪扭头看了看那人，叹道：“哦，原来是图诚兄，我心里烦闷，在此小坐片刻。”

“刚才皇上斥责十二爷，可是因此而苦恼？”图诚坐到永琪的身边。

“不仅如此，我今儿一天都心神不定的。”永琪的脸上露出一种恐惧的表情，“下午追杀那只小鹿时，不知何故，我的脑海中突然出现了皇额娘的样子，她脸色苍白得可怕，还伸着一只手在呼唤我。我心里一慌，才从马上摔了下来。”

“难道皇后……”图诚欲言又止。

这个图诚是正宗的皇室宗亲，时年三十二岁，比永琪年长十八岁。他的远祖母曾是大清王朝的奠基者努尔哈赤的宠妃，努尔哈赤死后，皇太极先将他的远祖母赶出宫去，之后又逼其自尽，两个儿子也获罪抄家，所有封典和世袭的爵位悉被追夺，神牌从太庙中撤出。乾隆继位后，虽然恢复了其家族皇室宗亲的名分，但仍处于受排斥的地位。图诚现为宗人府的笔帖式，掌管皇帝九族的宗族名册，负责按时撰写帝王谱系，记录宗室子女嫡庶、名字封号、嗣袭爵位、生死时间、婚嫁、谥号安葬等事宜。图诚有一个哥哥，叫图敏，现为右翼宗学副管。兄弟二人有极高的文学造诣，诗词歌赋无一不精。那拉皇后家族的败落遭遇，图诚、图敏兄弟也曾经历过，感同身受，因而，对永璂的不幸格外同情。自从那拉氏被囚禁后，宫中的皇子皇孙和皇室宗亲们像避瘟疫似的远离永璂，唯有图诚、图敏兄弟对他格外照顾，虽然年龄相差了十几岁，但永璂和这两兄弟成了无话不说的好朋友。

“我、我有一种不好的预感，皇额娘可能出事了。”一种不祥的预感在永璂胸中蔓延。

“唉！”图诚深深地叹了口气，说，“天灾人祸避之不及呀，该来的总会来的，十二爷看开些吧。”

“皇额娘要有不测，我该如何是好啊？”永璂双手捂头，低声抽泣起来。

图诚搂住永璂的肩膀，极力安慰他：“别尽想那些不吉利的事，纵使皇后有个三长两短，你还有我这个兄弟。以后，十二爷若有难处，兄弟我一定鼎力相助。”

两匹健壮雄浑的骏马，四蹄生风，飞奔在无边无际的旷野上，强劲的铁蹄发出嗒嗒的声响，溅起缕缕烟尘。马背上是两个驿站的驿卒，正以六百里加急的速度从京城向木兰围场传递一份急报。这天是乾隆三十一年七月十五日。

日暮时分，黛青色的山峦像巨鲸的大口，不知不觉地将落日吞食了。两匹骏马疾驰而来，在木兰围场张三营行宫门前勒住缰绳。两名驿卒滚鞍下马，手中高举装机密文件的圆筒，高声呼喊：“京城六百里加急文书，面呈皇上。”

行宫门前的一位武将接过文件筒，转身向行宫里跑去。

行宫中院的大殿里，乾隆正和几位大臣、成年皇子谈论当日的围猎情况。一位大臣说：“皇上今日大展雄威，猎杀老虎一只，黑熊一只，真是神勇无比啊。”

“哈哈哈，”乾隆笑道，“朕在乾隆十七年九月，在岳乐围场就猎得老虎一只，当时，朕还写了一首诗《虎神枪记》，刻成碑文，立在新拨乡月亮沟西山坡上。在此碑东面的一个摩崖石上还刻了一行字：‘乾隆十七年秋狝用虎神枪殪虎伏虎于此洞。’”

大阿哥说：“是的，儿臣记忆犹新。乾隆二十六年九月，皇阿玛在永安湃围场又猎得一只老虎。猎虎之后，皇阿玛与群臣共享虎肉，其乐融融啊。皇阿玛还写下了《永安湃围场殪虎》，并刻于碑上，立于围场半截塔镇要沟路村西北。”

“永安莽喀围场是朕的第一围场。”乾隆谈兴正浓，忆起往事，“因为这里承载了朕年少时的一段难忘记忆。康熙六十一年八月初八，那年朕12岁，随驾圣祖皇帝来到木兰围场。当时圣祖用火枪击中了一头熊，命朕前去捕获，可朕刚要纵马前去，这头熊突然一跃而起朝朕扑过来。当时，朕惊出一身冷汗，多亏圣祖爷反应迅速，举枪补射一枪，将大熊击倒。后来圣祖皇帝夸朕命大，还预言将来朕的福气一定会超越圣祖。哈哈哈。”

“皇上果然洪福齐天，威震天下。”

“大清朝之所以能取天下，爱新觉罗家族之所以能从管辖几十个人的小小部落头人，一跃而为君临天下的皇帝，靠的就是‘武功’。”乾隆侃侃而谈，“若是离开‘武备’，大清王朝就会动荡不稳，甚至可能土崩瓦解衰败灭亡。若是军威不壮、宝刀不利，那么进据辽东，入主中原，统一全国，三胜噶尔丹，打败策妄阿拉布坦，进军西藏，臣服青海和怀柔蒙古，大规模地对‘西南夷’实行改土归流，这一系列平定天下、稳固政权的战事就可能遭受挫折。雍正九年清军惨败于和通泊，由此而引起的向准部噶尔丹策凌汗议和一事朕一直铭记在心，那是大清朝的耻辱啊。”

大臣说：“可笑的是，乾隆六年，监察御史丛洞一听说皇上要到热河木兰围场巡幸行围，急忙上了折子试图阻止。他在奏折上说：‘臣唯恐跟随皇上围猎的侍从人员以狩猎为乐，留在京城的大臣又趁机偷懒懈怠，如此，本来就亟须整顿的朝纲会更加松弛，希望皇上能够暂缓此事，以稳固大局为承。’”

“哼哼，那个丛洞鼠目寸光，他在奏折中暗示朕是将围猎作为享乐，真是糊涂至极。大清是在马背上打出来的天下，皇祖的所向无敌皆是因为我满人的武功盖世，这种优势当然要保持下去。除了平时训练弓马娴熟，另一个最重要的方法就是到野外行围，八旗和绿营军通过这样的锻炼才能增益甚大，此其一。其二是因木兰围猎途经蒙古，这一地区的安稳，事关大清的安危盛衰，故通过巡猎一事可趁机怀柔蒙古，加强这一地区的稳定。其三就是木兰围猎不会耽误政务。朕虽未在京，但一切军政要务都会照旧进行，各部均会有专员负责一切政务。其四行围是为了整顿军备，怀柔部属臣族，加强八旗和绿营的战力，而非享乐游玩。若出巡只为享乐，那么宫中什么乐子享受不到，何苦还要舟车劳顿千里迢迢跑到这木兰围场呢？”

“皇上胸怀天下，雄韬伟略，岂是那鼠辈从洞所能洞悉的。”

大殿门口传来太监尖细的声音：“皇上，京城六百里加急送到。”

“呈上来吧。”乾隆咕噜一句，“朝中出了何事？”

太监捧着密件筒进来，呈给皇上。乾隆打开密封的密件筒，从里面取出一份书信，几个大臣和皇子盯着乾隆手中的信。书信不长，只有几行字，是京城宗人府宗令写来的：皇后乌喇那拉氏于七月十四日未时病逝于乾西二所，遵从何种丧仪？丧事如何料理？请皇上明旨示下。臣洪邵康，七月十四日戌时。

乾隆看完信后，淡淡地说：“皇后去了。”

“啊！”几位大臣和皇子互相看了看，谁也没敢吭声。

乾隆起身道：“先去用晚膳，明日早朝再议。”

当天晚上，乾隆皇帝依然和太后、妃嫔及群臣开怀痛饮，喜形于色，只字不提皇后去世之事。晚膳后乾隆和太后进行了一番密议。

第二天早膳后，乾隆在中院大殿召见群臣和所有妃嫔、皇子，永琪也在其中。

乾隆扫视大殿，淡然说：“那拉氏于七月十四日病逝。”

永琪的脑子里嗡的一声，仿佛一把利剑刺穿了他的心，全身每一处都觉得疼痛无比。大臣和妃嫔皇子们个个惊讶不已，唯有令皇贵妃魏氏面露悲痛之情，竟然还挤出几滴眼泪，可她内心却是狂喜不已。

乾隆颁旨：“饰终典礼不便复循孝贤皇后大事办理，所有丧仪止可照皇贵妃例行。”

因为乾隆废除那拉皇后是秘而不宣的，很多不知内情的大臣看到皇后的丧仪竟以皇贵妃之仪办理，大为震惊。众臣互相对望着，面面相觑。

人群中站出一个人来，那是御史李玉鸣，他拱手道：“皇上，皇后乃大清国母，若依皇贵妃之仪办理，恐与祖制不符。”

乾隆冷笑一声：“哼，皇后自册立以来尚无失德，去年春，朕恭奉皇太后巡幸江浙，正承欢洽庆之时，皇后性忽改常，于皇太后前不能恪守孝道。比至杭州，则举动尤乖正理，迹类疯迷。因令先其回京，在宫调摄。此实皇后福分浅薄，不能仰承圣母慈眷，长受朕恩礼所致。若论其行事乖违，即予以废黜，亦理所当然，朕仍存其位号，已是格外优容了。”

“皇上息怒，”李玉鸣据理力争，“纵使皇后生前有种种过错，但既存其皇后名号，就是大清国母，理当以皇后之仪相葬，方为名正言顺。臣恳请皇上，依皇后礼举丧，若依皇上所言，恐怕天下苍生心寒。”

“混账！”乾隆大怒，“一个小小的御史，竟敢干涉朕的家事，你好大的胆子。”

李玉鸣跪倒在地，叩头道：“皇上，天子的家事即是国事，皇上不可草率行事啊。若因皇后些许过错而至朝纲紊乱，于江山社稷不利呀。”

“大胆！”乾隆雷霆震怒，大喝一声，“来人。”

“臣在。”几个侍卫上前拱手。

“摘去这个混账东西的顶戴花翎，革职锁拿，发往伊犁。”

“皇上三思啊，皇上！”李玉鸣砰砰砰使劲磕头。

侍卫上前，摘去李玉鸣的顶戴，反剪双臂，将他押出大殿。众臣和皇子吓得个个心惊胆战，谁也不敢再吭一声。

“永琪。”乾隆高喝一声。

“儿臣在。”永琪跨出队列，跪倒在地。

“你速速回京，会同宗人府官员料理你额娘的丧事，所有丧仪照皇贵妃例行。听明白了吗？”

“儿臣明白，领旨谢恩。”永琪眼含热泪，深深叩头。

“康烈尔、普泰琛。”乾隆又喝一声。

“臣在！”康烈尔和普泰琛跨出队列。

“你二人率两班蓝翎侍卫护送永琪回京，朕即刻写下圣谕与宗人府，一切丧事由宗人府主持操办。”

“喳！”

当天中午，几匹快马飞驰至行宫门前停下。门前的侍卫听说来人要面见令皇贵妃，有要事禀告，不敢丝毫怠慢。一个武将领着来人匆匆进了行宫，快步走到行宫后院的皇贵妃寝宫门前。太监报说，京城胡总管派人送来密件，魏氏料想与那拉氏的死有关，急忙唤来人进殿。

那人进殿后跪拜：“安抚使司副使齐璐松拜见皇贵妃。”他将一个木盒高举过头：“胡总管密件。”太监接过木盒，呈给皇贵妃。

皇贵妃从木盒里取出一封信，展开细看：废后死前将一锦匣交给丫鬟乌扎伊尔，嘱其亲手交给永琪。匣内何物奴才不知，但废后神色诡秘，奴才担心废后会留下什么懿旨，恐于皇贵妃不利，特向皇贵妃禀告。

魏氏脸色突变，噌的一下站了起来，厉声对身边的太监和宫女说：“你们都下去。”

几个宫女和太监低着头，退出殿外。

皇贵妃走到齐璐松面前："你起来回话。"

齐璐松站起身来，仍低垂着头。皇贵妃低声问："还有谁知道这件事？"

"奴才不知，可能皇上也知道了。"齐璐松双手抱拳，垂头回话。

皇贵妃一咬牙，果断地说："你立刻秘密赶回京城，密告胡总管，让胡总管派可靠的人，除掉那个丫鬟和老十二。"

"喳。"

"此事一定要做得干净利落，决不能走漏半点风声。"

"喳！"

齐璐松离去后，魏氏思索一阵后，拿定主意，快步走出寝宫，向前院走去。正好乾隆从正殿出来，他刚用过午膳，准备去行猎。魏氏迎上去，努力使自己的脸上带着一种悲伤的表情。"皇上可是要去行猎？"

"是啊，皇贵妃要不要去看看啊。"乾隆显得很轻松。

"臣妾心里乱得很，恐怕不能陪皇上去了。"

"你心里乱什么？"乾隆感到有些奇怪。

"唉！皇后真是可怜呀，这都是臣妾造成的，死后连个葬礼都不能按皇后的规格办，臣妾的心里真是难受极了。"皇贵妃的眼里居然流出两行泪水。

"哎，这如何能怪你呢？是那个那拉氏不识抬举，为争皇位竟然如此大逆不道，忤逆朕和太后，这你是清楚的。"

"也怪臣妾，当初臣妾如不和皇上谈起永璂继位的事，就什么事都不会发生了，是臣妾害了皇后呀。呜呜呜。"魏氏悲哀的声音听起来很是动人。

"唉，你呀，真是个菩萨心肠。哼，纵使你当时不提这件事，朕也不会让永璂继位，那拉氏那是白日做梦。好了，别再为他人受过了。她已经死了，一了百了了。"

"皇上，"皇贵妃止住哭声，说，"前几天，宫里来人送东西，臣妾听说皇后将一个锦匣交给身边的一个丫鬟，嘱其亲手交给永璂。她直到死时依然是皇后，怕是留下了什么懿旨吧？"

"什么，锦匣？"乾隆听罢猛地一愣，脑海中闪出永璂5岁生日时的一幕，他隐隐约约地记得，那天晚上，他酒后写下了什么。一阵仔细回忆后，乾隆突然睁大眼睛："不好。"

“皇上，怎么了？”

“永琪5岁生日那天，朕在储秀宫里和皇后、永琪饮酒，朕依稀记得，酒后好像为永琪写了一份传位诏书。”

“传位诏书？”魏氏的心一阵猛烈的狂跳。

乾隆猛一转身，快步向行宫外走去。皇贵妃魏氏愣了一阵，转身快步走向后院。

行宫门外，乾隆对侍卫额尔图说：“永琪出发了吗？”

“已经走了几个时辰了。”

“额尔图，皇后死前，曾将一个锦匣交给她身边的一个丫鬟，嘱其亲手交给永琪。你带几个人立刻赶回京去，追回那个锦匣。”

“喳！”

“你只需要追回锦匣即可，不可伤害十二爷和那个丫鬟。”

“喳！臣谨记皇上旨意。”

令皇贵妃急匆匆地走到寝宫门口，对立在门口的太监说：“你进来。”

“喳。”太监随皇贵妃进了寝宫。

皇贵妃转身瞥了一眼门外，低声对太监说：“你即刻去找绿营参将陆康，让他派人……”皇贵妃对太监一阵耳语。

“喳！奴才即刻去办。”

第六十二章
真情与假意

仿佛一场紧张的拼搏终于渐渐地见出了分晓，田野从它宽阔的胸膛里透出一缕喜悦的气息，斜坡和坝子上的桃林杏圃自豪地展示着丰硕的果实，旷野里的树木和庄稼也开始在微风里摇曳，熟透的高粱垂下骄傲的头颅，发黄的树叶也变得从容而宽余了。

身着黄马褂的康烈尔和普泰琛率十几位蓝翎侍卫骑着剽悍的骏马，护卫着十二皇子永璂的车驾，在原野上疾驰。永璂神情呆滞地坐在马车里，满脸泪痕，他嘴唇紧闭，牙关紧咬，极力遏制自己不发出悲痛的声音。那个最爱他的人悲惨地离去，从此，他不仅失去了母爱，而且，也彻底失去了作为皇后之子的尊贵和繁华。巨大的悲伤压得这个年仅十四岁的少年皇子喘不过气来，他觉得自己就像是一只折断翅膀的孤雁，艰难地独自飞行。面对那个无情冷酷、强大无比的皇阿玛，他不敢有丝毫反抗的表示，甚至不敢在他面前表现出自己的悲伤，只有在独自一人时，他才能释放自己内心的痛苦。

十二岁的丫鬟思雨坐在他身边，掏出洁白的手帕，轻轻擦去永璂脸上的泪痕。“十二爷，您想哭就痛痛快快地哭一场吧，哭出来心里就好受了，憋在心里会憋出病来的。”

思雨的话猛烈地冲撞着永璂的心，他再也忍不住了，先是轻声地抽泣，突然，他大喊一声：“皇额娘！”撕心裂肺的悲号声从车驾里传出。

车驾旁边的康烈尔、普泰琛和几个侍卫个个面色凝重，奔驰的骏马放慢了脚步。仿佛苍天也为皇后的惨死、永璂的哀伤而动容，晴朗的天空中忽然飘来朵朵阴云，蒙蒙细雨从天而降。

“皇额娘，你去了，儿臣该如何是好呀？”永璂捶胸顿足，大放悲声。望着悲恸欲绝的永璂，思雨的心里也像针扎一样难受，她不知如何安慰十二爷，只能陪着他默默地流泪。

一阵歇斯底里的哀号之后，永璂的哭声渐渐弱了下来，抽抽泣泣的声音里夹杂着断断续续的自语：“皇额娘，昔日里，当您身为皇后主持后宫时，宫里哪个人见了儿臣不是和颜悦色、低三下四的，可自从您被皇阿玛打入冷宫后，不仅妃嫔、阿哥、皇室宗亲和大臣们变了脸，就连太监、宫女见了儿臣也没有好脸色。在他们眼里，儿臣还算个皇子吗？如今，皇额娘去了，儿臣以后还有好日子过吗？没有了您的庇护，儿臣就是一个废人了。皇额娘啊，皇阿玛为何要这般对待您啊？皇阿玛说，您在南巡期间不能恪守孝道，举动尤乖正理，迹类疯迷。去年南巡期间，您到底做了什么事，惹恼了皇阿玛？宫里传言，皇额娘南巡期间断发，忤逆太后。皇额娘，是什么事逼得您不顾大清禁忌而自断青丝呢？儿臣始终想不明白，为何一夜之间，您就从皇后变成了囚徒？儿臣也像是过街老鼠似的，人人厌恶。这到底是为何啊？”

永璂低声地哭诉着，曾经辉煌的日子不断地在他脑海里闪现——

银白的曙光渐渐显出绯红，朝霞映在乾清宫上书房的窗棂之上。上书房里点着几盏宫灯，几个皇子端端正正地坐在书桌前，汉文老师神色严峻地检查各位皇子的功课，让每个皇子背诵《四书》第一卷，永璂朗朗背诵，一字不错。师傅满意地点点头，说：“八阿哥和十一阿哥，你们看看十二阿哥多用功，才两天时间就一字不差地背下来了，你二位背了有个把月了吧，到今天才勉勉强强背下来，成何体统？”

八阿哥和十一阿哥惭愧地低下头。

师傅看看窗外，天色已大亮。他收拾了一下桌面上的书本，说：“明天是皇后46岁千秋，皇上有旨，早膳后，各位就不必再上学了，回去为皇后庆生准备寿礼吧。”

“噢！”几位皇子一片欢呼声。八阿哥兴奋异常，大声疾呼：“太好了，终于可以玩两天了。”

“什么？”师傅严厉地说，“是让你们为皇后千秋准备寿礼，不是让你们玩的。”

“是是是，我说错了，师傅息怒。”八阿哥赶紧给师傅作揖。

几位皇子欢天喜地地从上书房跑出来，向膳房跑去。用膳期间，阿哥们商量该给皇后准备什么礼物，八阿哥问永瑾："十二弟，你说我们该给皇额娘准备什么寿礼呢？"

"别问我，你们想准备什么就准备什么。"永瑾说。

"那十二弟为皇额娘准备了什么寿礼？"十一阿哥问。

"呵呵呵，"永瑾笑道，"我给皇额娘准备的寿礼，她一定喜欢。"

八阿哥凑到永瑾身边，搂着他的肩膀说："哎呀，好兄弟，你跟哥哥说说，皇额娘喜欢什么？"

永瑾问："你去年给皇额娘送的什么？"

"去年送了一把扇子，好像皇额娘很不喜欢啊。"

"皇额娘的扇子多了，谁稀罕你那把破扇子。"十一阿哥嘲笑道。

"那可是檀香扇啊，金贵着哪。不行，不行，今年说啥也得博得皇额娘的欢心，十二弟，你帮八哥出出主意，八哥绝不会亏待你。"

永瑾伏在八阿哥耳边，悄悄说了几句。八阿哥兴奋地说："太好了，好兄弟，谢了。皇额娘要是真的喜欢，八哥把那只金丝雀送给你。"

"真的？"永瑾说，"不许反悔。"

"八哥什么时候骗过你，一会儿吃完早膳你就跟我拿去。"

"哎哎哎，十二弟，你跟八哥说什么了？"十一阿哥说，"你给十一哥也出个主意，十一哥也不会亏待你。"

十五阿哥永琰仰着小脸，天真地看着永瑾，说："十二哥，还有我呢，你也给我出个主意。"

"哈哈哈，"永瑾笑道，"我哪儿有那么多主意啊，你们自己想辙去吧。"他摸摸永琰的头，微笑道，"你还太小，不用给皇额娘准备寿礼。"

"我要准备的，我也要让皇额娘开心。"三岁的永琰认真地说。

"好了，好了，我吃完了。"永瑾起身道，"众位哥哥弟弟，恕我不奉陪了。八哥，回头我再去拿金丝雀。"说罢，扭头跑了出去。

"哎，十二弟，别走啊，唉！真是的。"几位皇子遗憾地望着永瑾的背影。

"十二哥，等等我。"永琰边喊边追了出去。刚跑出门没几步，他就扑哧一下摔倒在地。"哈哈哈"，屋里的阿哥们一阵哄笑。

永瑾回头看看永琰，跑过来将他抱起，关切地问："十五弟，摔疼了吗？"

永琰眼泪汪汪地看着永瑾，咧嘴一笑："十二哥带我去玩，我就不疼了。”

“好好好，十二哥带你去玩。”说罢，永璂背起十五弟，跑出院子。

初春的二月，杉树枝头的芽簇已经颇为肥壮，嫩嫩的，映着天色闪闪发亮。永璂领着永琰走进乾西五所的一个院子里，向立在寝宫门口的丫鬟思雨招招手，思雨赶紧跑过来，问：“十二爷有何吩咐？”

永璂悄悄说：“走，我们到御花园去玩。”

思雨看了看永璂奶妈的房间，小声说：“明天就是皇后46岁千秋了，宫里的妃嫔们都在为皇后准备祝寿礼物，十二爷这时候跑出去玩，当心皇后责骂。”

“没事的，我已经给皇额娘准备好了寿礼，到时献给她，皇额娘一定会高兴的。”

“那……”思雨还是有些担心。

“没事，走吧。”

“要不，跟王嬷嬷说一声，一会儿她要找不到你，又该冲我发火了。”

永璂思索一下，对立在门口的太监说：“你过来。”

“喳，”太监一溜小跑地过来，躬身问，“十二爷有何吩咐？”

“一会儿，王嬷嬷要问我去哪儿了，你就跟她说我去看皇额娘去了。”

“喳。”

永璂拉着永琰，和思雨一起跑出院子。

乾隆二十八年二月十日，皇宫里张灯结彩，一派喜庆祥和的景象。宫女们穿着最华丽的衣装，太监们也换上崭新的衣服，一个个面带微笑，穿梭奔忙。一条极长的红地毯，从皇后寝宫的大门一直延伸至交泰殿门前，道路两旁堆满了各色各样的鲜花。交泰殿里挂满大红灯笼，灯笼之间以红绸相连，每个灯笼上都有一个金色的“寿”字。大殿正中的墙上挂着一块红底金边的大牌子，中间一个大大的“寿”字，金色的花边上龙飞凤舞，彩画、绸缎、鲜花等将大殿内外包装得绚丽多彩。

那拉皇后面带微笑，从储秀宫里款款走出，踏着红地毯向交泰殿走去。明黄色的龙袍上九龙飞舞，凤冠上的东珠翡翠闪闪发光，七只凤凰展翅欲飞。红地毯两边跪满太监宫女，当皇后走来时，齐声高喊：“恭祝皇后娘娘千秋，皇后娘娘千岁、千岁、千千岁！”

今天是那拉皇后46岁的生日，后宫里处处洋溢着欢快的气氛。交泰殿里，那拉皇后端坐在龙座之上，首先接受后宫所有妃嫔、皇子、亲王世子福晋、贝勒贝子夫人的朝贺，接着，文武百官列队向皇后祝寿。为皇后祝寿进贡的寿礼摆满大殿两侧，如意、盆景、钟表、插屏、漆器、织绣等精美的工艺品琳琅满目。为博得皇后的欢心，妃嫔、皇子和王公大臣们在祝寿礼品上绞尽脑汁，变着法地从寿礼的纹饰和造型上突出祈福祝寿的寓意，寿礼的内容多以福、寿、吉祥为主题。

献完寿礼后，皇后在保和殿摆下盛大的酒宴，妃嫔皇子、文武百官一起举杯，向皇后进千秋酒，“恭祝皇后娘娘千秋，皇后娘娘千岁、千岁、千千岁！”的祝福声响彻大殿。11岁的永璂单独跑到皇后面前，手举酒杯，朗声道：“儿臣永璂恭祝皇额娘千秋，请皇额娘满饮此杯。”

那拉皇后笑容满面地接过永璂的酒杯，一仰脖，喝下了儿子敬上的美酒。永璂向站在大殿门口的思雨招招手，思雨拿着一个红色的袋子跑过来，将袋子递给永璂。永璂从袋子里拿出一串金色的纸折成的千寿鹤，挂在那拉皇后脖子上，笑道：“这是儿臣亲手折叠的46只千寿鹤，是儿臣送给皇额娘的寿礼，祝皇额娘身体康健，千岁、千岁、千千岁！”

“我的儿啊，你这个寿礼太珍贵了，真是难为你了。”那拉皇后望着满脸稚气的宝贝儿子，抑制不住喜爱的心情，伸出手来，一把将永璂揽在怀里，大殿里一片欢呼声。

“哎呀，”八阿哥懊恼地说，“我怎么没想到这一招啊。”

十一阿哥小声说：“看人家老十二多聪明，既不用花钱，还显得心诚。”

“不过，也就是老十二这么做皇额娘才高兴，人家是亲生儿子呀。”八阿哥小声道，“要是你我也送这个，没准儿让皇额娘臭骂一顿。”

当夜，为庆贺皇后千秋，皇帝颁旨在南海水座戏楼上演几出大戏。此时，戏楼里灯火通明，人声鼎沸，妃嫔、福晋、皇子、公主、格格、皇室宗亲和部分大臣将戏楼挤得满满的，高级别的妃嫔坐在二楼各自的包厢里，其他人都坐在一层的大厅里。皇帝和皇后还未驾到，舞台下一片嗡嗡声，人们一边喝着香茶、嗑着瓜子，一边聊着各自感兴趣的问题。永璂和几个皇子在一楼大厅里说笑、玩耍，过了一会儿，永璂从怀中掏出一块金色的怀表看了一下时间，说：“酉时三刻了，皇阿玛和皇额娘快到了，我上楼去了。”永璂向楼上跑去。

“十二哥，等等我。”永琰喊着，跟在永璂身后，永璂回过头来，拉着永琰的小手，向二楼走去。

“嘿，今儿老十二可牛啦，能和皇阿玛和皇额娘坐在一起看戏了。”八阿哥看着永璂的背影，眼神里充满了嫉妒。

七阿哥说："那是，人家是嫡生之子啊，天生就高人一等，我等是望尘莫及啊。"

永璂拉着永琰的手走上二楼，伺候他的两个太监、王嬷嬷、一个大丫鬟和小丫鬟思雨跟在身后。令贵妃看见永璂，向他招手道："永璂，来来来。"

永璂跑到令贵妃的面前，深施一礼，说："儿臣给贵妃娘娘请安。"

令贵妃将永璂拉到身边，笑容满面地说："今儿个是你皇额娘46岁千秋，本宫也送你一件礼物。"说罢，令贵妃从丫鬟手里接过一串用硕大的东珠穿成的项链挂在永璂的脖子上，问："喜欢吗？"

"喜欢，儿臣谢过贵妃娘娘。"永璂用手摸着闪闪发光的珍贵的东珠，脸上露出开心的微笑。

庆贵妃、容妃、卓妃等妃嫔们纷纷送给永璂礼物，有金手镯、翡翠挂件、套装饰品、名玉戒指、金镶玉品、鸡肝石雕等，还有一个浮雕龙纹钮四方印章，不一会儿，永璂就收了一大堆礼物。他一一谢过各位妃嫔，从礼物中拿出一个漂亮的翡翠挂件，其余的都交给大丫鬟收好。

永璂将翡翠挂件挂在永琰的脖子上，说："十五弟，这个送给你。"

"谢谢十二哥。"永琰端详着翡翠挂件上面精巧的图案，开心地笑了。

"皇太后、皇上、皇后驾到！"太监尖细的声音响过，戏楼里顿时鸦雀无声。乾隆和那拉皇后一左一右搀扶着皇太后，走进戏楼。

"皇太后吉祥，皇上、皇后吉祥！"戏楼里一片祝福声。

乾隆和那拉皇后搀扶着太后走上二楼，坐在正对着戏台的大包厢里，乾隆微笑着向大厅的人群招手："都坐吧，今儿是皇后46岁千秋，皇后是主角，朕和太后是沾了皇后的光了。"

"哈哈哈。"大厅里一片笑声。那拉氏惶恐地站起身来，说："皇上如此说真是折煞臣妾了。"

"哎，今儿是为皇后庆生演戏嘛，当然是沾皇后的光了。"乾隆笑道。

"皇上说得没错，"太后笑道，"今儿个就是沾了皇后的光了，本宫也要给皇后道喜呀。"

那拉氏窘得满脸通红，慌忙站起身来，屈膝行礼："皇额娘，臣妾可当不起呀。"

"坐吧，坐吧，"太后笑容可掬，"皇后不必拘礼，今儿个好好乐上一乐。"

令贵妃已悄悄让永琰的奶妈将永琰带到楼下。乾隆四下看看，问："永琪呢？"

"儿臣在。"永琪从后面闪出，"儿臣给皇祖母和皇阿玛请安。"

乾隆看着永琪，面带微笑说："永琪，听上书房的师傅说，你仅用两天时间就将《四书》第一卷背得滚瓜烂熟了？"

"回皇阿玛，是的，儿臣心无杂念，故记得快。"

"好好好，读书就得心无杂念。"乾隆笑道，"听你皇额娘说，你亲手折了46只千寿鹤作为寿礼献给皇额娘，这份礼物比那些珍奇珠宝更弥足珍贵。等八月十三朕的万寿节时，你准备送皇阿玛什么礼物啊？"

永琪略一思索，回道："儿臣将折53条万寿龙送给皇阿玛。"

"哈哈哈，好，朕就等着收你的53条万寿龙了。"乾隆回头看了一眼，"胡世杰。"

"奴才在。"

"传旨内务府，赐永琪西洋自鸣钟一座。"

"喳！"胡世杰退下。

"谢皇阿玛恩赐。"永琪叩头谢恩。

内务府掌管宫廷戏曲活动的南府官员向皇太后和皇上呈上"安殿戏单"，皇太后说："今儿个是皇后的千秋，应是皇后先来点戏。"

"皇额娘在上，臣妾不敢造次。"那拉皇后极力推辞。

"哎，皇额娘言之有理，皇后就遵奉懿旨吧。"皇上发话了，那拉氏不敢再做推辞，她知道太后喜欢热闹的戏，因此就点了一出《神猴献桃》。

在铿锵有力的锣鼓点中，舞台上群猴飞腾跳跃，台下阵阵喝彩之声。永琪坐在皇太后和皇后之间，太后一只手搂着永琪的肩膀，欣赏着台上猴子们的精彩表演，不时地发出咯咯的笑声。那拉氏的脸上露出得意的笑容，在旁边隔着一道珠帘的令贵妃望着只能坐在大厅里的永琰，心里如同百爪挠心。

第二天，永琪的奶妈王嬷嬷和永琪的师傅国子监司业俞伟光各得皇后赏赐的一百两银票。永琪当然不知道，他之所以和皇额娘感情深厚，完全是皇额娘的精心谋划。

车驾一阵颠簸，唤醒了沉醉在美好回忆中的永琪，他茫然四顾，仿佛从绚烂温暖的天堂瞬间跌入了阴森冰冷的地狱。当天上午屈辱的一幕重现在眼前——

永璂失魂落魄地从行宫中院的大殿里出来，众多妃嫔、皇子和大臣纷纷从他身边快速走过，没有人安慰他一句。皇额娘不幸去世的消息撕裂了他的心，而皇阿玛对皇额娘的冷酷无情更让永璂雪上加霜，他完全被这无情的打击摧垮了。

永璂低着头，神色木然地走到中院的垂花门前，忽听一声喊："永璂。"

永璂浑身一哆嗦，抬头一看，八阿哥和十一阿哥站在垂花门边上。

"两位哥哥有何指教？"

八阿哥嘴角挂着一丝微笑，用充满嘲讽的口吻说："瞧你这垂头丧气的样子，见了哥哥们也不问安，你以为自己还是太子啊？"

永璂瞥了一眼两位阿哥，屈身拱手道："永璂给两位哥哥请安。"

"哼，免了。"八阿哥哼了一声，"老十二，三年前我送你的那只金丝雀呢？你玩了三年了，该还给我了吧。"

"对不起，八哥，那只鸟已经死了。"

"什么？死了。"八阿哥怒道，"你怎么养的？那只白羽红眼的鸟在金丝雀中最为名贵了，你知道它值多少钱吗？我是花了50两银子买来的，现在那只鸟至少值100两银子。你养了几天就给弄死了，不行，你得赔我100两银子。"

"八哥，我没有那么多银子。"

"没有？那就拿物件来顶，皇阿玛不是赐了你一座西洋自鸣钟吗，用它来顶金丝雀吧。"

永璂战战兢兢地说："那是皇阿玛的御赐之物，没有皇阿玛旨意，弟弟不敢随便送人。"

"什么？"八阿哥怒目圆睁，"你少拿皇阿玛的旨意吓唬我，你那皇后老娘都没了，你还在这儿抖什么威风啊？"

"你们休要欺负十二哥。"一声稚嫩的声音在八阿哥身后响起，八阿哥回头看去，只见6岁的永琰和令皇贵妃站在垂花门外。

"儿臣见过皇贵妃娘娘。"八阿哥和十一阿哥慌忙给令皇贵妃施礼。

永琰气愤地说："八哥，皇额娘刚刚过世，十二哥心里正难受呢，你却趁火打劫，真是可恶。"

"不错，老八，你太过分了。"令皇贵妃也怒斥八阿哥，"你那只金丝雀值100两银子吗？本宫赔给你。”

“不敢，不敢，皇贵妃娘娘息怒，儿臣是跟十二弟说笑呢。”八阿哥满脸赔笑道。

“说笑也不挑个时候，还不快滚。”

“是是是。”八阿哥和十一阿哥灰溜溜地跑了。

令皇贵妃走到永瑆面前，摸摸他的脑袋，叹了口气：“唉，可怜的孩子。”

“儿臣谢过皇贵妃娘娘。”永瑆的眼里涌出泪水。

行宫大门外，永瑆的车驾已经准备完毕，康烈尔扶着永瑆上了车，思雨跟着上了车，几个太监和大丫鬟上了后面的一辆车。侍卫们纷纷上马，准备出发。

“等一下。”令皇贵妃带着几个丫鬟匆匆走来，永瑆掀开车帘，望着令皇贵妃，说：“皇贵妃娘娘还有何吩咐？”

皇贵妃从丫鬟手里接过一个披风，递给永瑆：“路上风大，带上这个披风，可御风寒。”

皇贵妃又将一个餐盒放进车里，说：“这个盒子里有些点心和水果，带着路上吃。”

永瑆的心里涌起一阵暖流，泪水模糊了双眼。“儿臣永记皇贵妃娘娘的大恩大德。”

“唉，”皇贵妃深深叹了口气，“永瑆，回去好生料理你皇额娘的丧事，替本宫给你皇额娘烧几炷香。”

“儿臣谢过皇贵妃娘娘。”

皇贵妃又对另一辆车上的太监和宫女说：“你们听着，路上要好好照顾十二爷。”

“喳。”

“好啦，走吧。”令皇贵妃用手帕擦擦眼睛，挥挥手。车驾启程，逐渐远去。

皇贵妃慢慢转过身来，眼神里露出一种诡异的光泽。她猛然看见皇帝站在行宫门口向这边张望，于是，快步向皇帝走去。

乾隆看着皇贵妃，问：“你刚才跟永瑆说什么？”

“臣妾怕他路上着凉，给他带了一件披风和一盒点心水果，让他路上带着吃。唉，可怜的孩子，小小年纪就没了娘。臣妾一想起永瑆，心里就难受。”皇贵妃的眼睛里涌出了泪水。

“哎呀，你就是心太软。”乾隆看着皇贵妃，心里感到一阵欣慰，“永琪没了娘，不是还有朕嘛。”

“可是，臣妾觉得皇上对永琪过于苛刻了，今后还望皇上多多施恩与永琪，毕竟是没娘的孩子，好可怜啊。”

“好好好，你真是个活菩萨啊。朕知道你的心思了，以后善待永琪也就是了。”乾隆满意地拍拍皇贵妃的肩膀。

急促的马蹄声猛烈地敲击着地面，溅起层层尘烟。永琪回想着令皇贵妃的恩典，心里敞亮了许多。“我失去了皇额娘，还有个像皇额娘一样慈祥的皇贵妃疼爱我，今后我只能仰仗皇贵妃的呵护了。”

14 岁的善良少年哪里知道，那一番慈爱的表演背后，一支毒箭已经瞄准了他的心窝——

第六十三章
凄惨的葬礼

黄昏微妙的暗紫色渐渐从天际漫来，流入西天辉煌的落霞中。

一片茂密的森林里，十几匹骏马卧倒在草丛中，每匹马的身边都伏着一个黑衣蒙面人，手持钢刀弓箭，凝视着前方。一个黑衣人跑来，在领头人的身边卧倒，轻声说："陆参将，那边也布置好了，估计他们快到了。"

陆参将点点头："护卫十二爷的都是大内高手，尤其是那个康烈尔和普泰琛，绝非等闲之辈，我们不能掉以轻心。"

"陆参将，我等刺杀皇子，那可是灭门之罪呀。"

"那有何法？如果违抗皇贵妃的指令，同样会引来杀身之祸。现在皇后已死，皇上对继后恨之入骨，对十二爷也好不到哪儿去。皇贵妃统领后宫，我们不做能行吗？"

那个黑衣人无奈地点点头："只好如此了。"

陆参将又说："一会儿见机行事，争取一击必杀。我们的人决不能落入对方之手，如果事情不妙，就赶紧撤离。"

"喳。"

一棵大树上发出咕咕、咕咕几声鸟叫声，陆参将说："来了，准备。"身旁的黑衣人掏出一面小旗，向两边挥了挥，杀手们做好出击准备。

曲曲弯弯的土路上尘土飞扬，十几匹骏马护卫着永琪的车驾飞奔而来，渐渐地接近密林。疾风掀起康烈尔身上的黄马褂一角，宽宽的束腰上挂着一块金色的牌子，这是清朝皇帝御前侍卫的腰牌。康烈尔警惕地四下张望，高喝一声："此处凶险，大家要格外小心。"

侍卫们个个拔刀在手，护卫着永琪的车驾驶入密林中的小路。突然，密林中传出一声尖厉的口哨声，紧接着林中射出一片箭雨，两个侍卫肩部中箭。

康烈尔大喊一声："有刺客，保护十二爷。"几个侍卫策马跃到马车旁，手中的刀高速旋转，飞箭被纷纷击落在地。

陆参将率十几个黑衣蒙面人从林中纵马跃出，扑向中间的豪华马车，那是永琪的车驾。康烈尔率几个蓝翎侍卫迎头冲上去，康烈尔手起刀落，将冲在前面的一个黑衣人砍翻在地。普泰琛单刀飞舞，横砍直劈，凶猛异常，势不可当，但见鲜血飞溅，几个黑衣人倒在马下。忽然，右边的树上跃下十几个黑衣人，冲向永琪的车驾。永琪掀开车帘，看着一群黑衣人向他的马车扑来，吓得失声尖叫，浑身颤抖，思雨苍白的脸上布满恐惧。普泰琛带几个侍卫拼死护着永琪的马车，一场血腥的搏杀惊得密林中的野兽四处奔逃，群鸟也纷纷向空中闪躲。

康烈尔大喊一声："普泰琛，你带几个人护送十二爷速速离去，我挡住他们。"

"你们几个跟我来。"普泰琛带几个蓝翎侍卫杀开一条血路，马车车夫扬鞭催马，四匹马蹄下生烟，风驰电掣般地冲出包围圈。

"康烈尔，你小心啊！"普泰琛高喊着，挥刀砍倒两个刺客，催马追赶车驾。

康烈尔带领两个黄马褂和几个侍卫拼死挡住追杀者，一个黄马褂从腰间抽出一条钢鞭，飞速舞动，犹如一道光环闪动跳跃，沾者非死即伤。康烈尔陡然仰天大叫，声音直似猛兽狂吼，手中的钢刀如流星飞舞，刀光过处，血肉横飞，一片惨叫声，追杀者纷纷倒下，蓝翎侍卫也倒下几人。陆参将见永琪的车驾已驶远，自己的人显然不是大内高手的对手，于是，发出一声尖厉的口哨声，杀手们纷纷向林中逃散。

康烈尔也不追赶，救起几个负伤的侍卫，纵马向永琪的车队追去。

夜空中阴云密布，整个大地似乎都沉睡过去了。黑沉沉的宫殿在惨淡的月光下显得阴森恐怖，微风吹过，树叶发出沙啦啦的凄惨叫声，墨黑的树影像鬼魂般跳动着。巡夜的几个太监提着灯笼，在幽长的甬道上走过，身后拖着长长的影子，给幽静的皇宫增加了几分神秘。

乾清宫西侧的小院里树影婆娑，西屋里亮着灯，一个影子在窗户上晃动，屋里的人似乎在来回走动。一个黑影闪进院子，轻手轻脚地走到西屋门前，轻轻敲了几下房门。屋里传来问话声：“谁呀？”屋里的人嗓音尖细，是个太监的声音。

“安抚使司副使齐璐松。”院里的人说。

稍后，房门打开了，胡世杰露出头来：“副使请进。”

齐璐松闪身进屋，胡世杰四下看了看，轻轻将房门关上，转身问：“副使从木兰围场赶回来的？”

“正是，”齐璐松满头大汗，神色疲惫，“赶了两天两夜的路，累死我了。”

“副使快快请坐。”胡世杰赶紧倒了一杯茶，递了过去，齐璐松接过茶杯一饮而尽。待齐璐松喘息一阵后，胡世杰问：“皇贵妃有何指令？”

“皇贵妃令胡总管派可靠人员，除掉那个丫鬟和十二爷。”

“啊……”胡世杰瞪着一双惶恐的眼睛看着齐璐松，“除掉十二爷？”

“正是。”齐璐松的话不容置疑。

“那个丫鬟好办，可、可十二爷是皇子呀，刺杀皇子，那可是要满门抄斩呀。”

“正因为他是皇子，所以，皇贵妃才要你来办这件大事。胡总管若违抗皇贵妃的指令，同样是死无葬身之地。你掂量掂量，有的选择吗？”

胡世杰惊慌失措地在屋里来回转悠，他知道，违抗皇贵妃的指令会是什么下场，反正也是一死，如果事情做成了，也许还能多活几天。想到此，胡世杰横下一条心，转身面对齐璐松：“好，奴才来想办法，副使可否助奴才一臂之力？”

“当然，我手下的人随时可听胡总管差遣。”

“十二爷还未到京，估计明天上午就到了。”

“皇贵妃安排的另一组人马在路上截杀十二爷，可惜，没能成功，还损失了十几个人。”齐璐松叹了口气，说，“看来，只能靠我们自己了。要不，今晚上先把那个丫鬟做了，把那个锦匣追回来。”

“不行，乾西二所已经被宗人府封了，门外全是侍卫，无法下手啊。”胡世杰思索一阵，“如果废后的丧事还没办完，十二爷就出事了，皇上一定会严厉追查的。”

齐璐松点点头：“你说得有道理，此事还得小心行事，不能露出任何马脚。否则，我等就离死不远了。”

“明天我先安排人盯着那个丫鬟，等丧事办完后再想办法。”胡世杰沉思道，“看来，只能在废后下葬后回京的路上见机行事了。”

尽管是秋高气爽的季节，湛蓝的天空还是掩饰不住皇宫里沉闷的气氛。永琪的车驾走到神武门前停下，大门两侧站着几位宗人府的官员和一群太监、宫女，康烈尔和侍卫们翻身下马，几个大丫鬟搀扶着永琪下了车。永琪抬头望了一眼神武门的楼顶，一切如常，没有治丧的丝毫气氛。在永琪看来，皇宫中应该一片白带飘扬，大红灯笼上应该罩上黑布，所有的人都应该身着白色的孝服。可是，眼前的神武门上没有黑纱白布，宗人府的官员依然穿着官服，只有太监和丫鬟们身着丧服，透露出一丝宫里死了人的气息。

宗人府的官员和太监宫女跪倒在地，一个官员说：“宗人府府丞恭迎十二爷。”

永琪指着官员们骂道：“你等好大的胆子，为何不穿孝服？宫里为何不挂丧幡？”

“十二爷息怒，”府丞说，“臣等是奉旨办差。皇上有旨，那拉氏丧事只在乾西二所设灵堂，宫中不挂丧幡。除太监宫女，所有官员丧期期间不穿丧服，只在下葬时送葬的官员方可穿丧服。”

“什么？”永琪满脸悲哀，哭道，“皇阿玛曾下旨，丧事依皇贵妃之仪办理，怎么会是这样？”

府丞说：“臣等不知，臣接到的旨意就是如此。”

“天哪！这是为何呀？”永琪放声大哭。康烈尔、普泰琛和侍卫、丫鬟们个个泪流满面。

乾西二所门前挂满丧幡，门前的一排侍卫都没穿孝服，只有十几个太监宫女身着丧服，垂首默立。永琪已换上丧服，在几个太监和丫鬟陪同下默默走来。门前的太监宫女们一起跪下叩头，恭迎十二皇子。

永琪神色恍惚地走进院子，院子中间搭设了一个简易的灵堂，6个执事太监和丫鬟乌扎伊尔、安佳兰身着孝服，恭立在那拉氏的棺椁两侧，棺椁前摆着一个香案，燃着几炷香，棺椁前既没有灵位，也没有供品。

看见永琪，乌扎伊尔和安佳兰迎上前去，跪倒在地，哭喊道：“十二爷，你怎么才回来呀？皇后临死前还在呼唤您呀。”

望着皇额娘凄惨的灵堂，永琪如万箭穿心，那种恍惚迷离的状态是难于形容的。一种极度的悲哀弥漫全身，他的每一条神经都在惊恐地战栗，每一条血管都鼓得满满的，身体的每一部分似乎都受着痛苦的宰割，这使他的哀伤增加了一千倍。他机械地走近皇额娘的棺椁，抛开手中白色的幡帐，并不是因为理应如此，而是因为他的双手已经再也承受不起任何的重量。他就这样呆呆地立着，脸上毫无表情。猛然间，他一下子扑到那拉氏的棺椁上，大喊一声："皇额娘，儿臣来晚了，再也见不到皇额娘了。皇额……"永琪一口气没上来，一头栽倒在皇额娘的棺椁前，晕了过去。

"十二爷……"乌扎伊尔和安佳兰扑上前去，抱起永琪，撕心裂肺的哭声使苍凉的院子里更加阴郁。

夜幕开始慢慢降临，晚霞也逐渐消失了，不见了踪影；黑色的幕布笼罩了整个大地，月亮悄然爬上了天空，竭力驱赶着黑暗。乾西二所的院子里点起一排排粗大的蜡烛，白色的纸钱在院子里飘舞。整整一天过去了，没有人来吊唁，也没有人来哭灵，更没有人来上供。永琪彻底绝望了，他将院子里的太监统统赶了出去，只留下乌扎伊尔、安佳兰和思雨陪着他在皇后的棺椁前低声抽泣。

康烈尔提着一个餐盒走进院子，慢慢走到皇后的灵前，跪下磕了几个头。他从餐盒里拿出几样点心和几盘菜肴，恭恭敬敬地摆在供桌上。点起三炷香，执香拜了几下，将香插在香炉上。然后双手合十，低声道："皇后，这是微臣亲手做的几样点心和小菜，您慢慢享用吧。微臣能做的只有这些了，皇后请恕罪。"

言毕，康烈尔又恭恭敬敬地磕了几个头。之后，猛然起身，向大门口快步走去。

"康大人！"永琪一声嘶喊。

康烈尔停下脚步，慢慢转过身来，永琪紧跑几步，一头扑在康烈尔的怀里，哽咽道："康大人，永琪谢过了。"

康烈尔将永琪紧紧抱在怀里，无声的泪水顺着脸颊淌下。安佳兰慢慢走到两个人身边，望着康烈尔抽泣道："妾身有丧在身，不能回家侍奉夫君，请夫君恕罪。"

"我知道，不会怪你的，你好好照顾十二爷。"康烈尔松开紧抱永琪的手，向他拱手道，"十二爷多保重，微臣只能在院外伺候，随时听候十二爷差遣。"说罢，转身大步走去。

永琪转身走到灵前，又给皇额娘烧了一阵纸。乌扎伊尔见四处无人，伏在永琪耳边，小声说："十二爷随奴婢到屋里来。"

永琪抬头看着乌扎伊尔，明白了她的意思，起身随乌扎伊尔向屋里走去。走到门口时，乌扎伊尔回头向安佳兰示意了一下，安佳兰冲她点点头，转身警惕地望着大门口。乌扎伊尔和永琪进了屋。

乌扎伊尔关上房门，向窗外张望了一下，领着永琪进了里屋。她快步走到一个衣柜前，拉开柜门，从柜子里的暗格中取出一个包裹递给永琪，低声说："这是皇后留给十二爷的东西，嘱托奴婢亲手交给十二爷。"

"好姐姐，永琪谢过了。"永琪接过包裹，心里怦怦乱跳，他知道皇额娘一定给他留下了重要的东西。

乌扎伊尔出去后，永琪急忙点燃一盏宫灯，在灯下打开蓝色的布包，里面是一个贴着封条的锦匣。他撕去封条，打开锦匣的盖子，里面是一些皇后用过的珠宝首饰和永琪小时候最喜爱的玩意，除此之外，别无他物。永琪感到有些困惑，从乌扎伊尔的表情看，皇额娘给他留下的东西绝不止这些，他把锦匣里的东西全都倒在桌上，逐件查看，还是没有任何重要的东西。永琪思索一阵，里里外外仔细看了看锦匣的底部，发现这个锦匣的底部足有一寸厚，用手按了按底部盖板，软软的，好像底下藏有东西。他找出一把小刀，插在底板边缘的缝隙里，轻轻一撬，底部盖板松动了。永琪心里一阵狂喜，小心翼翼地揭开底部盖板，下面暗藏着一个黄色的油纸包。他把油纸包取出，展开油纸包，十几张纸呈现在眼前。

"这才是皇额娘留给我的东西。"永琪怀着难以名状的心情看着皇额娘的遗书：十几页纸上记述了那拉氏一生的大起大落，她如何从默默无闻、寂寞悲凉的孤独中逐渐脱颖而出，直至登上皇后的宝座，又如何从辉煌的顶峰突然坠落到冰冷的地狱之中，去年闰二月十五日至十七日发生的事情记述得非常详细，最后，那拉氏告诫永琪，小心令贵妃，她是一条含着微笑的毒蛇。

看着皇额娘的警告，在木兰围场与令皇贵妃话别时的情景在永琪脑海里浮现，皇贵妃对自己的关爱是那样情真意切，和笑里藏刀的毒蛇丝毫联系不上。他想起回京路上的密林中恐怖的一幕，不由得浑身一阵阵彻骨的寒冷，是皇额娘料事如神，还是自己天真幼稚？这到底是怎么回事啊？永琪感到从未有过的困惑。

永琪无法找到答案，只好把皇额娘的遗书暂时放到桌上。油纸包里还有一个白纸包，永琪揭开白纸包，里面是一张黄色的绢布，上面是皇阿玛的亲笔：皇十二子永琪，乃嫡出之子，聪慧异常，器宇轩昂，人品贵重，皇后教导有方，日后必成大器。兹特册立命为皇太子矣，一俟朕驾崩之日，即刻继皇位也。乾隆二十二年四月二十五日亥时。日期之上，清晰地盖着乾隆皇帝的玉玺。

白纸包里，还有一张纸，上面是乾隆的御笔，那是乾隆为永琪写的诗。

春风润四月，中宫喜弄璋；
其形美似玉，琪者最担当。
时今已五载，聪慧惊异常；
勘勘承大任，锦坡披彩霜。

望着传位诏书和皇上的题诗，永琪全身的血液都沸腾起来，面上一阵阵火辣辣的感觉，脑海中出现5岁生日时的景象，那个场面深深地刻在永琪的脑子里：皇阿玛醉意蒙眬，在储秀宫的书房里写下这张传位诏书和那首诗，事后，皇额娘反复叮嘱他，不能跟任何人提起此事。尽管当时永琪只有5岁，但他深知此事干系重大，因而始终牢记皇额娘的叮嘱，没有跟任何人透露半点风声。时间一长，就连他自己都忘记了这件事。可是，当这张传位诏书出现在他眼前时，他是那样震惊和惶恐。

这可能吗？自己能成为大清王朝的继位人吗？从目前皇阿玛对皇额娘和自己的态度来看，皇阿玛绝不可能让自己继位，难道皇额娘就是因这张传位诏书而遭此大难的吗？在回京的路上遭刺客袭击，也与这张传位诏书有关吗？想到此，永琪不寒而栗，他虽然年幼，可也深知此事非同小可，历代王朝为争夺皇位而血溅宫闱的种种惨剧他何尝不知，以自己目前的处境，想要登上皇位，简直就是痴人说梦。直到此时，永琪才明白了皇额娘的一片苦心：皇额娘啊，您为儿臣有朝一日能成为大清的皇帝而费尽心机，甚至做出忤逆太后和皇上的疯狂之事，可是，皇额娘，您可曾想过，这样做值得吗？您以为有了这张传位诏书儿臣就能成为大清的皇帝了吗？呵呵呵，看看今天皇额娘和儿臣的惨状，这不过是一个痴心妄想罢了。皇额娘啊，恕儿臣不能从命了，这张传位诏书只能要了儿臣的命啊。

聪明的永琪意识到这张传位诏书不仅不会改变自己的命运，还会给自己引来杀身之祸。他清楚地记得，当年皇阿玛写下这份传位诏书时，并没有加盖玉玺之印，那么是谁盖上了皇帝的大印？如果是皇额娘偷偷盖的，那岂不是谋逆之罪？如此，皇额娘的罪过岂不是更大了，朝野会因此掀起轩然大波，自己亦会因此而获罪。

那拉氏生前满以为给儿子留下这张传位诏书，有朝一日儿子就能登上皇位，从而改变亲人们悲惨的命运。可是，她哪里知道，这个愚蠢的决定，却让一个14岁的孩子承担了不应有的沉重压力和无尽的灾难。永璂在不知所措的惶恐中作出了一个决定，他把皇额娘的遗书揣在袖子里，将锦匣的底板盖好，把乾隆的题诗和桌上的遗物都放进锦匣中，用那块蓝布将锦匣包好，放在桌上。之后，把那张传位诏书藏在另一个衣袖内，从容地走出房门。

永璂走到烧纸钱的火盆前，往火盆里扔了几把纸钱，待火苗蹿上来后，他从衣袖里拿出传位诏书，扔到火盆里，在熊熊烈火中，传位诏书化成一片灰烬。

望着永璂的奇怪举动，乌扎伊尔、安佳兰和思雨露出惊讶的表情。永璂伸出一个手指放在嘴唇上嘘了一声，示意三人保持沉默，乌扎伊尔、安佳兰和思雨会意地点点头。

这时，大门外响起康烈尔的声音：“额尔图，你怎么也来了？”

“奉皇上旨意，来见十二爷。”随后，额尔图带着两名侍卫走进大门。

永璂站起身来，惊恐万分地望着额尔图。

额尔图和两名侍卫先向皇后的棺椁叩头、上香，然后起身对永璂拱手道：“微臣奉皇上旨意向十二爷问话。”

永璂急忙跪倒在地：“儿臣洗耳恭听皇阿玛教诲。”

额尔图说：“皇上问，那拉氏身边的丫鬟可曾交给永璂一个锦匣？”

永璂心里一阵狂跳，他强作镇静，答道：“回皇阿玛话，皇额娘的丫鬟乌扎伊尔刚才确实交给儿臣一个锦匣。”

“锦匣里是何物品？”

永璂已拿定主意，即使犯下欺君之罪，也决不能将实情禀告。于是坦然回道：“回皇阿玛，是皇额娘生前用过的首饰和儿臣小时候喜欢的玩物，还有皇阿玛为儿臣写的一首诗。”

“皇上问话毕。”额尔图说，“锦匣现在何处？”

永璂起身，指指正屋：“就在屋里桌上。”

“十二爷请恕微臣无礼，皇上旨意要微臣将锦匣收回。”

“好，你去拿吧。”

额尔图走进屋里，一会儿提着蓝布包出来，递给身边的侍卫。额尔图向永璂拱手道：“十二爷节哀，微臣告退。”

永璂微微点头：“好，你去吧。”

额尔图和两个侍卫走出院子。永瑆长长地舒了一口气，他以为凭着自己的聪明才智，侥幸躲过了一劫。可他万万没有料到，皇额娘的愚蠢做法和自己的鲁莽举动，竟给自己埋下了一个致命的祸根。

浓密的阴云挤压着天空，掩去了刚刚涂抹上的一片红霞，沉沉的仿佛要坠下来，压抑得整个大地都喘不过气来。淡漠的风凌厉地穿梭着，将群山密林的惊呼抛在身后，柔弱的花花草草早已战栗地折服于地。

一队几十人的送葬队伍走在山路上，队伍前四个人举着丧幡，之后是十几个身穿丧服的人无声地撒着纸钱，中间一辆马车上安放着一具棺椁，后面跟着几十个披麻戴孝的人。奇怪的是，送葬的队伍静悄悄的，没有纸扎“烧活”，也没有鼓乐吹奏，只是队伍中偶尔传来几声低声的抽泣。如果不是队前的丧幡和人们身上的丧服，很难想象这是一支出殡的队伍。直到看见了棺椁后面的十二皇子永瑆，人们才知道，这是大清皇后乌喇那拉氏的送葬队伍。

按大清典制，皇后出灵那天，皇室官府倾巢而出，走在最前面的是64位引幡人，高举万民旗伞；接着是有1628人之多的皇帝卤簿仪仗队，举着各种兵器、幡旗和各式各样的纸扎或绸缎制作的“烧活”，抬棺木的杠夫，身穿孝服，每班有128人，分三班轮流抬送。在棺木后面是全副武装的八旗兵勇，然后是文武百官、皇亲国戚和宗室觉罗的队伍，车轿连绵不断。大批的和尚、道士、尼姑、道姑和喇嘛，身着法衣，手执法器，不断地吹奏、诵经。整个送葬队伍浩浩荡荡，延绵十几里。从京城到陵地，沿途几百里，每段距离还要搭设玉阶金瓦，朱碧交映的芦殿，供停灵和送葬队伍休息。

可是，那拉皇后的送葬队伍中只有宗人府的十几位官员，其余人全部是太监宫女，这个清冷凄惨的样子，连民间普通葬礼的规模都不如，堂堂大清国母，落得如此凄惨的下场，怎不让人哀伤悲痛？

送葬队伍进入乾隆裕陵的妃园寝内，永瑆问宗人府府丞：“我皇额娘棺椁安放在哪里？”

府丞指着一个地宫，沉痛地说：“葬在纯惠皇贵妃苏佳氏的地宫里。”

“什么？”永瑆悲凉万分，“按清制，凡葬在妃园寝内的，无论地位有多低，都各自为券，皇额娘为何要借用纯惠皇贵妃的地宫？”

“下官不知原委，只是奉旨办差。”

“天哪！”永瑆哭喊道，“皇额娘，您曾经贵为大清国母，死后连个单独的墓地也没有，竟要借宿苏佳氏墓穴，真是死无葬身之地啊！”

送葬的人个个垂首无语，一片寂静。永瑳的族兄图诚走到他身边，低声安慰他：“十二爷千万看开些，别再多语了，小心祸从口出啊。”

永瑳看了看周围的人，痛苦万分地垂下头去。

那拉氏的棺椁被安放在纯惠皇贵妃苏佳氏的地宫，位于苏佳氏的一侧，堂堂的大清皇后反倒成了皇贵妃的下属。灵前既无神牌，也无祭品，唯有几缕香烟缭绕。

永瑳跪倒在皇额娘的棺椁前，声声哀号撕心裂肺——

第六十四章
审　问

天边的血色残阳不愿带走它剩下的几抹余晖，褪残的紫霞淡淡地绕挂在西边的山峰上，半空中传来几声归雁悲凉的叫声，辽阔的天际仿佛只剩了它们掠过的身影。

一片密林的深处隐藏着十几个身着普通百姓服装的人，每个人的脸上都蒙着一块黑布，只露出一双警惕的眼睛。这些人个个手持钢刀，目不转睛地盯着正在下山的送葬队伍。

失魂落魄的永琪骑在一匹马上，脑海中不断闪出皇额娘葬礼的情景：皇阿玛，您为何这般狠心？皇额娘死了以后您都不放过她，竟连一块安身之地都不给她，天底下还有比这更凄惨的事情吗？看看那些生前没什么名分的妃嫔，死后却个个风光无限，她们哪个不是有自己单独的巢穴，尽享一份安宁。每逢祭日，灵前香烟缭绕，祭者无数，祭品如山，殊荣无限，灵魂可以欣慰地升入天堂了。而我那可怜的皇额娘，生前被剥夺一切尊贵的名分，在冷宫中苦苦煎熬，死后连个葬身之地也没有，竟要借助她人的栖息之地来安身，皇额娘的灵魂何以升天？何以安宁？上苍啊，即使皇额娘犯下弥天大罪，这样的惩罚也太过残忍、太过无情了吧？

永琪的心已经是千疮百孔，若不是心中还有一个愿望支撑着他，他真想一头撞死在皇额娘的灵前，追随皇额娘而去，永远跳出这耻辱和悲哀的深渊。

无精打采的送葬队伍，沿着曲曲弯弯的山路向山下走去，康烈尔和普泰琛率十几个侍卫护卫着永琪，乌扎伊尔和安佳兰骑着马跟在永琪身后。突然，一声尖厉的呼啸声响起，山坡上的密林中跃出十几个人来，手中的钢刀闪着寒光，扑向永琪的座驾。

“有刺客，保护十二爷。”康烈尔大喊一声，拔刀在手，纵马杀向刺客。普泰琛和侍卫们挥动钢刀，一起扑了上去，转眼间，几个刺客倒在地上。一个刺客扑向永琪，手中的钢刀高高举起。康烈尔一声呼啸，在马上腾空而起，在空中旋身，手中的钢刀飞舞，寒光闪过，刺客手中的钢刀飞向半空。康烈尔刀锋一转，刺眼的刀光直冲而起，宛如绚烂的银龙一般，直劈在刺客脑后。刺客脑浆飞溅，滚倒在地。

康烈尔大喊道：“安佳兰，你和乌扎伊尔带十二爷速速离去。”

安佳兰和乌扎伊尔催马上前，将永琪护在中间，三匹马扬蹄飞奔，一溜烟地向山下跑去，几个太监跟在后面护驾。

后面的山坡上一片呐喊声，送葬的宗人府官员和太监、宫女们吓得四处奔逃，康烈尔、普泰琛和侍卫们刀光闪烁，锐不可当。刺客见侍卫们武功高强，来势凶猛，不由得慌了手脚，一个人急叫：“快撤！”活着的几个刺客纵身跃出圈子，向密林中逃去。

康烈尔跑到一个倒在地上哀号的刺客面前，一把撕下他脸上的黑布，手中的钢刀架在那人的脖子上，厉声问：“你们是什么人？谁派你们来刺杀十二爷？”

那人刚要开口，突然，嗖的一声，对面密林中一棵高大的树上飞来一支短箭，不偏不倚，正好扎在刺客的喉咙上。那人“哼”了一声，一头扑倒在地，气绝身亡。

侍卫们正要向林中追去，康烈尔大喝一声：“不要追了，保护十二爷要紧。”

侍卫们翻身上马，向永琪跑去的方向追去。

转眼已经是深秋了，乾清宫中片片红叶尽显秋意浓浓，红墙内银杏树泛着金黄，带着一丝丝的遗憾，跳跃旋转，轻舞飞扬，翩然落下。只有几棵经不起秋风吹打的老树阴郁地站着，让褐色的苔藓掩住身上的皱纹；无情的秋天剥下了它们美丽的衣裳，只剩下枯秃的树干寒酸地站在那里。

乾清宫大殿外的露台上左右各有一只乌龟，各有一只仙鹤，取龟鹤延年之意，象征大清的江山社稷万代相传。但是，这里的铜龟长的却是龙头，其实它不是人们认识的龟，那是“霸下”。所谓龙生九子各有所好，《天禄识余·龙种》曰：“俗传龙子九种，各有所好，一曰赑屃，形似龟，好负重，今石碑下龟趺是也；二曰螭吻，形似曾，性好望，今屋上兽头是也；三曰蒲牢，形似龙而小，性好叫吼，今钟上级星也；四曰狴犴（bì àn），似虎有威力，故立于狱门；五曰饕餮（tāo tiè）好饮食，故立于鼎盖；六曰蚣蝮（gōng fù），性好水，故立于桥柱；七曰睚眦，性好杀，故立于刀环；八曰金猊，形似狮，似好烟火，故立于香炉；九曰椒图，形似螺蚌，性好闭，故立于门铺。”

那永瑾也是龙子之一，虽然是皇十二子，但是却像“龙生九子”之首的赑屃一样，长年累月地背着一块沉重的大石碑，压得他气喘吁吁、精疲力竭，终至无力承受了。

金灿灿的阳光射入乾隆的御书房里，乾隆倒背双手，在屋里来回转悠，脸上阴云一片。书案上放着那拉皇后留给永瑾的锦匣。

胡世杰蹑手蹑脚地走到书房门口，轻声说：“皇上，十二爷来了。”

乾隆板着脸说：“让他进来吧。”

“喳。”胡世杰退了出去。乾隆转过身去，背对着房门。

一会儿，永瑾进来了，跪倒在地，叩头道：“儿臣永瑾拜见皇阿玛。”

乾隆慢慢转过身来，两只锐利的眼睛死死盯着永瑾：“抬起头来。”

皇帝的声音虽然不大，但在永瑾听来却似晴天霹雳。当他接到太监的传旨，命他到乾清宫面见皇帝时，他就清楚地知道皇阿玛为何要召见他，都是那份传位诏书惹的祸。他后悔不该烧掉那份诏书，皇阿玛找不到那份诏书，绝不会善罢甘休的。怎么办？如果照实招来，皇阿玛会问为何烧掉那份诏书？况且，上次额尔图奉旨问话时，他已经犯下欺君之罪，如今若照实禀告，无异于罪上加罪。不行，绝不能吐露实情。当年，皇阿玛是酒醉后写下的传位诏书，事后皇额娘提醒自己，不能向外透露半点风声，可见，皇阿玛事后对此印象并不深。事到如今，只能是咬紧牙关，死扛到底了。

永瑾慢慢抬起头来，皇帝眼睛里射出的寒光让他心惊肉跳。

“永瑾，你可知欺君之罪的后果是什么？”乾隆威严的声音里含着不可抗拒的力量。

“儿臣知道，欺君乃杀头之罪。”永瑾觉得一股冷汗顺着后脊梁淌下。

“好，既然你知道欺君的后果，为何还如此胆大包天？”

“儿臣不懂皇阿玛的意思，请皇阿玛明示呀。”永瑾的头垂了下去。

“抬起头来！”乾隆厉声喝道。永瑾抬起头，不敢直视乾隆凶狠的目光，苍白的脸上冷汗淋漓。

乾隆指着文案上的锦匣说："朕来问你，这可是你皇额娘交给你的东西？"

永琪瞥了一眼锦匣，心中暗思："果然如此。"但他已拿定主意，断然回道："是的，正是皇额娘交给儿臣的东西。"

"里面都有什么？"

"里面是皇额娘平时戴的几件心爱的首饰和儿臣小时候喜爱的一些玩物，还有皇阿玛为儿臣写的一首诗。"

"还有什么？"

"除此之外，再无其他物件。儿臣所言，句句属实，皇阿玛明察啊。"言毕，永琪砰砰地磕了几个头。

"够了，"乾隆喝道，"朕再问你，你可记得你5岁生日那日晚上的事情？"

"儿臣记得，那日晚上儿臣拿了些习字的纸呈皇阿玛御览，皇阿玛夸儿臣的字写得好，并为儿臣题诗一首。皇额娘非常高兴，把这首诗珍藏起来，时常拿给儿臣看。"

"朕当时还写了什么？"

"儿臣只记得皇阿玛写了这首诗，并未写其他东西啊。"

一个情景在乾隆脑海中闪现：永琪生日的第二天早上，乾隆模模糊糊地记得昨晚曾写下了什么，于是问那拉氏："昨晚朕写了什么东西了吗？"那拉氏机智地回道："皇上不是为咱们的儿子写了一首诗吗？"她把昨晚乾隆写下的诗拿给皇上看，乾隆看后心中稍安。

乾隆暗自思量：难道是朕记错了？看永琪的样子，他断然不敢欺君，更不敢私藏传位诏书，也许，那一幕真的是朕的幻觉。

乾隆的脸色缓和了许多，对永琪说："你起来回话。"

"嗻，"永琪战战兢兢地站起身来，不知是因为害怕，还是因为跪得太久，他的双腿不住地颤抖着。

"你不要害怕，"乾隆看着可怜巴巴的永琪，生出一丝恻隐之心，"你照实回话，皇阿玛不会难为你的。"

"嗻，皇阿玛无论问何问题，儿臣一定据实奏报。"

"朕问你，你皇额娘可曾与你说过，将来继承皇位的非你莫属之类的话？"

永琪从乾隆的语气中看出危机似乎已经过去，因而胆子大了许多，坦然回道："回皇阿玛，皇额娘从未对儿臣说过这种话，皇额娘始终教导儿臣，要孝顺皇祖母和皇阿玛，好生读书，千万不可觊觎皇位。因此，儿臣从未有过继承皇位的想法，请皇阿玛明鉴。"

乾隆从永琪的态度上看不出任何问题，他想，**难不成是朕冤枉了那拉氏和永琪？**沉思片刻，乾隆说："好了，你皇额娘去了，你还有皇阿玛嘛，以后好生读书，奋发上进，切莫自弃，懈怠生事。"

"儿臣谨记皇阿玛教诲。"

乾隆挥挥手："好，你去吧。"

"谢皇阿玛！"永琪如释重负，急忙退了出去。

乾隆和永琪的一番对话，站在外面的胡世杰听得清清楚楚。永琪走后，乾隆犹豫了一阵，喊道："来人！"

胡世杰进殿："奴才在。"

"传旨内务府，在城里给永琪找个住处，让他搬出宫去。"

"喳！"

几天后的一个上午，乾隆正在乾清宫御书房里看着江浙总督传来的奏折，胡世杰进来禀报："皇上，康烈尔来了，说是有要事禀报。"

"让他进来吧。"

"喳！"

过了一会儿，康烈尔进来，跪地叩头："微臣给皇上请安。"

"起来吧，有何事禀报？"

"皇上，昨晚十二爷又遭到刺客袭击了。"

"什么？"乾隆吃了一惊，问，"在什么地方？"

"在东城的永昌胡同，前几天，内务府给十二爷搬家，昨晚全部安排妥当，微臣和普泰琛护送十二爷前往宅院，走到胡同里，突然从房上蹿下几个人——"

月光下，一条胡同里，康烈尔、普泰琛和安佳兰护卫着永琪，向不远处的一座院落走去。突然，两边的房顶上跃下几个蒙面人，挥刀直向永琪扑去。康烈尔和普泰琛急速拔刀在手，刀光闪闪，连绵不绝，犹似行云流水一般，瞬息之间，将永琪罩在一道光幕之中。

普泰琛大喊："康烈尔，你带十二爷和安佳兰快走，我挡住他们。"

康烈尔："普泰琛，你小心啊！"

"你们快走，快走啊！"

安佳兰拉着永璂的手快速离去，康烈尔提刀紧随其后。普泰琛挥刀杀向攻击者，在一片惨叫声中，几个刺客纷纷倒下——

乾隆关切地问："永璂可曾受伤？"

"皇上放心，永璂安然无恙。"康烈尔心情沉重地说，"三次袭击，目标都是冲着十二爷，幸亏臣等早有防备。"

乾隆沉思一阵，问："依你看，刺客是什么人？"

"这个很难判断，第一次回京的路上，刺客穿的都是黑衣，使用的武器也不是八旗和绿营的兵器；第二次，刺客穿的都是百姓的服装，兵器也是民间的，本来留了一个活口，可是，刚要问话，就被他们灭口了。昨晚情况紧急，微臣下手太重了，几个刺客都被微臣和普泰琛干掉了，不曾留得活口。"

乾隆眉头紧皱，脸色阴沉："好，朕知道了。这件事不能跟任何人提起，朕会下旨刑部查办的。往后，你和普泰琛专门负责永璂的安全。"

"喳！"

"好，你去吧。"

"喳！"康烈尔退了出去。

乾隆的心情格外沉重，尽管那拉氏让这位天子恨之入骨，但是，永璂毕竟是他的儿子，乾隆并不想斩草除根。是谁这样大胆？竟要置永璂于死地。他想起了在木兰围场时，令皇贵妃魏氏对他说的一件事。

那是永璂返京的当夜，在乾隆的寝宫里，皇贵妃在与皇帝聊天时，看似不经意地提起了永璂："唉，也不知永璂这孩子走到哪里了。皇上，老十二才 14 岁，您派他回去处理皇后的丧事，怕是这孩子承受不起呀。"

"还有宗人府的官员嘛，"乾隆漫不经心地说，"朕已下旨，由宗人府料理那拉氏的丧事，永璂不过是送送她。"

"唉！"令皇贵妃叹道，"墙倒众人推呀，有些个势利小人见皇后死了，永璂成了没娘的孩子，就变着法地欺负永璂，着实可恶。"

"谁呀？"乾隆问。

"还能有谁？就是那个老八。今天上午，皇上刚一宣布皇后的死讯，老八就逼着永璂还他的金丝雀，永璂说那只鸟死了，老八就逼着他还一百两银子，正好让臣妾听见了，臣妾就把老八骂跑了。"

"老八为何憎恨永璂？"

"皇后主持后宫时，曾多次训斥老八，说他不求上进，一味寻欢作乐。老八怀恨在心，见皇后失势，就把怨气发泄到永璂身上了。真是落井下石呀。”

“哼，这个老八，因有足疾，就自暴自弃，整日沉湎酒色，素无人望，品行极为恶劣，断不可继承大统。”

魏氏的一番精彩表演，既转移了刺杀永琪的嫌疑，又为自己增加了贤德善良的砝码，可谓一举两得。

乾隆沉思道：“难道刺杀永琪的行为，真是老八所为？”眼见得诸皇子为争夺皇位而骨肉相残的悲剧已然发生，这让乾隆痛心不已。那个八阿哥从此像永琪一样倒了霉，直到乾隆四十四年，才被封为仪郡王。

水晶珠帘逶迤倾泻，帘后的梳妆台前，两个丫鬟正为皇贵妃魏氏梳头，一头秀发掺以假发和衬垫梳理成一个高髻，样式豪华，高高耸立达七寸余，犹如盛开的牡丹花。脑后梳理成扁平的三层盘状，并以一枚金簪子相固定，髻后做燕尾状；发髻周围绕着一串珠子，正中是一颗硕大的东珠，两个蝴蝶结旁是簇簇鲜花和许多首饰；头饰右方悬着一挂八串漂亮的珍珠组成的璎珞，一直垂到肩上。

发型做好后，皇贵妃挥挥手：“你们下去吧。”

“喳。”两个丫鬟行了个屈膝礼，退出寝室。

魏氏站起身来，走到书案前坐下，随手拿起一本书翻看，显然，她的心思不在书上，翻了没几页就把书扔到案子上。她显得有些心绪烦乱，焦躁不安。三次刺杀永琪的行动都失败了，皇帝已责成刑部查办此案，这让魏氏坐立不安。幸亏她事先在皇上的耳边吹风，把嫌疑引到八阿哥身上，这一金蝉脱壳的妙招现在看来已经奏效了，她在为自己的聪明才智而暗暗得意的同时，也庆幸杀手没有留下活口，否则，她的麻烦就大了。现在，让她感到焦虑的是，皇帝没有找到那份传位诏书，皇帝虽然相信了永琪的话，但是，她却很难相信。如果那份诏书被永琪秘密藏匿，万一将来皇帝有个三长两短，那这份诏书就会对永琰构成极大的威胁，所以，必须彻底清除这个隐患。可是，照目前的情形看，已经不能再对永琪采取行动了，或许，能从那个丫鬟身上得到确切的消息。她决定这么办——

第六十五章
忠诚者的惨死

自从那拉皇后下葬后，安佳兰终于回到自己的小家，和丈夫康烈尔团聚了。康烈尔能娶到安佳兰还是皇上赐婚的，他出身于由皇帝亲统的镶黄旗，乾隆十八年，16 岁的康烈尔因武功高强入选亲军营，成为乾隆皇帝的一名四等蓝翎侍卫，官阶正六品。乾隆二十年在木兰围场行猎时，一只黑熊突然从齐腰深的蒿草中蹿出，直接扑向乾隆的坐驾，马受惊跃起，一下将皇帝摔到地上。那只黑熊张着血盆大口，扑向乾隆皇帝，身边的侍卫们被这突如其来的惊魂一幕吓呆了，竟然像中了魔法似的，全都傻呆呆地看着。在这千钧一发之际，康烈尔从马上一跃而下，手中的钢刀噗的一下插进黑熊的胸膛。黑熊大吼一声，将康烈尔扑倒在地。康烈尔已无法拔出刀来，于是，伸出两只铁钳般的大手，死死地卡住黑熊的脖子，黑熊锋利的爪子将他的双臂挠得鲜血淋漓。旁边的侍卫们反应过来，一起扑上前去，几把钢刀同时插进黑熊的肚子里。黑熊发出最后一声吼叫，气绝身亡。乾隆目睹康烈尔和黑熊搏斗的惊险情景，深深地为康烈尔的忠心、勇敢和卓绝的武功感叹，当场下旨晋康烈尔为正四品二等侍卫。乾隆二十五年，康烈尔晋一等侍卫，也称头等侍卫，官阶正三品。乾隆二十八年，乾隆将那拉皇后的贴身丫鬟安佳兰赐给康烈尔为妻，那年，安佳兰 16 岁，康烈尔 26 岁，一年后，安佳兰生下了儿子，取名宵忠，为效忠皇上之意。因安佳兰一直在侍奉皇后，所以，儿子一直由她的母亲抚养。

忙碌了一整天的安佳兰回到自己的小院里，见到了三岁的儿子和母亲。这个小四合院也是皇上赐予康烈尔的，正屋是康烈尔和安佳兰的寝室，西屋住着安佳兰的父母，乌扎伊尔因未婚，皇后去世后亦无去处，暂在东屋里居住。乌扎伊尔比安佳兰小一岁，她的父亲曾是正蓝旗的参将，乌扎伊尔从小就跟父亲习武，骑马射箭样样精通，她父亲还给她找了个汉族的武林高手做师傅，习练少林和通臂拳。15 岁那年，乌扎伊尔入宫成为那拉皇后身边的丫鬟，直至皇后去世，时年刚满 18 岁。

那天晚上，当疲倦的月亮躲进了云层休息时，整个京城似乎都沉睡了，微风轻轻地吹着，四合院外偶然传来一两声狗的吠叫。西屋里一片漆黑，安佳兰的父母已经安歇了。正屋里亮着灯，安佳兰看着熟睡中的宝贝儿子，脸上露出灿烂的笑容。乌扎伊尔说："这小家伙长得真好看，眼睛和鼻子都像你，嘴巴像他阿玛。"

"呵呵呵，"安佳兰笑道，"我都快一年没见他了，昨天回来，他都不认识我了，我要抱抱他，他吓得直哭。"

乌扎伊尔说："这回好了，你以后就不用进宫了，可以安心地做个好额娘了。"

"还不知道皇上是否恩准哪，万一再让我伺候其他妃嫔怎么办？"

"按宫里的规矩，你已经算是出宫了，不会再让你回宫侍奉其他妃嫔了。康大人对皇上忠心耿耿，皇上也不会难为你的。哎，今晚上康大人不回来吗？"

"他说要晚一点回来，得等皇上安歇了。"

月光洒在寂静的院子里，草丛中的小虫吱吱地鸣叫着。忽然，西屋的房顶上出现一个黑影，那人一身黑衣，脸上蒙着一块黑布，只露出两只眼睛。他趴在屋顶上观察了一下院里的情况，之后，攀着西屋边上的一棵槐树，轻轻落在院里，他的手里拿着一把钢刀。那人溜到院门前，轻轻拔开门闩，将院门拉开一条缝，几个黑衣人闪身进了院子，顺着墙根溜到正屋窗下，侧耳倾听屋里的动静。

屋里，安佳兰和乌扎伊尔又聊了一会儿，乌扎伊尔说："我回屋去了，姐姐也早点歇息吧。"

"好，妹妹慢走。"

乌扎伊尔告别安佳兰，从正屋里出来，向东屋走去。两个黑衣人从背后向乌扎伊尔扑来，乌扎伊尔听到背后的动静，猛一回头，黑衣人已扑到跟前。

"啊……"乌扎伊尔尖叫一声，飞起一脚，将一个黑衣人踹倒在地。

屋里的安佳兰听到乌扎伊尔的喊声，从墙上抽出一把长剑，飞速地冲出房门。

乌扎伊尔已经被两个黑衣人抓住手臂，死死按倒在地，一个人在她脑后猛击一掌，乌扎伊尔顿时晕了过去。两个人架起她，向门口跑去。

“乌扎伊尔！”安佳兰大喊一声，纵身扑来，却被两个持刀的黑衣人挡住，刀剑相击，火星四溅，乒乓作响。乌扎伊尔已被两个人拖出门去，紧接着，门外响起一阵马蹄声。

激烈的打斗声惊醒了西屋的安佳兰的父母，老父披着一件上衣冲出房门，刚一出屋，就被一个刺客砍倒在地。“阿玛！”安佳兰一声惊呼，手中的长剑一闪，噗的一剑，刺中那人胸膛。一个刺客从背后袭来，一刀砍在安佳兰的背上，安佳兰惨叫一声，刚一转身，一把钢刀已经插进她的胸膛。安佳兰慢慢倒下。

一个刺客提刀向正屋冲去，安佳兰的儿子危在旦夕。在这生死存亡的紧急关头，康烈尔从门外跃进来，刀光闪烁，血色飞溅，瞬间，两个刺客倒在血泊中。跑到正屋门口的刺客见势不妙，刚想蹿上房檐，康烈尔哪里容他溜走，身子一纵，跃到那人跟前，手起刀落，将刺客的头颅砍下。三个刺客眨眼间就命丧黄泉。

康烈尔抱起血泊中的安佳兰，嘶喊：“安佳兰，安佳兰！”

安佳兰的母亲从西屋里跌跌撞撞地跑出来，看着倒在血泊中的丈夫和女儿，一语未出，就昏倒在地。

安佳兰慢慢睁开眼，伸出手来摸摸康烈尔的脸，使出最后一丝力气，断断续续地说：“乌扎伊尔、被、被他们、抓、走了。”她用手指着正屋：“我、我们的、儿子……”话未说完，安佳兰一头倒在康烈尔的怀里。

“安佳兰，安佳兰……”一声声悲切的嘶喊在小院里回荡。

夜色深沉，片片乌云仿佛要压下来一样，黑压压的令人窒息，遥远的天际不时传来隆隆的雷声和刺眼的闪电。一辆马车沿着一条崎岖颠簸的道路驶来，在一扇高大的院门前停下。几个黑影从马车上下来，抬着一个宫女进了院子。门内影壁后面是一条阴暗的林荫道，弯曲而凄冷的道路通向一所鬼影幢幢的房屋，左边的窗子里露出一丝微弱的灯光。在蓝灰色的夜空下，显得异常阴森恐怖。

几个人抬着宫女进了屋子，穿过一条走廊，来到一个昏暗的房间门前。黑黝黝的墙面上挂着几盏灯，透过微弱的灯光，勉强看清这个散发着酸臭腐朽味道的地方像是一座牢房。远处传来一阵叮当作响的声音和一个男人揪心撕肺的嘶吼，在这寂静的黑夜里，犹如唤醒了沉睡多年的冤魂厉鬼。

几个黑衣人把宫女抛在地上，一个人从墙边的水缸里扤了一大瓢水，劈头浇在宫女的脸上，宫女“哼”了一声，慢慢苏醒过来。她是乌扎伊尔。

一个黑衣大汉坐在一张桌子边，桌上的烛光映照出一张狰狞的脸。乌扎伊尔慢慢抬起头来，盯着黑衣大汉问：“你、你们是什么人？为何把我绑到这里？”

那人冷笑一声：“哼，我们知道你是那个废皇后身边的丫鬟，你叫乌扎伊尔，对吧？”

“既然你们知道我是宫里的人，为何还如此胆大包天？皇上要知道了你们绑架宫里的人，会扒了你们的皮。”

“呵呵呵，”那人冷笑道，“死到临头了，还抬出皇上来吓唬我。其实，我们不想伤害你，只想问你一个问题，只要你如实回答，我立刻就放了你。”

“你有何问题，只管问来。”

“继后临死前是不是交给你一个锦匣？”

乌扎伊尔猛地一惊，立刻想起永璂烧掉的那个黄色的绢帕，虽然她不知道那是什么，但她明白，那个黄色的绢帕正是这些人想要的东西，而且与十二爷的命运息息相关。乌扎伊尔是个忠诚的人，那拉皇后的悲惨遭遇已经让她倍感心寒，她绝不能让皇后的儿子也陷入绝境之中。想到此，她坦然回答：“皇后是交给我一个锦匣，托我亲手交给十二爷永璂。”

“那个锦匣里是什么东西？”

“我不知道，你应该去问十二爷。我一个做丫鬟的，哪里知道皇后和皇子之间的事情，我只是在履行皇后的嘱托。”

“哼哼，继后临死之前，身边没有其他人可以依赖，她托你转交东西，会不告诉你是什么吗？你这话只能骗三岁的孩子。”

“皇后的事情为何要告诉我这个丫鬟？我们做丫鬟的，只知道侍奉主子，其他事一概不知，这是宫里的规矩。”

“好啊，我看你是不见棺材不落泪啊，不给你点厉害，你如何能说实话？”那人一挥手，两个黑衣人架起乌扎伊尔，把她绑在刑架上，抡起皮鞭，劈头盖脸地抽了下去。乌扎伊尔浑身血迹斑斑，一头长发遮住了她的脸，破碎的宫服里露出身上的道道伤痕，殷红的鲜血将原本艳丽的衣服染成一团杂色。她咬紧牙关，任凭刀割似的疼痛在全身蔓延，始终没有吐露一个字。

身材高大的黑衣人手里拿着皮鞭，凶狠地问："我再问你一遍，那个锦匣里到底是什么?"

乌扎伊尔艰难地抬起头，"你就是……打死我，我……我也不知道。"

"好啊，嘴还挺硬，我倒要看看，你这身细皮嫩肉能扛到什么时候。来呀，再给她点厉害尝尝。"

一个矮个子从烧得正旺的炉火中抽出一把烙铁，那把烙铁泛着红色的光亮。那人走到乌扎伊尔面前，嘴角挂着一丝冷笑："尝尝这个吧，可不大好玩哟。"

刺啦一声，空气中散发出一股皮肉的焦煳味。

"啊——"乌扎伊尔一声惨叫，昏死过去。

这时，外面传来一阵惊恐的喊叫声，夹杂着激烈的刀剑碰撞声。一个黑衣人惊慌失措地跑进屋里，对领头的说："不好了，那个康烈尔带着十几个侍卫杀进来了。"

领头的大惊失色，急呼："快走。"

几个人向房间的后门跑去。那个领头的跑了几步，忽然站住脚，拔出刀来，返身跑到乌扎伊尔身边，猛地一刀，捅进乌扎伊尔的胸口，紧接着，他拔出刀来，又一刀，砍在乌扎伊尔的脖子上。殷红的鲜血从这个美丽姑娘的胸口和脖子上喷涌而出，可怜忠诚的姑娘就这样惨死在阴谋者的手中。

康烈尔将院子里的杀手悉数斩尽杀绝，提着刀冲进牢房。望着惨死在刑架上的乌扎伊尔，康烈尔肝胆欲碎，发出一阵阵野兽般悲哀的号叫。

一个铺满枫叶的坡地上堆起两座新坟，坟前香烟缭绕，纸钱飞舞。康烈尔身穿丧服，怀里抱着三岁的儿子，和安佳兰的母亲一起在坟前烧纸。永琪、普泰琛和十几个侍卫个个头扎白色布条，腰上扎着宽宽的白布带子，垂手站在坟前默哀。

永琪拿出一个酒壶，拧开盖子，将壶里的酒慢慢洒在坟前。他从丫鬟思雨手里接过几盒供品，恭恭敬敬地摆在供台上。凝视着两座坟墓，永琪泪眼蒙眬，忽然，他双膝一软，扑通一下，跪倒在地。

“十二爷，使不得呀，你是皇子，怎可给下人下跪啊？”康烈尔急忙起来去搀扶永琪。

永琪推开康烈尔的手，喃喃自语：“安佳兰、乌扎伊尔，你们虽为皇额娘的丫鬟，但在我永琪眼里，你们就如同我的姐姐一般，从小我就受到你们的呵护、爱戴。你们本应受到好报，可是，却都因我而惨死，是我害了你们啊。”

永琪抑制不住满腔的悲愤，一头扑到乌扎伊尔的坟头上，大放悲声：“两位好姐姐，你们生前对皇后忠心耿耿，陪着皇额娘历经磨难，如今，又为我永琪甘洒热血，我愧对两位姐姐呀。愿你们的灵魂早日脱离苦海，来生再不要投胎到皇宫里啊。”

悲切的哭声随风飘散，飞向远方——

第六十六章
著书者

太和殿里的条条金龙仿佛也躁动不已，为马天龙——永琪悲切的诉说而哀伤垂泪。那拉皇后望着日思夜想的儿子的冤魂，痛苦万分："儿呀，皇额娘以为，给你留下那张传位诏书，也许会改变你的命运，可不承想却给你带来杀身之祸，还连累了安佳兰和乌扎伊尔，都是皇额娘作的孽呀。"

永琪惊魂未定，泣不成声："皇额娘，全天下所有的母亲的心情都是一样的，都想让自己的儿子有个美好的前途。可惜，您想让儿臣得到的是神圣的皇位呀，这在皇阿玛看来，您就是觊觎皇位、后宫干政、野心勃勃呀；那顶耀眼的皇冠，看似辉煌无比，其实是最危险、最致命的，多少人因此而家破人亡，死无葬身之地。您一心想让儿臣成为大清的皇帝，可您忘了，您面对的是神圣不可侵犯的皇帝呀。到头来，一切都是一场梦幻，若不是康烈尔、普泰琛和安佳兰、乌扎伊尔还有思雨的拼死保护，儿臣早就命丧黄泉了。"

关林猛然醒悟过来，指着永琪说："你、你就是屈死鬼?"

"对，就是我。"永琪擦擦眼泪，说，"我了解《红楼梦》的全部真相，我知道，只有你能解开这个谜团，所以，我的灵魂才一直围绕在你的身边。"

刘敏躲在粗大的柱子后面，静静地窥视着眼前的一切。

"那么，请你告诉我，"关林望着永琪的幻影，满怀希冀地说，"你是怎么知道《红楼梦》一书记载了那拉皇后一生的遭遇的？真正的作者是不是图诚、图敏？”

“你说对了，《红楼梦》的真正作者就是图诚、图敏，我是批书人脂砚斋。好，让我来告诉你事情的真相。”永琪回忆起当年的情景——

当第一缕晨光射穿薄雾时，枝头上的宿鸟刚刚从睡梦中醒来，哪哪吱吱地喃喃细语，互道早安。鸡鸣狗吠声打破了小街的宁静，寂静的街面上开始有了些躁动和喧闹。东边的天际渐渐露出一抹朝霞，一切都笼罩在柔和的晨光中，道旁的柳树低垂着头，柔顺地接受着晨光的沐浴；挺拔的杨树舒展着健壮的手臂，在湿润中透出几分幽幽的秋意。晨曦中穿梭着生意人忙碌的身影，推车挑担的百姓穿过东直门，匆匆赶进城里；街上的一些店铺已经开张，迎接那些踏着晨露而奔波忙碌的客人。

一个三十出头模样的人从朱漆大门里出来，沿着街面向西走去。此人身材修长，眉毛浓重，两只黑眼珠炯炯有神，还有一副显得聪明而谨慎的面孔。他穿着浅蓝色的长袍，外罩一件紫色镶边的对襟马褂，外表显出是个学识渊博、大部分时间都在室内活动的人，他那沉着的眼神和宁静自信的态度，显现出了贵族书生的风度。

在一个卖早点的店铺前，那人停下脚步。店主急忙迎了出来，笑容可掬地拱手道：“图大人早，是要上朝去吗？”

“上什么朝啊，这个时辰去上朝，皇上还不砍了我的头。”这个图大人是永琪的族兄图诚，他边说边往店里走，“再说了，上朝也轮不到我这个宗人府的笔帖式，那是宗令大人的事。我是想你的煎饼果子了。”

“图大人快快请坐。”店主殷勤地招呼着，“您还是照原样来一份吗？”

“对，煎饼果子一份，豆腐脑一碗。”

“好嘞，马上就得。”

不一会儿，煎饼果子和豆腐脑都摆到桌子上，图诚边吃边想着心事。在宗人府奉旨操办那拉皇后的丧事中，图诚目睹皇后凄惨的葬礼，心中倍感凄凉。他想起自己的远祖母，也和那拉氏一样，死后连个栖身之地也没有，他的家族也被废除皇室宗亲，祖先的神牌被赶出太庙。此情此景和那拉皇后及永琪的遭遇何其相似，为此，他着实为永琪的命运担忧。图诚已听说，永琪曾三次遭到暗杀，皇帝不仅不严厉查办凶手，还将永琪赶出宫去，搬到东直门的永昌胡同居住，这更让图诚愤愤不平。他准备去看看这个可怜的弟弟，尽自己的所能给他些安慰和帮助。

吃完早餐后，图诚向永昌胡同走去。在一个破旧的四合院门前，图诚停下脚步，望着漆皮都已脱落的陈旧的大门，图诚心里一阵凄凉：堂堂皇子，就住在这样一个地方。定定神，图诚叩响了门环。一会儿，一个太监开了门，探出头问："您是哪位？所来何事？"

"我是宗人府的图诚，来看看十二爷。"

"哦，原来是图大人，"太监打开门，"图大人请进。"

图诚走进院子，刚好永璂从正屋里出来，图诚急忙拱手道："图诚给十二爷请安了。"

永璂惊喜道："图兄免礼，快请进屋。"

两个人进屋落座，丫鬟思雨端上茶来。永璂说："图兄请用茶。"

图诚端起茶杯饮了几口，他环顾着室内简单的陈设，感慨地说："真没想到，皇上让十二爷住在这种地方，连个七品官的宅邸也不如。"

"唉！这就不错了，我现在是落架的凤凰不如鸡呀，皇阿玛不想见到我，阿哥们也不愿与我来往，哼，我成一个废人了。正好，我躲到这个地方清静清静，再也不用去上书房受罪了。"

"皇上不让十二爷读书了？"

"非也，他是不想让我再进上书房，只让我的师傅单独教我，还要按照皇阿玛的旨意定期禀报学业情况。这样也好，我正想离开宫里，那是个是非之地呀。"

两人聊了一阵，永璂低声说："图兄来得正好，我正有一事相求。"

"何事？十二爷尽管吩咐，只要兄能做到的，一定竭力相助。"

永璂低语："图兄请随我到书房来。"

两人起身走进书房，永璂将门关上，从窗户上往外看了看。确信安全后，他从书柜的一个暗格里拿出一个油纸包，递给图诚，说："这是我皇额娘的遗书，放在我这里很不安全，我想把它交给图兄保管。"

"啊！皇后的遗书？"图诚惊道。

"正是，皇额娘在遗书里详细记载了她一生的遭遇和被废的起因，很多事情是人们意想不到的。"

"好，十二爷请放心，兄一定妥为保管。"说着，图诚将油纸包塞进怀里。

月光透过窗棂散射到屋里，桌上的一盏形似灯笼的灯罩上绘满各色精彩的花纹，灯罩内一根粗大的蜡烛放出淡黄色的光亮，烛光透过空隙映照着开光处的画面，恰似一幅优美的国画小品。

图诚拿着那拉皇后的遗书，凑到灯前仔细看着。他已经看了好几遍了，每看一遍，他的心就颤抖一次，那拉皇后不幸的遭遇深深震撼着图诚的心。皇后被废的真相始终是个谜，宫中流传着各种猜测，可是，没有一个人能够想到皇后的被废居然是因争夺皇位继承人而招来大祸。身为皇室宗亲，图诚听到、见到过后宫中为争皇位的种种阴谋手段，历朝历代血溅宫闱、骨肉相残的悲剧从来就没有停止过，那富丽堂皇、繁花似锦的后宫里，隐藏着多少阴谋诡计和辛酸血泪；风光无限的背后是死人骷髅，欢声笑语掩盖着的却是悲泪横流，辉煌的后宫中没有坟头却见亡魂鬼影，没有战场却见刀光剑影。宫宸巍峻苑幽深，环佩叮当馥气薰；都道逍遥天着好，此中哀怨几人闻。

才华横溢、文采飞扬的图诚心中，荡漾着一种激情、一种冲动，他决定，要把那拉皇后一生的悲欢离合记录下来，告知后人这幕惨剧的真相。于是，在一个风雨交加的夜晚，他对永瑆和盘托出自己的设想，永瑆正有此意，两个人一拍即合。

恰在此时，乾隆下旨宗人府，清理所有关于那拉氏的档案和记载，图诚利用自己任宗人府笔帖式的便利条件，借清理那拉氏档案的机会查阅了大量后宫的资料。他又利用自己皇室宗亲的身份，广泛地结交皇子皇孙和宫中的太监、宫女，掌握了大量的后宫中的详细资料。

以什么样的方式来记录那拉皇后的故事呢？图诚反复思索着，描写皇帝后宫里的事情，将当今天子的风流韵事一股脑地抖搂出来，那可是满门抄斩的大罪呀。怎样才能既要记叙那拉皇后和乾隆皇帝的情感故事，又能在读者中广泛流传，还不能引来杀身之祸，这是图诚首先要考虑的问题。传记、诗歌、散文、杂记等文体，都不足以用来表现如此重大的内容，图诚想到了小说。“明代许多伟大优秀的小说都得到了读者广泛的喜爱，不断地进行重印更增加了广泛流传的机会。清代的文人作家也创作了数量众多的优秀小说，吴敬梓的《儒林外史》和蒲松龄的《聊斋志异》就是其中的杰出代表。作者独特地选择了文人墨客这个社会阶层的视角，通过对这些人群的生活遭遇和精神境界的描绘，入木三分地揭露了科举制度的弊端和罪恶。对，写一本白话小说，将乾隆皇帝后宫里的那些见不得人的事情和那拉皇后一生的遭遇隐喻其中，使其得以广泛流传。”

一日，图诚和其兄长图敏到西山游玩，为小说的构思寻求灵感。图敏比弟弟图诚大5岁，也是文采横溢，精于诗词歌赋。他16岁进右翼宗学读书，27岁在宗学考试中列为优等。二十八九岁时曾协助父亲在山海关管理税务，在锦州做税务官，不久即回北京长期闲居。37岁时才授右翼宗学副管，图敏比他弟弟显得壮实，眉宇之间显出的是一种聪明甚至是有些狡黠的神色，深沉的眼睛是如此机警，嘴唇显得如此果敢，表情又是如此敏锐，以致谁看过他第一眼之后，就会忘掉那健壮的身躯，而只记住他那出类拔萃的智力。

西山连绵起伏的峰峦，千峰万嶂，重重叠叠，耸入云端，宛如万幅壮锦从天外飘来。一块形状奇特的巨石立于峭壁之上，巍峨挺立，烟岚飘忽。

图敏指着大石说："看那块巨石，是如何立于峭壁之上的？仿佛是神来之笔，抑或是女娲补天剩下的奇石吧？"

"女娲补天？"兄长的话让图诚怦然心动，脑海中灵光闪现，"对呀，我们的小说就名曰《石头记》，那巨石正是女娲炼石补天所剩一石，弃于这大荒山无稽崖的青埂峰下。"

"这个思路不错，"图敏兴奋地说，"这块被女娲弃之不用的大石就是那拉皇后的幻象，以此作为贯穿小说始终的线索。"

"妙哉！女娲炼石补天的寓意是清皇宫为皇上选秀女。"图诚的脑海里涌出奇妙的想法，"对一个女人来说，做了皇上的妃嫔，就是一步登天了，而女人的天的最高处就是皇后。现在，女人的天塌了一个窟窿，意思是皇后死了，女娲要另选一个女人去堵上那个窟窿。窟窿堵上后，这个堵窟窿的女人就是女人天的最高位置了，那就是皇后了。哎呀呀，皇后母仪天下，亿万兆民仰天朝拜：'皇后娘娘千岁千岁千千岁'，那是何等之荣耀！又是何等神圣伟大之事业！女娲弃之不用的顽石听说皇宫里如何繁花似锦，假如能成为皇帝的女人，那更是享不尽的荣华富贵。可为何其他女子均可入选，偏偏弃我不用，苍天啊！这是为何呀？难道我就那么不堪吗？于是，那块顽石自怨自叹，日夜悲号惭愧。"

"太好了，兄弟，你已经有了一个奇妙的开头，就照此思路写作吧。"

"还需兄长助我一臂之力。"

"理当如此，"图敏的胸中豪情万丈，"我兄弟二人就联手创作一部伟大的小说吧。《石头记》？嗯，不错，就从石头写起吧。"

乾隆三十二年初春，图诚开始创作《红楼梦》，初定名为《石头记》。

初春的夜晚，天空像是刷洗过一般，一片深蓝上点缀着无数颗闪着光亮的星星，淡淡的云雾飘过，露出一轮圆圆的月亮，如同一盏大灯笼，将沉寂的大地照得亮亮堂堂。树枝、幼草的影子投射在小路上，花花点点，悠悠荡荡，山野中的万千生命在欢腾雀跃。

一个四合院正屋的书房里亮着灯，图诚在灯下奋笔疾书，文案上已经有厚厚一摞书稿。

列位看官：你道此书从何而来？说起根由虽近荒唐，细按则深有趣味。待在下将此来历注明，方使阅者了然不惑。

原来女娲氏炼石补天之时，于大荒山无稽崖炼成高经十二丈、方经二十四丈顽石三万六千五百零一块。娲皇氏只用了三万六千五百块，只单单的剩了一块未用，便弃在此山青埂峰下。谁知此石自经煅炼之后，灵性已通，因见众石俱得补天，独自己无材不堪入选，遂自怨自叹，日夜悲号惭愧。

一日，正当嗟悼之际，俄见一僧一道远远而来，生得骨格不凡，丰神迥别，说说笑笑来至峰下，坐于石边高谈快论。先是说些云山雾海神仙玄幻之事，后便说到红尘中荣华富贵。此石听了，不觉打动凡心，也想要到人间去享一享这荣华富贵，但自恨粗蠢，不得已，便口吐人言，向那僧道说道："大师，弟子蠢物，不能见礼了。适闻二位谈那人世间荣耀繁华，心切慕之。弟子质虽粗蠢，性却稍通，况见二师仙形道体，定非凡品，必有补天济世之材，利物济人之德。如蒙发一点慈心，携带弟子得入红尘，在那富贵场中、温柔乡里受享几年，自当永佩洪恩，万劫不忘也。"

二仙师听毕，齐憨笑道："善哉，善哉！那红尘中有却有些乐事，但不能永远依恃，况又有'美中不足，好事多魔'八个字紧相连属，瞬息间则又乐极悲生，人非物换，究竟是到头一梦，万境归空。倒不如不去的好。"

这石凡心已炽，那里听得进这话去，乃复苦求再四。

二仙知不可强制，乃叹道："此亦静极思动，无中生有之数也。既如此，我们便携你去受享受享，只是到不得意时，切莫后悔。"

石道："自然，自然。"

那僧又道："若说你性灵，却又如此质蠢，并更无奇贵之处，如此也只好踮脚而已。也罢，我如今大施佛法助你，待劫终之日，复还本质，以了此案。你道好否？”

石头听了，感谢不尽。那僧便念咒书符，大展幻术，将一块大石登时变成一块鲜明莹洁的美玉，且又缩成扇坠大小的可佩可拿。那僧托于掌上，笑道：“形体倒也是个宝物了！还只没有实在的好处，须得再镌上数字，使人一见便知是奇物方妙。然后携你到那昌明隆盛之邦，诗礼簪缨之族，花柳繁华地，温柔富贵乡去安身乐业。”

石头听了，喜不能禁，乃问：“不知赐了弟子那几件奇处，又不知携了弟子到何地方？望乞明示，使弟子不惑。”

那僧笑道：“你且莫问，日后自然明白的。”说着，便袖了这石，同那道人飘然而去……

第六十七章
批书人

一个阳光明媚的上午，图诚的书房里，图敏手捧《石头记》第一回的手稿仔细看着，当看到石头向那僧道说“大师，弟子蠢物，不能见礼了。适闻二位谈那人世间荣耀繁华，心切慕之。弟子质虽粗蠢，性却稍通”之句时，提笔蘸着朱红在“弟子蠢物”旁批道“岂敢、岂敢”，在“弟子质虽粗蠢”旁又批一句“岂敢、岂敢”。

图敏放下笔，对坐在桌子对面的弟弟图诚笑道：“这僧道就是我兄弟二人了，你描写此二人‘生得骨格不凡，丰神迥别’，石头称此二人‘仙形道体，定非凡品，必有补天济世之材，利物济人之德’。可是，在昔日的皇后面前，我等还是小心为妙，不可造次吧。”

“呵呵呵，”图诚笑道，“批得好，在皇后面前，我等算老几呀，当然得是战战兢兢，‘岂敢、岂敢’了。”

“不过，敢写皇帝皇后情史的人也绝非等闲之辈，故此，还得批上一句。”图敏拿起笔，蘸上朱红，在“俄见一僧一道远远而来，生得骨格不凡，丰神迥别”旁批了一句：[这是真像，非幻象也；该批为作者自己形容。]

“哈哈哈！”图诚看着兄长的批语，朗声大笑道，“正是自己形容也。”

图敏翻看着图诚的手稿，说：“整个故事的构思已然确定，但要写成一部完整的小说，又要将皇帝和两个皇后的情史隐入其中，难度很大啊。”

“正是，”图诚为难地说，“我倒不担心小说的写作技巧，弟所虑之事是无充足时间。此书若想写成，至少需耗时十年。两年前，弟被授太庙献爵，司皇族祭祖时陪祭、太庙上香、太庙奠帛献爵之事宜，时间倒也宽裕。可毕竟还有职责累身，不得全身心地投入写作，为此，弟着实苦恼。”

“是啊，弟所虑极是。兄也有一虑，你所著之书事关重大，还须有个更安全的地方。城里认识你的人太多了，你这府上经常宾客满座，在此处写书太危险了。如稍有不慎，将会招来大祸呀。”图敏也忧心忡忡。

图诚思考一阵，说：“眼下倒有一个绝佳的著书之地。”

“你是说，西山？”图敏猜到了弟弟的想法。

“对，额娘族上不是有一处房产在西山健锐营里吗？那个地方人迹稀少，而且戒备森严，一般人是进不去的。”

“太好了，那个地方果然是个好去处。”图敏兴奋地说，“西山健锐营的房产是外祖父留下的，他是正白旗的佐领，正白旗乃皇上亲统之一，旗内无王，旗下之兵均为皇帝亲兵，每隔几年皇上都要从中挑选侍卫皇室的兵丁。我等是正宗的皇室宗亲，住在那里名正言顺，况且，兵营里也无人认识你，正好可以潜心著书。”

“可是，我须得辞去这官职，才好集中精力著书啊。”图诚颇感为难。

“若要辞去官职，须得一个适当的借口，冷不丁地提出辞职，会引起他人注意的。兄弟还是暂且忍耐些时日，待寻得适当时机，再辞官不迟。”

图诚点点头：“兄长言之有理。”

乾隆三十六年，图诚的叔祖母辞世，他觉得机会来了，立刻以为叔祖母丁忧及身体有病为由，辞去官职。从此，图诚从人们的视野中消失了，与此同时，西山正白旗健锐营的一个院子里，住进一个30多岁的书生。健锐营里的官兵们只晓得此人是皇室宗亲，住在祖上的房子里养病，很少看到他出来走动，大部分时间此人都是闭门不出，谁也不知道他到底在做什么。每隔一两个月，会有城里来的人持西城兵马司的手令来看望此人，并给他送来些生活用品。偶尔，他也会到后山的桃花沟里游玩一番，后山黄叶村的酒肆里也能看到他的身影，久而久之，村民们知道此人姓曹，名雪芹。

时光飞逝，星移斗转，转眼间到了乾隆三十七年秋月。漫山遍野的枫叶在秋风中通体羞红，缠绕着身边的银杏树，婀娜摇曳。那娇艳的红色摄人魂魄，流连在金红的世界里，眼帘中全是斑斓的色彩。

两个衣着华丽的人骑着马沿着山路行走，年龄较大的是图敏，那个年轻人是永瑆，他已经是20岁的大小伙子了。多年压抑的生活，改变了原先聪明活泼的外形；他的面孔有点清瘦，颧骨微高，一双黑黑的眼睛，始终是谨慎小心地观察着周围的情况。人们可以从他的脸部得到一个深刻的印象——苍白的脸庞时时带着沉思的表情，什么也不放过的机敏的目光中，闪耀出欲语还止的、比他的实际年龄更深沉的思想。两年前，由乾隆做主，18岁的永瑆娶了蒙古族姑娘博尔济吉特氏为嫡福晋，婚后一直无子嗣。

图敏和永瑆身后跟着几个挑担子的仆人，一行人边走边欣赏着西山的美景，望着如火如荼的满山红叶，图敏随口吟道："数点青峰来眼底，满山红叶入衣襟。"

望着风景如画的西山秋色，永瑆抑郁的心情也开朗了许多，感叹道："这里风光无限，果然是个好去处啊。"

在健锐营的兵营门口，一个旗兵前锋伸手拦住他们，图敏从怀里掏出一张西城兵马司的手令，旗兵看了看手令，挥手放行。

郁郁葱葱的苍松翠柏中掩映着一个长方形的院落，四周低矮的虎皮石院墙环绕，门前的三棵古槐，十分抢眼，看上去已有百年的历史了。院中前后两排共十八间房舍，这就是图诚的额娘族上的房舍，图诚隐居在这里著书《石头记》已经两年多了。

图敏在院门上拍了几下，稍后，一个男仆开了门："噢，大爷来了，快快请进。"

图敏和永瑆进了院子，挑担子的仆人跟着男仆进了西边的屋子。图敏和永瑆走进正屋，一个丫鬟屈膝行礼。

图诚正在书房的桌边埋头写作，丫鬟进来说："二爷，大爷来了。"

图诚放下笔，抬头看见永瑆，急忙起身拱手行礼："十二爷来了，有失远迎，恕罪、恕罪。"

永瑆还礼，道："图兄不必客气，你隐居于此著书，实在是太辛苦了。"

"十二爷请坐。"

几个人落座，丫鬟献上茶来。图诚笑道："此处真乃神仙住的地方，清静幽雅，风景秀丽，正可修身养性，何来辛苦之说。"

永瑆望着桌上厚厚的一摞书稿，感叹道："图诚兄神笔，真乃功德无量也。”他随手拿起一摞书稿翻看，嘴里嘟囔着：“贾宝玉？此名何解？”

“‘宝’者，宝亲王也，‘玉’者，皇帝之玉玺。但这个宝亲王从小被人调了包，故曰‘贾宝玉’。”图诚解释说。

“这是贾府的贾宝玉，”图敏插话说，“江南还有个甄府，甄府里有个甄宝玉，与贾宝玉性情相同，容貌一致。”

永瑾略一思索，立刻明白了其中的隐意：“隐喻皇阿玛的身世之谜？”

“正是。”

“妙，”永瑾赞叹道，“图兄雄才大略，无人可及呀。”

“哪里，哪里，十二爷过奖了。”图诚谦虚地说。

永瑾问：“书已完成多少了？”

“已十之有四了，后面的章回也有了清晰的构思。”

“已完成的部分可以进行抄录点评了吗？”永瑾说，“我想，可否由我来做点评？前些年，我不具备著书能力，现在不同了，我至少可以对该书做些点评，二位兄长意下如何？”

“好，我正有此意。”图诚说，“此书隐喻的是当今圣上和两位皇后的情史及后宫中的很多生活描写，书中还隐喻着十二爷的一些经历，由十二爷来评书极为妥当。”

“书中还有我的经历？”永瑾好奇地问。

“当然，”图诚说，“这部书写的是皇上后宫的情史，当然不能秉笔直书，为此，我采取了很多特殊的写作手法，书中的很多人物都有双重身份。其中，宝玉的身上就有十二爷的生活经历。书中的宝玉被称为宝二爷，寓意就是隐喻皇上继位前是现实中真正的宝二爷。此外，我在书中设置了十二个二爷，隐喻的就是十二爷。还有，我在书中反复点出‘十二’这个数字，隐意之一是皇上后宫东西十二宫中的女人的命运，另一个隐意就是用‘十二’这个数字强调十二爷的惨痛经历。”

永瑾已经是泪眼蒙眬了：“多谢图兄，也只有两位兄长有此雄才大略。弟急切地想一睹为快呀。”

图敏说：“前面的书稿肯定还要进行反复推敲、修改，依我之见，还是先找几个可靠的抄手，将手稿誊清后再做点评不迟。”

“也好，”永瑾说，“我可否将书稿带回去一阅？”

图诚兄弟对视一眼。

“十二爷那里恐怕不太安全呀，”图敏思忖道，“这样吧，我将书稿带到我府上藏匿，十二爷可分批借阅，阅后立即还我。待全书大部分章回定稿后，十二爷再行评书，如何？”

图诚说：“我们是得格外小心，如果走漏一点风声，就会引来杀身之祸。十二爷请见谅。”

“好，永瑆谨遵两位兄长之意。”

天气阴沉，满天是厚厚的、低低的、灰黄色的浊云，寒风凌厉地四处流窜，像一把锋利的剑在空中飞舞，发出了尖厉的叫声，幸灾乐祸地看着人们的狼狈。

这是乾隆三十八年的冬季，永瑆的书斋里燃着一个火盆，驱逐着屋里的寒气。丫鬟思雨将一杯热茶放到永瑆的书桌上，对埋头看书的永瑆说：“十二爷，喝杯热茶暖暖身子吧。”

“好。”永瑆接过茶杯喝了一口，顿时觉得一股暖流在全身涌动。他手捧着茶杯，眼睛却一刻也未离开桌上的书稿，那是图诚写的《石头记》。图诚从乾隆三十二年开始著书，至今已有六个年头了，特别是图诚辞官两年来，写作的速度明显加快，现在小说的主要章节已经完成，图敏亦将手稿重新抄录，永瑆于此年化名“脂砚斋”开始评书。

图诚的手稿永瑆已看过好几遍了，他为这位族兄卓绝的才华而倾倒，小说中的巧妙设计和深刻寓意永瑆都能看懂，因为他对书中描写的故事太熟悉了，很多情景都是他的亲身经历，但读者看到此书后会是什么感觉？后人如果只当作一本小说去看，岂不枉费了图诚兄弟和自己的一片苦心。必须让读者明白，小说表面的故事背后，隐写着一部血泪斑斑的历史，于是，他提笔在书中批道：［事则实事，然亦叙得有间架、有曲折、有顺逆、有映带、有隐有见、有正有闰，以致草蛇灰线、空谷传声、一击两鸣、明修栈道、暗度陈仓、云龙雾雨、两山对峙、烘云托月、背面敷粉、千皴万染诸奇书中之秘法，亦不复少。余亦于逐回中搜剔刮剖明白注释以待高明，再批示误谬］［作者具菩提心，提笔现身说法，每于言外警人，再三再四，而读者但以小说古词目之，则大罪过］。

冬去春来，日复一日，永瑆沉醉在批书的激动中。在批书过程中，小说中的描写，时时会勾起永瑆痛苦的回忆，皇额娘一生的悲惨遭遇，自己沦为废人的惨痛现状，一幕幕地在眼前浮现，所以，批语中才会有“字字看来皆是血”“能解者，方有辛酸之泪，哭成此书”“伤心笔，堕泪笔”“今阅至此，放声一哭”“我读至此，不觉放声大哭”“一句一滴血之文”“一字化一泪，一泪化一血珠”“心血淋漓，酿成此数字”“读此等文章能不堕泪”“所谓此书真是哭成的”“使人读之声哽咽而泪雨下”“不必看完，见此二句即欲堕泪”“语语见道，字字伤心，读此一段，几不知此身为何物矣”等悲怆泪流之语。后人觉得脂砚斋动不动就泪流满面，一些无关紧要之语也能让他泪湿衣襟。读书人没有批书人的经历，哪里会有批书人的感受？悲哉！

这一日夜里，永琪批书至第二十七回，书中写道：“至次日乃是四月二十六日，原来这日未时交芒种节。尚古风俗：凡交芒种节的这日，都要设摆各色礼物，祭饯花神，言芒种一过，便是夏日了，众花皆卸，花神退位，须要饯行。然闺中更兴这件风俗，所以大观园中之人都早起来了。那些女孩子，或用花瓣柳枝编成轿马的，或用绫锦纱罗叠成干旄旌幢的，都用彩线系了。每一棵树上，每一枝花上，都系了这些物事。满园里绣带飘摇，花枝招展，不似先前那等寂寞了。”

永琪知道，小说中的这一段描写，隐写的是自己的生日，他出生于乾隆十七年四月二十五日。图诚为了将永琪的生日隐写于小说之中，又不露出马脚，非常巧妙地玩了一个文字游戏。关键在于“至次日乃是四月二十六日，原来这日未时交芒种节”。次日，是指明日，明日是四月二十六日，那么今日就是四月二十五日。“凡交芒种节的这日，都要设摆各色礼物，祭饯花神”，所以，大观园的姑娘们早早就起来忙活了。永琪在这段描写旁边批道：[数句大观园景倍胜省亲一回，在一园人俱得闲闲寻乐上看，彼时只有元春一人闲耳。]

永琪当然清楚，元春的化身就是他的皇额娘那拉皇后，乾隆十七年四月二十五日那拉皇后生下了十二皇子永琪，皇上兴高采烈，后宫里自然也一片欢欣鼓舞，纷纷呈礼庆祝。当然“只有元春一人闲耳”。图诚描写“交芒种节的这日”，大观园的姑娘们纷纷早起，个个忙活着，是说后宫的妃嫔们为皇后生子而庆贺。

“未时交芒种节”，“未”的基本字义是，相当于“没有”“不曾”，“未时交芒种节”的意思是没有交芒种节这个时辰。乾隆十七年的芒种节是四月二十三日，所以图诚说，没有交芒种节这个时辰。贾母一行人奉元春旨意到清虚观打醮，张道士笑道：“前日四月二十六日，我这里做遮天大王的圣诞，人也来得少，东西也很干净，我说请哥儿来逛逛，怎么说不在家？”贾母说道：“果真不在家。”

永琪心想：**皇上的后妃们一生下孩子，立刻会有奶妈抱去喂养，当然是不在家了。贾府一行人到清虚观打醮，是奉了皇后的旨意庆贺“遮**

天大王的圣诞”，我是皇后之子，如果皇额娘不去费尽心机地为我争夺皇位，或许我真有可能继承皇位，就算当不了皇帝，至少也是个王爷。当然可以称为“遮天大王”。张道士只是说四月二十六日为“遮天大王”做圣诞，并没有说“遮天大王”生于四月二十六日。张道士为遮天大王做圣诞，就是庆贺我的生日呀。

永璂为图诚的绝妙构思拍案叫绝。

正当永璂聚精会神地批书时，院子里有一个黑影悄悄溜到永璂的窗前，透过窗上一个针扎的小洞，往屋里窥视着——

第六十八章
垂死前的阴谋

御花园的亭台楼阁之间点缀着生机勃勃的翠竹和奇形怪状的石头，那些怪石堆叠在一起，突兀嶙峋，气势不凡，将花园装点得情趣盎然。

令皇贵妃魏氏从绛雪轩的台阶上缓步走下，胡世杰低头哈腰地跟在她身后。

皇贵妃说："你是说，十二爷最近在阅读批改什么书？"

"是的，奴才问过那个丫鬟思雨，她说，那是十二爷过去写的一些杂记和诗词，十二爷闲来无事，翻出过去的东西批改，聊以自慰。"

魏氏皱着眉思索着。自那拉皇后去世后，她一心想除掉永璂，可是，她安排的刺杀永璂的三次行动不仅没成功，还惊动了皇帝，乾隆令刑部查办此案，所幸刑部并未获得任何线索，魏氏侥幸逃过一劫。抓捕审讯继皇后的丫鬟乌扎伊尔也毫无所获，还险些让康烈尔抓住把柄。魏氏虽心有不甘，可也不敢再对永璂采取行动了。但是，那份传位诏书没有下落，始终是魏氏的一块心病，为了儿子永琰的前途，她不得不对永璂小心提防。为此，她安排胡世杰严密监视永璂，如有异常情况，立即向她禀报。八年时间过去了，没发现永璂有什么异常情况，可现在永璂在批阅什么书，这引起了魏氏的警觉。

"老十二在写些什么呢？把过去的东西翻出来批改，显然是谎言。那拉氏临死前交给永璂的锦匣里，会不会藏有她的遗书？永璂会不会依据那拉氏的遗书写什么东西，披露那拉氏被废的真相？如果是这样，那对永琰的继位会带来致命威胁呀。"想到此，魏氏心里一阵阵发毛。她转身对胡世杰说："让那个卢玉光去探探老十二的口风，看看他到底在写什么。还有，别忘了那个思雨，她也该发挥点作用了。"

"喳，奴才这就去安排。"

傍晚，思雨从永瑾的宅邸中出来，沿街向东走去。她已经长成个20岁的大姑娘了，穿着一件略显简单的淡蓝色的长袍，深棕色的丝线在衣料上绣出了奇巧遒劲的枝干，桃红色的丝线绣出了一朵朵怒放的梅花，从裙摆一直延伸到腰际；一根玄紫色的宽腰带勒紧细腰，突显身段的窈窕；腰间系着一块翡翠玉佩，手上戴着一个乳白色的玉镯，薄施粉黛，秀眉如柳弯，唇上轻点朱红，却似娇媚动人，平添了一份妖娆之气。

四年前，思雨已经由令皇贵妃赐婚，嫁给了宗人府府丞卢玉光。当时，思雨不明白为什么皇贵妃会如此关照她，后来胡世杰告诉她，要她密切关注永瑾的动向，每个月都要向胡世杰禀报永瑾的言行。面对强大的皇贵妃，思雨感觉自己像是一片汪洋中的一只小船，任凭狂风巨浪的无情摧残而毫无反抗的力量。好在永瑾这几年并没有什么异常的情况，这让思雨的心里稍微好受一些。她真的不想出卖十二爷，每次向胡世杰报告永瑾的情况时，思雨的心里都像针扎一样难受，她默默地祈祷，希望十二爷永远都像现在这样平静地生活，千万不要惹出什么麻烦。

这一日，思雨侍奉永瑾吃过晚膳后，回到了自己的宅院里。卢玉光是宗人府的三品府丞，因此，他们有一个小四合院，离永瑾的宅院不远。思雨嫁给卢玉光的第二年，生了一个儿子，卢玉光雇了个奶妈帮着照看孩子。思雨回家后，抱着儿子玩耍了一阵，奶妈哄着孩子睡觉去了。卢玉光问思雨："十二爷最近是不是在写什么书？"

"你怎么知道的？"思雨感到有些奇怪。

"胡总管今天找我了，要我去给十二爷拜寿，过两天不是十二爷22岁的寿辰嘛，胡总管的目的是让我打探一下十二爷到底在写什么。"

"前几天，我已经跟胡总管说了，十二爷在整理批改自己过去写过的东西，怎么又让你去打探？"思雨感觉事情有些不对劲。

"肯定是皇贵妃的意思，皇贵妃对十二爷不放心啊。"卢玉光有些担忧地说，"唉，我们深受皇贵妃的恩惠，不得不照皇贵妃的指令行事啊，但愿十二爷别惹出什么麻烦。"

其实，思雨也不清楚永瑾到底在写什么，每天她侍奉完永瑾后就退出书房了，永瑾批写的东西从来不让下人动。现在，胡总管不仅向她打听，还让自己的夫君去打探，可见十二爷写的东西非常重要。思雨决定提醒一下十二爷。

第二天早膳后，思雨端着茶盘进了书房，给永瑆上茶后说："十二爷最近写的东西，胡总管很感兴趣呀。"

"你说什么？"永瑆一听这话，立刻警觉起来，"你怎么知道胡总管对我写的东西感兴趣？"

思雨说："前几天，奴婢进宫去碰到了胡总管，他问我十二爷最近在写什么，好像他知道十二爷的情况。我说，十二爷闲来无事，在批改自己过去写过的诗词杂记等文章，聊以自慰。我说得对吗？"

"对对对，"永瑆急忙答道，"你很聪明，我正是如此。唉，每天无事可做，又写不出新的东西，只好拿原来写的东西解闷了。"

"明天就是十二爷的生日了，昨晚，我夫君卢玉光说，明天要来给十二爷拜寿，没准儿要跟十二爷聊聊您最近批改的文章哪。"

"噢，卢大人公事缠身，就不必来拜什么寿了，我谁也不想惊动，自己悄悄过个生日算了。"

思雨走后，永瑆的心里急剧地翻腾着："思雨的话是什么意思？是在提醒我吗？自己评书的事没有跟任何人提起过，胡世杰是如何得知的？难道自己身边有胡世杰的人？胡世杰是皇阿玛身边的人，难道是皇阿玛派人在监视自己吗？假如是这样，监视自己的人又是谁呢？"他把自己身边的丫鬟、嬷嬷、太监、厨子、侍卫等人每个人都从脑子里过了一遍，只有思雨和两个小丫鬟才能进书房，其他人不可能知道自己在写东西，难道是思雨？"她为何要进宫去？这几年来，思雨经常不声不响地出去，谁也不清楚她去了哪里。思雨从小与我一起长大，对我一贯是忠心耿耿，可自打她嫁给卢玉光后，好像性情也变了，总有些神神秘秘的感觉，难道她就是监视自己的人？"想到此，永瑆感到浑身一阵阵打寒战。

第二天一早，卢玉光果然来拜寿了。卢玉光是宗人府的府丞，经常和皇子妃嫔们打交道，和永瑆也非常熟悉，他的妻子又是永瑆的丫鬟，因此，他时常光顾永瑆的宅邸。一进院子，卢玉光就高声道："十二爷，微臣给您拜寿来了。"

永瑆从正屋里出来，面含微笑说："卢大人太客气了，您公事繁忙，还来拜什么寿啊。"

卢玉光跪倒在地，给永瑆叩头："微臣恭祝十二爷生日快乐，身体康健。"

"卢大人快快请起，您的大礼我可承受不起呀。"

卢玉光起身，对身后的丫鬟一招手，说："快把寿礼呈上来。"

两个丫鬟捧着寿礼盒上来，递给思雨。跪地叩头："奴婢见过十二爷，祝十二爷福如东海、寿比南山。"

"好了，好了，起来吧。"永瑆笑道，"还寿比南山呢，那是给老寿星的祝词。卢大人，请屋里坐。"

卢玉光进屋，宾主落座，一个小丫鬟小玉端上茶来，捧给卢玉光："卢大人请用茶。"

卢玉光接过茶来饮了几口，说："十二爷最近很忙吧？听说，您最近足不出户，在写一部大作，可有此事？"

"呵呵呵，"永瑆笑道，"卢大人是听思雨说的吧？哪里有什么大作，不过是闲来无事，将过去读书时胡乱写的一些东西整理修改一下，不过是借此消磨时光罢了。正好，卢大人来了，不妨给卢大人看看，也好请卢大人指教一二。"

"哪里哪里，十二爷的大作微臣岂敢言指教，如蒙不弃，微臣倒是很想一睹十二爷的大作啊。"卢玉光的眼神里闪动着狡黠的光泽。

"那好，卢大人请随我到书房里来。"永瑆起身，引卢玉光走进书房。他指着书案上的一摞书稿说："看看，这就是我最近的大作。"

卢玉光拿起桌上的书稿翻看，果然是永瑆早年写下的文章、诗词等，上面有些新近批改的文字。永瑆拿起几张手稿说："这是我最近写的几首诗，请卢大人指教。"

"岂敢，岂敢。"卢玉光边说边接过文稿细看：

貌得先生著作楼，终朝峦翠落城头。
市声不敌江声迴，月色添将竹色幽。
树石故园无恙在，烟云妙境一时收。
他年小筑吟新景，补染湖波泻绿油。

题请句山先生诲正，钤印：皇十二子

另一首为丹田侍郎题：

流泉入耳韵清泠，不息源头石畔听。
细竹摇风筛绿荫，高松擎日拂青冥。
岚光蔼若吟怀静，谷浪盈兮雅韵停。
即此安闲占气度，会看勋业重丹青。

钤印：皇十二子

卢玉光边看边赞叹："好诗，十二爷真乃大手笔也，立意深刻，文采飞扬，佩服，微臣真是大开眼界呀。受教，受教。"

"呵呵呵，"永璂冷笑道，"卢大人过奖了。"

两人正聊得起劲，外面一个尖细的声音喊道："十五爷永琰驾到。"

"十五爷？想不到他会来。"永璂急忙迎了出去。

十五皇子永琰带着两个随从挑着寿礼进了院，永璂从屋里出来，拱手道，"十五弟来了，不曾远迎，恕罪，恕罪。"

永琰深施一礼，说："小弟见过十二哥，喜闻十二哥22岁寿辰，小弟特来为十二哥祝寿。"

"十五弟免礼，快请进屋。"

永琰进屋落座后，说："额娘知道今日是十二哥的生日，特意给十二哥备了一份生日礼物，托小弟问候十二哥。"

"多谢皇贵妃娘娘厚恩，"永璂拱手道，"请十五弟代为转达兄对皇贵妃娘娘的谢意。"

自从那拉皇后去世后，皇子们很少与永璂来往了，唯有这个十五弟永琰时常来看望他，在永璂的兄弟们中，永璂从小就和十五弟非常要好，尽管那拉皇后留下的遗书里叮嘱永璂小心提防令皇贵妃，但是，这并没有影响他和十五弟的感情。这一年，永琰已经14岁了，兄弟俩依然保持着幼年时的真挚友情。当天，永璂特地置办一桌丰盛的酒席，与十五弟和卢玉光开怀痛饮。席间，永璂海阔天空的一顿神侃，让卢玉光摸不着头脑，永琰也不知原委，只是陪着永璂一阵阵傻笑。

那天以后，永璂批书时就格外小心了，每天都等思雨和丫鬟们离开书房后，才开始他的工作，并且规定，没有他的允许，任何人不得进入书房。他尤其对思雨多了一份戒心，时刻留意思雨的动向。

秋风乍起，金黄的叶子在毓庆宫的院子里飘舞。

两个太医提着药箱从令皇贵妃的寝宫里出来，十五皇子永琰跟在太医身后。三人走到院子中间，永琰小声问："王太医，额娘的病情如何？"

王太医说："通过脉诊、望诊和问诊，综合皇贵妃脉象、气色、睡眠、二便及饮食等情况，皇贵妃是心脏的功能失常，则其他脏腑的功能也必会受到影响，形体也会受到严重的损害。总的来看，皇贵妃这次病得不轻啊，已经用了十服药了，仍不见好转。下官再将药方调整一下，随后差人将药送过来。"

“唉！但愿额娘能闯过这一关。”永琰的心情格外沉重，对王太医说，“你们给皇阿玛上折子吧，将额娘的病情据实奏报。”

“喳，微臣一定尽全力医治皇贵妃。”

两位太医走后，永琰在院里愣了一阵，慢慢走进皇贵妃的寝宫。

魏氏躺在病榻上，气息微弱。她从七月病倒以后，虽经太医百般诊治，病情却始终不见好转，反而越来越重了。她知道，自己的大限快要到了，可是，有一块心病始终难以放下，这个心病就是十二皇子永璂。皇帝说，也许当初自己记错了，可能没有写下那份传位诏书，皇帝倒是并不太在意那份诏书，说即使永璂私藏了传位诏书，也绝无继位的可能，朕随时可以册立一个继位人，那张诏书就是一张废纸了。可是，在魏氏看来，这张不见踪影的传位诏书始终是一个潜在的危机。假如有一天，皇上突然发生不测，永璂亮出皇上的圣旨，朝廷上有人再振臂一呼，那永璂就能毫不费力地登上皇帝宝座。还有，年初时发现永璂在批改什么书，几次派人查询均一无所获。永璂到底在写什么呢？假如他把那拉氏被废的真相记录下来，那对永琰也是极为不利的。无论如何，永璂的存在都对永琰构成极大的威胁。自己时日已经不多了，一定要在本宫死去之前，一劳永逸地铲除永琰的后患。

永琰慢慢走到魏氏的病榻前，望着虚弱的额娘内心焦急不安，他极力装出一副轻松的样子，安慰魏氏：“额娘，王太医说回去调整一下药方，下午就差人送药来，额娘再吃几服药，就会康复的。”

魏氏的脸上挤出一丝笑容：“好儿子，你不用编些好话来安慰额娘，额娘的身子骨自己最清楚。额娘放心不下的是你呀。”

永琰极力忍住眼泪：“额娘休要胡思乱想，您的病一定会医好的，儿臣还等着给额娘恭祝50大寿哪。”

“我儿有这份孝心，额娘也就知足了。”魏氏伸出手来，摸摸永琰的脸，深情地注视着他，“永琰，你不用在这里陪额娘了，你去传胡世杰来，额娘有些事情要交代他去办。”

“好，额娘好好歇息，儿臣这就去传胡世杰。”永琰起身向门口走去。

半个时辰后，胡世杰一溜小跑地进了毓庆宫的院子，在皇贵妃的寝宫门前放慢脚步，整整衣衫。在门口侍立的太监说：“胡总管稍后，容奴才向皇贵妃禀报。”

胡世杰点点头，太监转身进了屋。一会儿，屋里传来那个太监的声音：“胡总管觐见。”

胡世杰躬身进殿，穿过大堂，走到皇贵妃的寝室门口跪下："奴才胡世杰拜见皇贵妃。"

寝室里传来皇贵妃微弱的声音："胡总管进来吧。"

"喳。"胡世杰爬起身来，慢慢走到魏氏的病榻前，"皇贵妃凤体安康否？"

魏氏不回答胡世杰的问话，对身边的一个丫鬟说："把那个双凤紫砂瓶拿来。"

"喳。"丫鬟转身出去，一会儿拿着个小巧精致、雕着一对儿凤凰的紫砂瓶进来，放到皇贵妃手里。魏氏对几个丫鬟说："你们都出去。"

"喳。"几个丫鬟退了出去，屋里只剩下胡世杰和魏氏。

魏氏看了胡世杰一眼，把那个瓶子递给胡世杰："拿着。"

胡世杰接过瓶子，不解其意："这，这是……"

"这里面是印度传来的夹竹桃。"魏氏的声音不大，可在胡世杰听来却是如雷贯耳。

"夹竹桃？"胡世杰惊叫一声，"这，皇贵妃的意思是……"

"除掉十二爷！"

永琰正好走到魏氏的寝室门口，清楚地听到了胡世杰和皇贵妃的话。他瞪着一双惊恐的眼睛愣在那里——

第六十九章
误解的悲剧

永琰站在魏氏的病榻前，眼睛里含着悲切的泪花，屋里只有他们娘俩。“额娘，十二哥犯了什么错？为何要害他呀？”

“儿子，你都听见了？”

“是的，儿臣都听见了，额娘是要让胡世杰给十二哥下毒，对吗？”永琰的眼泪涌了出来，“可是，这是为何呀？”

“永琰，你坐下，听额娘慢慢跟你说。”

永琰坐到魏氏的床前。魏氏气喘吁吁地向永琰讲述了传位诏书、那拉氏被废的真相以及她的担忧，最后说：“永琰，额娘这么做，都是为了你呀。不除掉老十二，将来会给你带来大麻烦的。”

“额娘，难道为了一顶皇冠，就要害死自己的亲哥哥吗？儿臣从小和十二哥最为要好，十二哥对儿臣处处关照体贴，这份兄弟情谊儿臣如何能忘啊？为了争夺皇位，兄弟之间就要相互残杀吗？”永琰痛苦地垂下头。

“儿呀，你年纪尚小，不懂得这其中的利害关系。如果继皇后不被废除，你就是永瑆继位的最大障碍，他同样也会除掉你。要怪就怪你不该生在皇家，最是无情帝王家，从古至今都是如此啊。”

永琰那颗善良的心被无情地重创，他向魏氏恳求：“儿臣情愿不做皇帝，也不愿手足相残，求额娘放过十二哥吧。”

“永琰，你、你好糊涂啊，咳咳咳。”魏氏一阵剧烈的咳嗽，永琰吓得急忙给额娘捶背。

“额娘息怒，凤体要紧。”

“来，扶额娘起来。”

永琰将魏氏扶起来，魏氏挣扎着靠在床头上，望着永琰说：“永琰，你、你不懂，如果你不做皇帝，那你就永远会被那个高高在上的人踩在脚下。在皇帝面前，你永远是个奴才，他一句话，就可以让你什么都不是。额娘费尽心机地谋划这些，一切都是为了你呀，你可不能让额娘失望。否则，额娘死不瞑目啊。”

“苍天啊，为何会这样？呜呜呜。”永琰双手捂脸，失声痛哭。

东直门街上“浩春”茶楼的包间里，卢玉光向胡世杰拱手道：“请胡总管吩咐，只要能报皇贵妃的大恩，微臣万死不辞。”

“很好，思雨也是如此吧？”胡世杰盯着思雨，眼睛里射出一股令人生畏的寒光。

“奴婢听从胡总管吩咐。”思雨胆怯地说。

胡世杰拿出一个双凤紫砂瓶，递给思雨，说：“以后每天给十二爷上茶时，给他添点作料，明白吗？”他的脸上露出一丝阴森的微笑。

思雨用颤抖的手接过瓶子，秀丽的脸庞因过度惊恐而扭曲得苍白可怕。

胡世杰从茶楼里出来，茶楼门口停着一个两人抬的小轿。一个轿夫打开轿帘，胡世杰上了轿子，两个轿夫抬起轿子，向西走去。过了一会儿，思雨和卢玉光走出茶楼，在茶楼门口，两人低语几句，分头走去。

一个穿灰色长袍的人躲在茶楼的拐弯处，盯着远去的思雨。

永璂坐在堂屋的椅子上，手里拿着一本诗集看着，他显得有些心神不定，烦躁地把书扔到桌上，起身在屋里来回踱步。“早膳后，宫里的一个小太监偷偷给思雨传话，把她叫走了，思雨到底在干什么？为何总是神神秘秘的？”永璂心中疑虑重重。

穿灰色长袍的人快步走进堂屋，对永璂低语：“十二爷，思雨和卢玉光在东边街上浩春茶楼的包间里与胡世杰会面，行踪很诡秘。”

“胡世杰？思雨为何去见他？”永璂的心中陡然冒出一股凉气，“他们谈了些什么？”

那人说：“奴才不敢靠得太近，没听见他们的谈话，但思雨的神色很慌张。”

“好，我知道了，你去吧，这件事不能跟任何人提起。”

“喳。”那人退了出去。

永琪一下子跌倒在椅子上，脑袋里嗡嗡作响。“思雨？从小一起长大的玩伴，竟然是胡世杰安插在我身边的眼线？他们到底掌握了什么情况？胡世杰是受了谁的指使？难道是皇阿玛？”永琪感到一阵阵悲凉，“如果思雨都能背叛我，那还有谁值得信赖？上次生日那天，那个卢玉光显然是受人指使来摸我的底的，是谁在指使他？”

永琪想起了皇额娘的最后警告：小心令贵妃，她是一条含着微笑的毒蛇。“思雨嫁给卢玉光是令皇贵妃赐婚的，皇贵妃为何如此关照思雨？难道，胡世杰、思雨和卢玉光都是受皇贵妃的指使？皇贵妃为何要这么做？皇额娘遗书上说，她的被废是皇贵妃在皇阿玛面前屡进谗言、挑拨离间造成的，并且跟帝位继承人有关，难道皇贵妃也知道那份传位诏书的事？皇额娘死后，自己几次遭人追杀，这断然不是皇阿玛所为，即使皇阿玛不待见我了，也绝不会指使人暗杀他的亲生儿子，他要想让我死，一个口谕就解决问题了，无须大费周折。难道是令皇贵妃为了让自己的儿子永琰继位，要千方百计地除掉我吗？”

那一夜，永琪的心像波涛汹涌的大海，久久不能平静，儿时和永琰、思雨友好相处的情景不断地在脑海中涌现——

碧波荡漾的圆明园福海上漂荡着一艘龙舟，在温柔的春风轻拂下，湖面上荡起层层涟漪。12岁的永琪带着4岁的小弟弟永琰和10岁的丫鬟思雨，在几个太监的呵护下，在船上嬉戏。一条金色的鲤鱼高高跃起，恰好落在船舱里。

“哎呀，一条大金鱼。”永琪和思雨扑上去，一阵手忙脚乱地抓鱼。那条鱼在船舱里噼里啪啦乱蹦，费了好大劲，永琪才将金鱼按住。他双手握住鱼头，对身后的太监说：“你们愣着干什么，快找个水桶来。”

“喳。”太监们慌忙在船舱里寻找水桶，可哪里有什么水桶。

那鱼一阵扑腾，挣脱了永琪的手，一下掉在思雨的怀里。“啊——”思雨吓得一声尖叫，永琰也吓得直往后缩。那鱼扑腾几下，猛地蹿到水里，转眼间没了踪影。

“哎呀，又让它跑了。”永琪遗憾地说，“思雨，你太笨了，那鱼都掉到你的怀里了，你还让它跑了。”

“奴婢害怕嘛，”思雨噘着小嘴说，“瞧，把奴婢的衣服都弄湿了。”

“唉，一条鱼有什么可怕的，你也太胆小了。”

几个孩子在湖里戏耍了一阵，登上湖中的蓬莱瑶台游玩。永瑆指着福海中央三个岛上的仙山楼阁说："思雨，你知道这里为何叫蓬莱瑶台吗？"

思雨说："奴婢不知，请十二爷赐教。"

"蓬莱瑶台一景，是仿照唐代著名画家李思训的'一池三山'画意建造的。"永瑆解释道，"相传，秦始皇妄想长生不老，方士徐福上言称，东海中有三座神山，曰蓬莱、方丈、瀛洲，有仙人居住。于是秦始皇就派徐福率童男童女数千人，入海寻仙境、求仙药。世宗皇帝让工匠在东湖之中用嶙峋巨石堆砌成大小三岛，象征传说中的蓬莱、瀛洲、方丈'三仙山'，岛上建有殿阁亭台，望之若金堂五所，玉楼十二，并按'徐福海中求'的寓意，把东湖命名为'福海'。"

"谢十二爷赐教，奴婢长学问了。"

临近中午时，太监们在六方亭里摆下丰盛的茶点和果品，永瑆和永琰坐在桌前，品尝各种美味，思雨在一边伺候着。永瑆说："思雨，你也坐下来吃。"

思雨慌忙摆手："奴婢不敢，十二爷和十五爷在上，哪里有奴婢的位子。"

"哎，让你坐你就坐嘛，我可没拿你当丫鬟。"永瑆拉着思雨坐下。

"对，思雨姐姐不是丫鬟。"永琰扬起天真的小脸，望着思雨嘻嘻地笑着。

思雨诚惶诚恐地坐下，永瑆夹起各种小吃，往思雨的碗里放："来来来，这个好吃，你尝尝。"

"奴婢谢过十二爷、十五爷。"思雨扭扭捏捏地拿起了筷子，夹了一块点心塞进嘴里。永瑆伏在思雨的耳边悄声说："再过几年，我跟皇额娘讨了你做我的福晋，如何呀？"

"十二爷快休如此说，折煞奴婢了。"思雨惊得脸色绯红，泪光点点。

"哈哈哈。"永瑆开心地大笑。

其实，永瑆并非是跟思雨说笑，他是真的很喜欢思雨，在他心里，思雨不是丫鬟，而是一个时时能让自己开心的小天使。可惜，永瑆还没来得及跟皇额娘讨思雨做福晋，皇额娘就被打入冷宫了。在思雨被令皇贵妃赐予卢玉光做妻子时，永瑆着实难受了很久，但是，在自己都处境不妙的情况下，他哪敢阻止皇贵妃的指令。在思雨成为卢玉光的夫人之后，永瑆也不得不遵从皇阿玛的圣旨，娶了个蒙古姑娘做福晋。好在，思雨一直在自己身边，这让永璂失落的心多少有了些安慰。可是，永璂万万没有料到，和他一起长大的小天使，竟然成了谋害他的人的帮凶。

窗外星光灿烂，永璂伤心的泪水将枕头浸湿了一片。

万簇金箭似的霞光，从云层中迸射出来，院子里的银杏树在朝阳的映照下一片金黄。

思雨神情木然地坐在梳妆台前，盯着桌上的双凤紫砂瓶发呆，昨晚她和永璂一样，思绪万千，久久难以入睡。她从小和永璂一起长大，十二爷聪明、英俊、善良的影子早已深深地印在她那颗天真纯净的心里。虽然她是十二爷的丫鬟，但是，永璂却一直拿她当妹妹一样看待，从未责罚和欺负过她，甚至当她受到太监的责骂时，永璂都挺身相护。那年，当十二爷对她耳语，将来要娶她为福晋时，她的心中像吃了蜜一样甘甜无比。从那天起，她更加留意十二爷的一举一动，脑海中时常闪出种种美妙的遐想，经常在睡梦中看见自己身着华丽的皇子福晋的盛装，和十二爷漫步在花前月下，那种美妙的情景让她回味无穷，经常会痴痴地冥想一整天。当她被令皇贵妃赐婚于卢玉光时，她觉得自己那颗纯净无比的心被撕裂了，剧烈的疼痛弥漫全身。可是，面对强大无比的皇贵妃，她没有半点抵抗的能力。当她穿上结婚礼服，坐上花轿的那一刻，她清楚地看到了永璂脸上痛苦万分的表情。她在花轿里泪流满面，默默地呼唤着心中神圣的爱人：“十二爷，您不是说要娶我做福晋吗？奴婢一直等着那一天哪。可惜呀，皇后早早地去了，十二爷现在已经无能为力了，是吗？可是，奴婢又能如何？皇贵妃的指令岂是一个卑微的丫鬟所能抗拒的。十二爷，上天注定要惩罚我们，不会给我们机会让我们永远在一起的。原谅奴婢吧，下辈子奴婢再嫁给您吧。无论如何，十二爷，请您相信，您永远是奴婢最爱的人。”

思雨痴呆呆地回想着和永璂一起相处时的美好情景，脸上露出一丝甜甜的微笑。猛然间，胡世杰的话在她耳边回响：“每天给十二爷的茶里加点夹竹桃粉，日子久了，就会产生奇妙的效果，谁也不会怀疑是你搞的鬼。记住，你若想让自己的宝贝儿子和夫君好好活着，就得照我说的去做，明白吗？”

“天哪，为何要这样啊？我该如何是好呀？”思雨的心像刀割一样难受，她一下扑在梳妆台上，低声抽泣着。

早膳时，永璂的福晋看见思雨一脸愁云，两只眼睛红红的，关切地问：“思雨，你怎么了？”

“啊，没、没什么，”思雨心里一阵慌乱，“昨晚没、没睡好觉。”

“为何睡不好觉？”永璂盯着思雨问。

“奴婢的儿子偶染小恙，奴婢心中挂念，故一夜未眠，并无大事。”思雨极力掩饰自己的不安。

“哦，若是惦记儿子，你随时可以回去看他，不必为难。”福晋安慰了思雨几句。永璂充满疑虑的目光从思雨脸上扫过。

早膳后，思雨端着茶盘到茶房里沏茶。窗外，一双警惕的眼睛盯着思雨的一举一动。

思雨先将茶壶洗净，放上茶叶，倒满开水。然后从怀里掏出一个小纸包，将纸包里的白色粉末倒进茶壶里。

“思雨！”背后突然传来一声大喝，思雨吓得浑身一哆嗦，手中的纸掉在地上。她惊恐地回头看去，只见永璂满脸怒容地站在她身后。“你往茶壶里放了什么？”

思雨惊恐地后退几步，浑身颤抖地靠在墙上：“没、没什么，十二爷，真的没什么。”

“你胡说，我明明看见你往茶壶里倒了些白色的粉末。”永璂弯腰捡起那张纸片，眼睛里喷出怒火，“你说，这张纸里包的是何物？”

“十二爷，奴婢没、没有害您，十二爷相信奴婢，真的没有害您。”思雨心如刀绞，泪如泉涌。

“好啊，思雨，我一直拿你当妹妹一样看待，没想到你竟然是一副蛇蝎心肠。”永璂怒吼道，“你以为我不知道，你和胡世杰那个阉货串通一气，来谋害本皇子，还有你那个夫君卢玉光，也不是什么好东西。”

“十二爷，”思雨扑通一下跪倒在地，哭喊，“十二爷待奴婢恩重如山，奴婢实不敢加害于十二爷啊。那茶水里没有毒，奴婢喝给十二爷看。”

思雨起身扑过去，满满斟了一杯茶，一仰脖喝了下去。

“那你说，这张纸包里的白色粉末是什么？”

“十二爷饶过奴婢吧，奴婢不能说呀。”思雨悲哀地嘶喊着，“奴婢要是吐露半个字，我的儿子和夫君都会没命的。”

“好，既然你不说，那你就给我滚蛋。”永璂指着门口大吼，“滚，我永远也不想看到你。”

思雨呆呆地望着永琪，巨大的悲痛已经让她无法承受了。“十二爷多保重，您的大恩奴婢来生再报吧。”她庄重地给永琪磕了一个头，爬起身来，冲出门去。

永琪府上的看门人隐在茶房后面，清楚地看到了茶房里发生的一切。

两天后的夜晚，黝黑的天空布满阴郁的黑云，凄惨的月光洒在地上，把仅有的几根枯草，也埋进了昏暗的夜色里。

两个太监拖着一个宫女走进一间闪着幽光的屋里，将宫女狠狠地推倒在地，厉声道：“跪下！”

这个宫女是思雨。她挣扎着爬起来，跪倒在胡世杰面前。

胡世杰冷冷地看着思雨，阴狠地说：“思雨，你好大胆子，竟敢将那个药瓶调换了，我看你是活腻了。”

思雨慢慢抬起头来，她头发散乱，脸色苍白，一股殷红的鲜血顺着嘴角淌了下来。两天前的一个情景在她的脑海里浮现——

永琪府上，思雨呆呆地坐在自己房间的梳妆台前，盯着手里的双凤紫砂瓶。“如今，自己要成为谋害十二爷的帮凶并要亲手害了十二爷吗？不！十二爷待我恩重如山，他是我心中永远的爱人，我绝不能干这伤天害理的事。可是，如果不按胡总管的指令行事，我的儿子、丈夫怎么办？”那天，她焦躁不安地徘徊了很久，终于下定决心，把瓶子里的药粉倒掉，偷偷换成了麦粉。

思雨瞪着两只血红的眼看着胡世杰，艰难地说：“十二爷是、是皇上的龙子，是继皇后的一条根，我、我不能、害、害了他，这是要遭天谴的。”

“哼哼哼，好一个重情重义的丫鬟，既然你对继皇后和十二爷如此忠心，那我就成全了你吧。”胡世杰向那两个太监挥了一下手，“来呀，送她去见继皇后吧。”

几个太监一拥而上，将思雨面朝上绑在一个长长的板凳上，一块接一块的热毛巾盖在她的脸上。思雨的喉咙里发出咕噜、咕噜的可怕声响，一阵痛苦的挣扎后，思雨双脚一蹬，气绝身亡。可怜忠诚善良的思雨，被活活憋死。当晚，思雨的丈夫卢玉光和儿子、奶妈均惨遭杀害。

几天后，康烈尔将思雨一家的悲惨遭遇告诉了永琪，沉痛地说：“思雨是个忠诚善良的好姑娘，十二爷错怪她了。”

听到这个噩耗，永琪如五雷轰顶：“思雨、思雨，我的好妹妹，是我错怪了你呀——”永琪撕心裂肺地呼喊着思雨的名字，悔恨交加，痛彻心扉。

乾隆四十年正月二十九日，毓庆宫里一片哀号之声，令皇贵妃魏氏撒手人寰，终年 49 岁，和那拉氏一样，没到 50 就寿终正寝了。册谥令懿皇贵妃，葬入清东陵的裕陵地宫，位于乾隆帝梓宫西侧，等待着和乾隆皇帝在九泉下团聚。乾隆六十年九月初三，魏氏的愿望终于得以实现，乾隆帝宣示皇十五子永琰为皇太子，同时追封其母令懿皇贵妃魏氏为皇后，册谥孝仪皇后。永琰继位后，将其家族抬入满洲旗，改魏氏为魏佳氏。

这位心机缜密的汉族女人，为铲除挡在自己儿子永琰继位路上的绊脚石，可谓机关算尽，终于在她临死前向永琪射出了致命的一箭。

第七十章
皇子的惨死

静静的月光从雕花木窗透进来，零碎地洒在了屋里的文案上，青色的窗帘随风而漾，轻轻地拂过造型奇特的宫灯，灯罩里的烛光随风摇曳。墙角处一个檀木架上的香炉里升起阵阵袅袅的香烟，弥漫着整间屋子。

胡世杰手里拿着一封信，凑到灯底下仔细看着。信上只有几行字，可是，就这几行字却让胡世杰心惊肉跳。信上写道：继续按指令行事，期限一年之内，如果逾期没有完成，皇上将收到你刺杀十二皇子的证据，等待你的将是满门抄斩。

这是令皇贵妃魏氏死后的第二天晚上，胡世杰忙完了一天的差事，精疲力竭地回到自己的住处，刚一进门，他就看见了地面上的这封密信。胡世杰知道，这是令皇贵妃给他的最后指令，要他继续完成用慢性毒药暗杀永璂的差事。胡世杰以为，皇贵妃一死，他再也不用提着脑袋去干那灭门九族的勾当了，可他万万没想到，这个皇贵妃真是聪明至极，死了以后还在对他发号施令，而且，她的命令是那样的不可抗拒。

“唉，我算是无法逃脱了。”胡世杰哀叹道，“皇贵妃呀，您到死也不放过奴才，那个十二爷真的能碍着十五爷登基吗？为何苦苦相逼呀？”可他转念一想，“假如我真的做成了这件事，为十五爷的继位扫清了障碍，我就是首功啊，那我祖祖辈辈就有享不尽的荣华富贵呀。无论如何，我已经在贼船上了，想要脱身已经不可能了，只能提着脑袋干吧。十二爷呀，对不起了，不是奴才心狠，奴才也是没办法啊。要怪只能怪您的命运不济，偏要生在这帝王之家啊。”

几天后，在令皇贵妃大丧头七日，永瑆进宫去为皇贵妃吊唁，他身边的丫鬟小玉被两个太监带到东直门内的一个小四合院里。进入堂屋后，小玉看见胡世杰阴沉着脸，端坐在椅子上。小玉急忙跪倒："奴婢给胡总管请安。"

胡世杰一言不发，盯着小玉看了好一阵子，小玉瞥了一眼胡世杰充满杀气的脸，她除了恐怖已经没有了其他感觉。

"你叫小玉？"胡世杰终于开口了。

"回胡总管话，奴婢正是小玉。"

"今年几岁了？"

"奴婢 14 岁了。"

"哦，正是青春年少啊。"胡世杰阴阳怪气地说，"我知道，你家里有父母双亲和哥哥、姐姐，还有一个弟弟，对吗？"

"正是。"

"听说，你的家人都是一个富豪的奴仆，靠给人家种地、做工过活，我没说错吧？"

"是的，没错。"

"那么，你想不想让你的家人，包括你自己都过上好日子呢？"

"当然想，"小玉像是看到了一线希望，抬起头看了胡世杰一眼，"胡总管是何意？"

"眼下，有一件事情，只要你按照我的指令去做，你的家人从此后就可以有自己的二十亩地了，还可以有两匹马和齐全的农具，那样，你家就再也不用给人家当奴才了。"胡世杰盯着小玉说，"怎么样？你愿意去做吗？"

小玉的心怦怦地跳着，不知是什么原因让这样的好事落在自己头上，她忐忑不安地问："不知胡总管要奴婢做何事？"

"事情很简单，"胡世杰从桌上拿起一个精致的小瓶子，说，"以后你每天给十二爷上茶时，把这个小瓶子里的粉末往茶里倒上一点，就可以了。"

小玉心里猛地一惊，脸色瞬间变得苍白可怕："那、那瓶子里是、是什么？"

"你问得有点太多了，"胡世杰的眼里射出可怕的寒光，"你只要照我的话去做，没必要知道那么多。"

"这、这……"小玉吓得浑身颤抖。

“怎么，你想抗命吗？你知道思雨一家是怎么死的吗？那就是抗命的下场。”胡世杰冷冷地看着小玉，口气不容置疑，“现在，你一家老小的命都在你手里，你是想让他们上天堂，还是想让他们下地狱，就看你的一句话了。”

小玉万般无奈，伸出颤抖的双手，接过了那个瓶子。

高大的松树苍翠地挺着不屈的身子站在白皑皑的雪地里，随着凛冽的西北风，摇晃着坚强的身躯，发出尖厉刺耳的呼啸，似乎在蔑视那刺骨的寒风肆意蹂躏天下的苍生。

两匹马拉着一辆金黄色的龙蟠做的车篷在雪地上行走，车后跟着两个小太监。马车在一个高台阶的朱漆大门前停下，小太监拉起轿帘，永瑆从马车上下来，走上台阶，叩响门环。一会儿，一个仆人开了门：“噢，十二爷来了，快快请进。”

永瑆走进院子，仆人在他身后高喊：“十二爷驾到！”

图敏出现在正房门口，对永瑆拱手道：“十二爷来了，快请进屋。”

永瑆随图敏进了屋，迎面一股热气扑来，永瑆不由得打了几个喷嚏。

图敏说：“这天气太冷了，十二爷快坐在火盆前烤烤火。”

永瑆把衣袖里的暖炉放到桌上，坐到火盆前，伸出两只手烤火。丫鬟端上茶来：“十二爷请用茶。”

永瑆接过茶来喝了几口，觉得一股暖流在身体里流淌。忽然，永瑆爆发出一阵剧烈的咳嗽，“咳咳咳，咳咳。”图敏急忙站起身来，给永瑆捶背：“十二爷的病还未见好？”

永瑆摆摆手：“图兄请坐，不碍事的。最近，老是咳嗽，经常身体乏力，太医瞧过几次，也没少吃药，总是不见好转。”

“哎呀，十二爷怕是太劳累了吧，是否经常熬夜批书啊？”图敏关切地问。

“是啊，”永瑆从怀中掏出几卷书稿，又咳了一阵，气喘吁吁地说，“这几回已经批完了，图敏兄请过目。”

图敏接过书稿，说：“十二爷还是好好歇息一阵，调理好身体，再批书不迟。”

“唉，”永瑆叹道，“我这病总不见好，随它去吧。我只担心图诚兄，他比我辛苦多了，不知他的进度如何了？”

“书已完成大半了，有些章回还需再做些调整，我这里已把基本定稿的章回抄录好了。”

永瑆迫不及待地说：“快拿与我看。”

“十二爷，您还是等身体康复了再批吧？”图敏有些于心不忍。

“不碍事的，如果不批书，我的病也许会更重的。”

“唉！”图敏叹了口气，起身走进书房。一会儿，他拿着几本抄好的书稿出来，递给永瑆，说：“这是第四十五回至五十回的文稿，我已经校对抄录好了。”

“太好了，咳咳咳。”永瑆接过书稿，又咳嗽一阵，说，“我回去马上评述。”

已经是深夜了，一片静谧中，纷纷扬扬的雪花缓缓自夜空飘落，轻盈的雪和着夜的舞曲，覆盖了京城里的一切。

永瑆的书房里还亮着灯，小玉左手提着一个灯笼，右手提着一个餐盒从后院的一个屋里出来，穿过月亮门，向永瑆的书房走去。

永瑆伏在书案上，看着第四十五回的文稿：蘅芜苑的一个婆子，也打着伞提着灯，送了一大包上等燕窝来，还有一包子洁粉梅片雪花洋糖。说：“这比买的强。姑娘说了：姑娘先吃着，完了再送来。”黛玉道：“回去说‘费心’。”命他外头坐了吃茶。婆子笑道：“不吃茶了，我还有事呢。”黛玉笑道：“我也知道你们忙。如今天又凉，夜又长，越发该会个夜局，痛赌两场了。”婆子笑道：“不瞒姑娘说，今年我大沾光儿了。横竖每夜各处有几个上夜的人，误了更也不好，不如会个夜局，又坐了更，又解闷儿。今儿又是我的头家，如今园门关了，就该上场了。”

永瑆看到“婆子”两字，微微一笑，暗思：“‘婆子’？实乃太监也。”他提笔在这段文字间批道：[几句闲话将潭潭大宅夜间所有之事描写一尽。虽偌大一园，且值秋冬之夜，岂不寥落哉？今用老妪数语，更写得每夜深人定之后，各处灯光灿烂、人烟簇集，柳陌之上、花巷之中，或提灯同酒，或寒月烹茶者，竟仍有络绎人迹不绝，不但不见寥落，且觉更胜于日间繁华矣。此是大宅妙景，不可不写出，又伏下后文，且又衬出后文之冷落。此闲话中写出，正是不写之写也。脂砚斋评。]

小玉推门进来，将餐盒放到桌上，柔声道：“十二爷，福晋让奴婢给您送夜宵来了。”

“好，你放到桌上吧，一会儿我再吃。咳咳咳……”永瑆一阵猛烈的咳嗽，小玉急忙过来给他捶背。永瑆用手帕捂住嘴，剧烈地咳着，只觉

得嗓子里一股热流涌出，喷在手帕上。他拿着手帕一看，上面沾满殷红的鲜血，

“啊，十二爷，您、您吐血了！”小玉的面色一刹那变成了青灰色。

永琪气喘吁吁地说：“不碍事，不要告诉福晋。”

“十二爷，”小玉的脸上满是罪恶的愧疚神色，“您、您不要再这样熬夜了，早点歇息吧。”

“好啦，我知道了，你去吧。”永琪挥挥手，小玉望着永琪苍白的面孔，心里在流血。

小玉走到院子里，回头看着永琪的窗户，听着屋里一阵阵剧烈的咳嗽声，如万箭穿心，她双腿一软，扑通一下，跪倒在雪地里，泪水滚滚而下。

“十二爷，是奴婢害的你呀。可是，奴婢是万般无奈呀，如果我不这样做，我的全家都会没命的。十二爷，奴婢该死，来生为您做牛做马来赎罪吧。”小玉朝着永琪的房间，重重地磕了几个头。

第二天早膳后，小玉端着茶盘又来到茶房里。沏好茶后，她从怀里掏出个小纸包展开，里面是一小撮白色粉面。她刚想把粉末倒进茶壶里，脑海中猛然闪出十二爷惨不忍睹的样子，她浑身打了个寒战，猛然缩回手，在屋里痛苦地徘徊、犹豫着。胡世杰阴冷的话在她耳边回响：“记住，每天都要往茶里放一点粉末，你若敢中途停止，那你和全家人的死期就到了。”

小玉跪倒在地，仰望上空，喃喃自语：“苍天啊，饶恕我的罪孽吧，我实在是没有办法啊。”小玉爬起身来，脸上挂满泪珠。她哆哆嗦嗦地展开纸包，一咬牙，把粉末倒进茶壶里。

乾隆四十一年正月二十八日，十二皇子的府邸里传来阵阵撕心裂肺的哭声。永琪那颗伤痕累累的心脏终于再也无法承受致命的伤害，永远地停止了跳动，时年 24 岁。当时，《红楼梦》尚未全部完稿，“书未成”永琪“泪尽而亡”。

令皇贵妃魏氏去世的日子是乾隆四十年正月二十九日，永琪和魏氏去世的日子是那样神秘，只差一天。魏氏，一个出生于九月九日这个最大数字的神秘女人，终于在自己去世一周年的前一天，永远地除掉了自己儿子继位途中的最大障碍。难道这一切都是上帝安排的吗？

清东陵西峰口外朱华山的端慧太子园寝里寒气逼人，一片肃然。这

个陵寝是为乾隆第二子永琏而建，他是孝贤纯皇后富察氏的嫡子，故称作端慧皇太子园寝，富察皇后的另一个儿子悼敏皇子永琮也葬在这里。永璂死后就葬在了端慧太子园寝里，三位多灾多难的皇后之子终于在地下团聚了。永璂的园寝规制较小，享殿覆筒子瓦，布瓦盖顶，与东侧的太子陵相比大为逊色。

永璂下葬的那日，无穷无尽的雪花从天穹深处飘落，如同窈窕的仙女穿着白色的丧服，用悲壮的舞姿向屈死的冤魂致哀。十五皇子永琰和图诚、图敏等皇室宗亲在永璂灵前垂首默立，永琰望着十二哥的灵位，心里发出阵阵悲鸣："十二哥，我知道你是怎么死的，恕小弟懦弱，无力阻止那场阴谋。愿你来生不要再投胎于皇家，这个家族是最无情、最冷酷的。好哥哥，弟愧对于你，愿你的灵魂得以安息，在天堂里尽享太平日子吧。"

对于十二哥永璂的惨死，永琰一直心存罪恶感，在他继位后，于嘉庆四年三月追封永璂为贝勒，过继十一皇子永瑆第四子绵偲为嗣。本来，嘉庆想直接追封永璂为亲王，但在族兄的提醒下，担心对永璂追封过高，引起朝中大臣和皇室宗亲的猜忌，故颁旨追封其为贝勒，了却了心中的一份愧疚。

永璂去世后的一个月里，小玉神魂颠倒，六神无主，每当夜幕降临时，永璂的影子就像幽灵一样时时在她眼前飘荡，她一次次地从噩梦中惊醒，一次次地痛不欲生，永璂哀伤的目光，一直悬吊在眼前，令她无法摆脱，闭上眼照样清晰可见。她就这样度过了一个个漫长、恐怖的黑夜，当晨光照亮窗户的时候，她忧郁地想，自己迎来的也许是更加凄惨的一天。这一日傍晚，小玉侍奉永璂的福晋吃完晚饭，神情恍惚地走进自己的屋里，划了根火柴，点燃了桌上的油灯。她刚一回身，猛然看见床边坐着一个人，那人慢慢转过脸来，一张惨白的脸上满是愤怒的表情，那是永璂。

"啊——"小玉吓得尖叫一声，一头栽倒在地。

屋子里响起永璂低沉的声音："小玉，你好狠心啊，本皇子待你不薄，你为何要这么做啊？"

"十二爷，奴婢该死，是奴婢的罪过，十二爷恕罪，奴婢是万般无奈呀。"小玉使劲磕头，发出阵阵哀鸣声。

屋里一片沉寂。小玉慢慢抬起头来，坐在床边的永璂不见了。她四下看看，屋里空无一人，刚才的惊魂一幕是自己的幻觉吗？小玉慢慢爬起身来，惊魂失魄地走到床边坐下，回头一看，永琪又出现在桌子边，嘴角挂着一丝冷笑：“你以为自己做得天衣无缝吗？真没想到，你小小年纪如此狠心，竟在背后下此毒手，我好寒心啊。”

“十二爷，”小玉惨叫一声，扑倒在床上，拼命揪着自己的头发，哭喊道，“十二爷，奴婢好糊涂啊，是奴婢害了你，十二爷是来索命的吗？奴婢该死，奴婢给您偿命。”她使劲用拳头捶打着床铺，“老天爷啊，饶恕奴婢的罪孽吧。”

永琪又消失了。

月牙静悄悄地爬上树梢，满天的星星眨着惊恐的眼睛，默默地注视着人间的一切。小玉披头散发地呆坐在窗前，口中不住地低声自语：“十二爷，奴婢罪孽深重，上苍也不会饶恕我的。十二爷，奴婢给您偿命，奴婢这就来了。”

小玉终于再也无法承受沉重的罪恶感的折磨，她跪倒在地，向着东南方向磕了几个头。然后爬起身来，将一根白色长带挂在房梁上，挽了一个套，慢慢地套在自己的脖子上。

“十二爷，奴婢向您赔罪了。”她用力一蹬，脚下的凳子砰然倒地，小玉的身子悬挂在房梁之上了。

得知小玉的死讯后，胡世杰脸上泛起一丝冷笑：“哼哼，小丫头还挺知趣，省着本总管动手了。”

胡世杰漫步到毓庆宫里，在令皇贵妃的灵牌前祷告了一番：“皇贵妃泉下有知，您的神机妙算终于成功了，只差一天，一年的期限就满了。这回，皇贵妃可以安息了，十五爷可以稳稳当当地继位了。等十五爷坐上皇位的那一天，皇贵妃可否给新皇上捎个信，莫忘了奴才的微功啊。”

那天，胡世杰的心情格外爽快，一整天都觉得神清气爽。到了晚上，侍奉皇上睡下后，他向自己的小院走去。刚进院门，两边闪出两个黑影，胡世杰还未来得及喊叫，一根绳索就套在他的脖子上。一阵挣扎后，胡世杰吐出了长长的舌头。

第二天，太监们发现胡世杰在自己的屋里上了吊，所有的人都深感诧异。

乾隆四十一年四月二十六日夜里，当京城里的万家灯火悄然熄灭的时候，图敏宅邸里的书房还亮着灯，图敏在灯下批阅《石头记》。当他看到第二十七回中的描写："至次日乃是四月二十六日，原来这日未时交芒种节。"大观园的姑娘们早早就起来忙活了，"或用花瓣柳枝编成轿马的，或用绫锦纱罗叠成干旄旌幢的，都用彩线系了。每一棵树上，每一枝花上，都系了这些物事。满园里绣带飘摇，花枝招展"。

图敏知道这段描写隐写的是永琪的生日，永琪生于乾隆十七年四月二十五日，次日是四月二十六日，没有交芒种节的时辰，图诚巧妙地把永琪的生日隐写于书中。看到书中的"四月二十六日"，图敏猛然想起今日正是四月二十六日，昨天是永琪的生日，如果他活着，就满 24 岁了。永琪小小年纪就失去母爱，还不到 24 岁就悲惨地死去，着实令人哀伤。图敏提笔在书中批道：[能解者方有辛酸之泪，哭成此书。壬午除夕，书未成，芹为泪尽而逝。余常哭芹，泪亦待尽。每思觅青埂峰再问石兄，奈不遇癞头和尚何！怅怅！今而后唯愿造化主再出一芹一脂，是书何幸，余二人亦大快遂心于九泉矣。甲午八日泪笔。]

今日是甲午月的第八日，正好是四月二十六日，畸笏叟图敏郑重地写上了令后人百思不得其解的"甲午八日泪笔"。

乾隆四十五年，《石头记》八十回基本完稿，开始在皇族极小的范围内流传。乾隆五十年，图诚对《石头记》做局部修改，图敏抄录再评，题名《红楼梦》。他在第八十回回前总批写道：[叙桂花妒用实笔，叙孙家恶用虚笔，叙宝玉病是省笔，叙宝玉烧香是停笔。]

图敏刻意批上"停笔"二字，明确表示此书终结也。

乾隆五十六年，图诚去世，图敏将《红楼梦》整理重抄，做最后一次局部修改，秘密藏匿，希望有一天，《红楼梦》能问世，使真相大白于天下。为防止他人误解《红楼梦》，图敏在一块橡木牌上刻下了一首小诗，这首小诗是解开"风月宝鉴"正反两面的密码。图敏将橡木牌交给他的舅舅保管，而他的亲舅舅就是关林的十一世祖康烈尔。

第七十一章
阴谋者现身

金碧辉煌的太和殿被沉痛悲哀的气氛所笼罩，神圣威严的皇帝宝座下掩盖了多少血腥和残忍，腾空欲飞的条条金龙也为之黯然失色。

关林望着永璂凄惨的幻影，心中阵阵悲凉：“天龙，不，应该叫十二爷，真没想到，堂堂的大清皇子，皇后的嫡生之子，竟然落得如此悲惨的下场。”

那拉皇后心如刀绞，痛不欲生：“永璂，是皇额娘害了你呀，如果皇额娘不去为你争那个皇位，你至少会封个王爷，可怜我儿，到头来不仅连个贝子也没得到，还被人谋害了性命，额娘好糊涂啊。”

永璂慢慢走到思雨面前，一把将她抱在怀里，哭喊道：“思雨，我的好妹妹，是我害了你们一家呀。你对我一片忠心，可我却不分青红皂白，无情地将你赶出家门，致使你惨遭杀害，我好糊涂啊。”

永璂使劲捶打着自己的脑袋，悔恨的泪水滚滚而下。

“十二爷，奴婢不怪你。”思雨伏在永璂的怀里，哽咽道，“这是奴婢的命，感谢上苍，又让奴婢见到了十二爷。当年奴婢没有能力阻止那场阴谋，只能是替十二爷去死了。可恨的是，即使用奴婢的命，也没有换来十二爷的安全呀。”

“那个丧尽天良的令皇贵妃魏氏，极力伪装成一副贤德的样子，其实，她就是一副蛇蝎心肠。”那拉皇后咬牙切齿地说，“佛祖是不会饶恕她的，她那丑恶的灵魂将永远在十八层地狱里被烈火燃烧。”

躲在柱子后面的刘敏，已经是魂不附体了，眼睛里含有一种被野兽追捕的恐怖神情。

“十二爷，”关林对永瑆说，“还有最后一个问题，既然你就是脂砚斋，那你当然知道，《红楼梦》里谁是那个令皇贵妃？”

“就是那个薛宝琴。”

“薛宝琴？”关林思索着，“书中描写，她长得十分美貌，贾母甚是喜爱，夸她比画上的还好看，曾欲把她说给贾宝玉为妻，王夫人也认她为干女儿。她自幼读书识字，本性聪敏，是一位近乎完美的人。”

“对，”永瑆说，“薛宝琴不是太虚幻境里的人物，金陵十二钗正册、副册和又副册里都没有她。金陵十二钗、副十二钗和又副十二钗个个命运悲惨，唯独薛宝琴独善其身，这是为何？因为她是令皇贵妃，在皇阿玛所有的妃嫔中，只有她命运最好。不仅顶替了皇额娘执掌后宫，还让自己的儿子顺利地登上了皇帝的宝座。第七十回放风筝时为何宝琴的风筝是‘大红蝙蝠’，蝙蝠是吉祥的象征，乃‘偏福’之意，正喻宝琴命运独好。”

“我明白了，”关林突然意识到问题的根本，“书中描写：贾母夸宝琴比画上的人还好，正是令皇贵妃魏氏的写照，乾隆十年十一月，入宫不过六年仅 19 岁的魏氏，便位列三嫔之首。乾隆帝封其为‘令嫔’，‘令’字语出《诗经·大雅》中的‘如圭如璋，令闻令望’，在古代汉语中有美好之意，这是因为魏氏让乾隆皇帝听到和看到的都是如玉石般善良、美好的一面，所以才会得到此封号。”

“正是，”永瑆说，“书中第五十三回写宁国府除夕祭宗祠，薛宝琴是外姓女子，又没有嫁到贾家为媳，她是不该在场的。但书中偏只有她一个外姓女子随着贾氏诸人进入了祠堂，从容旁观。这样的描写当然不合清代的风俗礼仪。图诚用这样违背常规的描写，来暗示薛宝琴在贾府中的特殊地位。你再想想薛宝琴的那首《西江月》，就明白了作者的深刻用意。”

“《西江月》？我记得那首词是这样写的：‘汉苑零星有限，隋堤点缀无穷，三春事业付东风，明月梅花一梦。几处落红庭院？谁家香雪帘栊？江南江北一般同，偏是离人恨重！’”关林沉思一阵，说：“我明白了，‘隋堤’是指商丘至永城市之间的汴河故道，正是隋朝大运河河堤，这里暗示的是京杭大运河。那拉皇后是在闰二月十八日被遣送回京的，正是‘三春事业付东风，明月梅花一梦’。那拉皇后在杭州时就已经完全失宠，回京后即被打入冷宫，真正是‘江南江北一般同，偏是离人恨重’啊。”

大殿里出现短暂的寂静，所有人的目光都集中到那拉皇后身上，只见她目光呆滞，惨白的脸上挂满泪痕。正在这个宁静的时刻，粗大的柱子后面忽然传来一阵女人的冷笑声，“哈哈哈——”音调冷酷无情，刺人心肺。在大殿里的人听来，这恐怖的笑声，就像是魔鬼的号叫。

刘敏慢慢从柱子后面走出来，冷峻的目光扫视着眼前的每一个人。“既然我身上的画皮被你们一层层地扒了下来，那就来个最后了断吧。”

关林一阵惊悸，毛发着了魔一样地冰冷地直立起来：“刘主任，你怎么在这里？你到底是谁？”

“哼哼，我就是令皇贵妃魏佳氏。”刘敏话音刚落，猛然间一道电光闪过，刘敏变身为身着明黄色龙袍的令皇贵妃。

“魏佳氏，你终于现身了。”那拉皇后指着魏佳氏，双手剧烈地颤抖着，“你这蛇蝎心肠的卑鄙小人，害了本宫还不够，连本宫的儿子也不放过，你死有余辜。”

“皇后所言差矣，”魏佳氏极力装出一副从容不迫的样子，嘴角挂着一丝微笑，“你当初为坐上皇后之位，不也是机关算尽吗？在你为老十二谋取皇位继承人时，不也是费尽心机吗？假如永琰挡了永璂的路，皇后又会怎么做？你同样会不择手段地除掉永琰，不是吗？只不过你运气不好，没能把握住时机。要怪只能怪你太沉不住气了，你以为你做了皇后，就能和皇上平起平坐了？你以为，有了那张皇上酒后写下的传位诏书，永璂就能登上皇帝宝座了？愚蠢！皇上需要的是一个温柔贤惠的妻子，而不是一个野心勃勃的后宫干政者。”

那拉氏盯着魏佳氏的幽魂，凄惨地一笑：“你说得没错，历代后宫为争皇位使尽各种阴谋手段，尔虞我诈、屡进谗言、挑拨离间、落井下石，甚至绑架暗杀，什么卑鄙的手段都能使出来。你不就是这么做的吗？可是，到头来，你争到了那顶皇冠又能如何呢？你不是也没熬过 49 岁吗？本宫好歹熬过了 49 岁的生日，而你，还没到 49 岁的生日时就一命呜呼了。你知道是何原因吗？那是本宫的亡魂在诅咒你，你作恶多端，不会活得比本宫长的。还有，本宫活着的时候，好歹做了 15 年的皇后，享尽了大清国母的荣华富贵和无比的荣耀，本宫知足了。可你呢？生前不过是个皇贵妃，死了 20 年后才被追封为皇后，你享受过一天皇后的尊荣吗？你不觉得自己很可悲吗？”

那拉氏的话句句重锤着魏佳氏的亡魂，她极力挣扎着，拼尽全力做着最后的抵抗："你、你休想羞辱我，我不在乎什么皇后之位，只要我的儿子能登上皇位我就心满意足了。"

"魏佳氏，"那拉氏一声断喝，"你以为伪装成一个温良贤德的样子，就能流芳百世吗？200多年过去了，你的芳名一直是金光闪闪、辉煌灿烂的，但本宫相信，善有善报恶有恶报，总有一天，你那张精心伪装的画皮会被无情地扒下来，你那个丑恶的灵魂会永远暴露在光天化日之下，你将世世代代受到后人的唾骂。这一天，终于来到了，感谢爱新觉罗家族的后人图诚、图敏，将本宫和永璂的悲惨遭遇以及你的丑恶行为记录在伟大的《红楼梦》中，这部巨著将成为千古绝唱。魏佳氏，你将永远被钉在历史的耻辱柱上。"

魏佳氏再也支撑不住了，一下子瘫倒在地上："皇后，臣妾有罪，臣妾给皇后和十二爷以及所有因臣妾而死的冤魂赔罪了。恳求皇后给臣妾留点面子，不要再诅咒臣妾了。大清王朝都已成为过眼烟云，消逝的历史就让它永远地过去吧。"

"哈哈哈！"那拉皇后放声大笑，"魏佳氏，你终于觉得害怕了？不错，大清王朝已不复存在，但是，罪恶和阴谋不会永远被消逝的时光埋葬。总有一天，地狱里的冤魂厉鬼都会跑出来向你复仇的，这一天已经来了，你害怕吧，发抖吧，无论你躲到哪里，都逃不过历史的惩罚。你那丑恶的灵魂将永远无法解脱，天堂的大门是不会向你敞开的，你只能在那无底深渊的地狱里忍受无穷无尽炼狱般的折磨。"

"啊——"魏佳氏发出一声疯狂喊叫，一种可怕的无法控制的恐怖让她的脸都变了形。那拉氏斩钉截铁的声音像一座大山似的向她压来，好像全部重量都压在她的头上，那种重量把她彻底压垮了。她已经不能像生前那样冷静地、缜密地分析目前的处境。她灵魂的深处想到了佛祖。"佛祖呀！饶恕臣妾吧。"她呆呆地说着，其实她并不清楚自己在说些什么，"佛祖呀！佛祖呀！"在将面临无情的审判时，她仿佛看见了佛祖。"噢！佛祖饶恕我！"她喊道，像是一块烧红的铁在烙她的心一样，此时，她所能想起的只有自己的罪恶。魏佳氏受着悔恨恐怖的煎熬，受着那拉氏义正词严的斥责所激起的羞耻心的煎熬，她惨痛和绝望地呻吟了一声，终于无法再挣扎下去，哗啦一下，她的幻影崩溃了，化成无数的碎片，向空中飘去。

那个熟悉的声音在半空中响起："无材可去补苍天，枉入红尘若许年。此系身前身后事，倩谁记去作奇传？"

云雾中，茫茫大士和渺渺真人现身，瞬间又变成了《红楼梦》的作者图诚、图敏。

那拉氏向空中的图诚、图敏拱手道：“两位皇室宗亲，尔等深明大义，不惧风险，将这桩历史谜案隐写于《红楼梦》中，使屈死的冤魂得以安息，后世万代得以明了本宫的惨痛经历，两位功德无量，本宫这里谢过了。”

图诚在空中回礼：“皇后不必客气，我兄弟二人在天堂等着与皇后相会。”言毕，图诚、图敏化作一阵清风，消失在云雾里。

那拉皇后转身看着关林说：“关林，你是我大清的子孙，在你的身体里流淌着我满洲人坚强不屈的血液。你历经千辛万苦，终于破解了红楼密码，解救了我等笼罩在魔咒下的冤魂，本宫深以为谢。”

“皇后，真没想到，我居然和200多年前的清朝冤魂搅在了一起，使我有幸得以一睹皇后的尊荣，真是三生有幸。皇后，如今冤情已了，您的灵魂可以安息了。”

“哈哈哈！”太和殿门口传来一阵笑声，随着笑声，高文忠走进殿来。

“高所长，”关林诧异地看着高文忠，说，“您怎么也来了？”

高文忠缓缓地走进太和殿。“我听说，你破解了红楼之秘，特来向你道喜。”高文忠环顾金碧辉煌的大殿，笑道，“这倒是个解读《红楼梦》的好地方，触景生情啊，妙极了。”

“高所长消息够灵通的。”关林觉得有点奇怪。

“哎呀，我研究《红楼梦》几十年了，也没搞懂其中的奥秘，没想到你一个毛头小子居然想到了《红楼梦》与乾隆皇帝有关，还跑到这当年皇帝上朝的大殿里来找灵感，呵呵，真是后生可畏呀。”高文忠扫了一眼那拉皇后和永琪的幻影，说，“哟，这里还有清朝的皇后和皇子，怎么，是在拍清宫戏吗？”

那拉氏和永琪不知该如何回答，只好闭口不语。关林疑惑地看着高文忠，问：“你能看见他们？”

“当然，”高文忠指着那拉氏和永琪的幻影说，“这不是清朝的皇后和皇子吗？哦，你们不愿告诉我是怎么回事，对吧？好了，我也不多问了，听说你还找到了一面‘风月宝鉴’，是不是和《红楼梦》里描写的那面镜子一样啊？”

“是的，正照是那拉皇后，反照是皇后的死期。”关林说。

“噢，好玄妙啊，可以给我看看吗？”

关林犹豫了一下，从手提包里拿出了那面“风月宝鉴”递给高文忠。

高文忠接过镜子端详着：“呵呵呵，果然是个宝贝，哼哼哼。”他扫了一眼关林和方莹，温和的微笑突然变成了令人不寒而栗的冷笑。

关林疑惑地望着高文忠，问：“高主任，您，您怎么了？”

猛地，高文忠向后一跃，一个50多岁的人居然跳出了十几米远，关林惊得像半截木头般的愣愣地戳在那儿。

“你们以为成功了？哼哼，没想到吧，还有我这一关你还没过哪。”高文忠冷笑道。

关林浑身打了个寒战，他用颤抖的手指着高文忠问：“你，你到底是谁？”

“我是谁？哈哈哈，你做梦都不会想到我的名字。”高文忠掂着手中的“风月宝鉴”说，“只要我毁了这面镜子，一切都会回归到从前的样子，你那个历经千辛万苦换来的红楼秘密就会消失得无影无踪，那个可怕的秘密依然会被掩盖在《红楼梦》中。”

一切发生得这样突然和意外，那拉皇后和永琪凝视着高文忠手中的“风月宝鉴”，突然完全明白了，那面镜子是他们的灵魂得以解脱的唯一保障，一旦镜子被毁，他们的冤魂只能在无边的地狱里饱受磨难，永无出头之日。皇后和皇子被这突如其来的灾难吓得惊声尖叫。

“不要啊，”关林急得大声喊叫，“你不能毁了它。”

站在一边的方莹双拳紧握，脚下微微一动。

“哼哼哼，”高文忠一脸冷酷相，“让你那个高明的结论见鬼去吧。”高文忠平地跃起一丈多高，手臂高举，把“风月宝鉴”向地板上狠狠地掷去。

嗖的一下，方莹腾空跃起，一个大鹏展翅，在空中接住了“风月宝鉴”，稳稳地落在高文忠面前。啪的一掌，方莹击中高文忠的前胸，瞬间，高文忠摔出好几米远，一口鲜血从他口中喷出，高文忠瘫软在地上。方莹冲到高文忠身边，高高地举起右掌欲向他的脑门劈去。

“不要杀他，”关林大喊一声，“我有话要问他。”

方莹收掌，对高文忠怒目而视。

骤然发生的离奇巨变，已经让关林无法作出正常的判断，他亟须搞清眼前这一切匪夷所思的事情到底是怎么回事。他走到高文忠面前，神色严峻地问：“高所长，我一直将您当作我最尊敬的领导，可是，我实在想象不出，您到底是谁？你为什么要蹚这一池子浑水。”

“呵呵呵，”高文忠一阵冷笑，“关林，感谢上帝给了我个机会，让我们做了一回同事。老实说，我很喜欢你这个部下，你有非凡的才华。可惜呀，我们是两个时空的人，你很想知道我的真实身份吗？好，那我告诉你，我是《红楼梦》的续书人梁伟成。”

“什么？”关林简直不敢相信自己的耳朵，直瞪瞪地看着高文忠的脸，用一种难以置信的口吻说，“梁伟成？你是《红楼梦》后四十回的作者？”

“正是。”

“哈哈哈，”关林爆发出一阵歇斯底里的狂笑，“太荒唐了，我的领导竟然是乾隆朝的人，荒唐啊，这、这怎么可能？”

“关林，这是真的，你平时看到的我，不过是200多年前的梁伟成的幻影。”

“不，我绝不相信，我身边的人都是乾隆朝的鬼魂。”关林已经预感到那个答案必然超乎想象，但是，他的内心仍在苦苦地挣扎，无论如何也不愿相信那个可怕的事实。

“好，既然你不愿意相信，那我就给你看个真切的事实吧。”高文忠说罢，身子晃动了一下，随着一股青烟，高文忠变成了身着长袍马褂，梳着大辫子的清朝书生。

关林吓得往后退了两三步，脸上先变得青白，随后又涨得极度绯红。大殿里所有人都惊愕地望着眼前的一幕。

“梁、梁伟成？呵呵呵，哈哈哈！”关林的笑声中夹杂着恐怖和绝望。

高文忠苦笑一下，说：“这回你该相信了吧。”

“好，好一个梁伟成。”关林指着变成清朝书生的高文忠说，“那你就把续书《红楼梦》的情况谈一谈吧。”

“那是乾隆五十一年的事了，《红楼梦》在皇族很小的范围内流传。”高文忠开始讲述事情的原委——

第七十二章
结　　局

一个风和日丽的上午，乾隆皇帝坐在乾清宫的御书房里批阅奏折，一个太监进来禀报：“皇上，和大人来了，在殿外候着哪。”

乾隆头也不抬，说：“让他进来吧。”

“喳。”太监退出后，不一会儿，和珅提着一个包裹进来了，跪地请安：“奴才和珅给皇上请安了。”

“起来吧。”乾隆瞥了一眼和珅，说，“你来得正好，你主持户部三库事务几年来卓有成效，朕已下旨，晋你为文华殿大学士，仍兼吏部、户部事。”

和珅惊喜道：“皇恩浩荡，奴才何以为报啊？”言毕，使劲地磕头。

“行了，起来吧。”乾隆说，“你有何事禀报？”

和珅爬起身来，将手中的包裹打开，里面是一摞厚厚的手抄本书籍，他把抄本递给乾隆，说：“请皇上御览。”

乾隆扫了一眼抄本，问：“这是什么？”

“这是最近在皇族里流传的一本小说，名《红楼梦》。”

“哼，”乾隆有些不高兴了，“你以为朕真的无事可做了，还有闲暇工夫看小说。”

“皇上，这可不是一般的小说，里面大有名堂啊。”

“哦，”乾隆一闻此言，来了兴致，他放下手中的笔，接过小说翻看，“里面有何名堂？”

“奴才觉得，小说里影射的是皇上后宫里的事。”

“什么？有这等事？”乾隆吃了一惊，思忖一下说，“书放这里吧，朕抽空看看。”

“喳！”

随后的几天里，乾隆每天都抽出几个时辰，认真地看着《红楼梦》，他越看眉头皱得越紧。十几天后，他把和珅传来了。和珅一进殿，乾隆就指着《红楼梦》问：“你从哪里找到的这本书？”

“奴才是在孝贤纯皇后的侄子富察明义家里看到这本书的，明义说他是在一个书摊上买的这套书，皇族里有些人都看过此书。”

乾隆猛的一掌拍在桌上，怒道：“这部小说写的就是朕的后宫里的事，那个贾宝玉被称为‘活龙’，现在，除了朕，谁还敢称活龙？还有那个林黛玉，叫什么‘颦颦’，这是从朕的《仲夏御园间咏》的诗里演化而来，朕写孝贤纯皇后‘云何长遣两眉颦’，‘两眉颦’，不就是‘颦颦’嘛。”

和珅说：“依奴才看，那个林黛玉影射的就是孝贤纯皇后。书中的潇湘馆是‘凤尾森森，龙吟细细’，孝贤纯皇后贵为皇后，她又属龙，这不是很明显嘛。”

“哼，‘太祖皇帝仿舜巡’，从古至今，除了朕仿效圣祖皇帝进行了六次南巡，还有哪个皇帝这样做过？甄家四次接驾，不就是说浙江海宁的陈家接驾吗？”

“还有甄宝玉和贾宝玉，奴才以为影射的是皇上身世的传说。”

“对，这里面还有继皇后乌喇那拉氏哪，朕看，她才是这部小说的主角，书里用很隐晦的方法在为那拉氏鸣冤叫屈。”乾隆的脸色非常难看，“还有那个批书人脂砚斋，你看出他是谁了吗？”

和珅摇摇头：“奴才愚笨，没看出来。”

“朕觉得脂砚斋应该是永璂。”

“啊！”和珅大吃一惊，“是十二爷？”

“书中的批语说，‘凤姐点戏，脂砚执笔事，今知者寥寥矣，不怨夫？’凤姐点的那出戏是《刘二当衣》，这段故事描写的是乾隆二十五年那拉氏过生日的情景，当时永璂8岁，那拉氏点了一出戏，正是《刘二当衣》，是永璂记下后，传给执事官的。王熙凤是小说中的人物，而脂砚斋是批书者，批语将批书者和小说中的人物直接联系起来。可见，小说中的熙凤和脂砚斋都是现实生活中的人。”

“皇上的意思是，王熙凤影射的是继皇后？”

“对，那个脂砚斋肯定就是永瑆。这个老十二，真是死有余辜，他肯定参与了《红楼梦》的创作。”乾隆脸色铁青，怒道，“知道作者是谁吗？”

和珅摇头：“不知道，书中记载‘曹雪芹于悼红轩中披阅十载，增删五次，纂成目录，分出章回’，可奴才查过了，京城里并无‘曹雪芹’此人。”

“这肯定是个化名。”

“依奴才之见，皇上下旨，借编纂《四库全书》之名，在全国查缴此书，严禁传阅，违者立斩不赦。”

乾隆摇摇头：“此书已经在皇族里流传，很可能已经流传到民间，如硬性查封，人们很自然地会想到朕的头上，那样适得其反呀。况且，作者是谁？也难以追查啊。”

“那该如何是好？”

乾隆沉思一阵后，果断地说：“不如来个因势利导。这书只有八十回，书中的批语透露出此书未完，后续内容遗失无稿，找个水平高点的书生，按照书中留下的线索，继续写下去，把矛头转嫁到他人身上。原著和批语已不能大幅度删改，但是，在关键的地方稍加调整，意思就完全不同了。”

“皇上英明。这事交与奴才去办。”

“有合适的人选吗？”

“有，京城有个举人梁伟成，曾两考进士不中，但此人文采不弱，依奴才看，此人可担此大任。”

“好，你安排他去写。圣祖皇帝不是也进行了六次南巡吗？江宁织造府的曹家不是也接驾四次吗？”

“太妙了。”和珅兴奋地击了一下掌，“皇上通天智慧无人可及，就把矛头扭到曹寅家，最后，贾府被抄家了。”

“对，就这么写。”乾隆走到书案前坐下，提笔在《红楼梦》的封面上批道，“此盖为明珠家事作也。”

和珅在旁边看着，脸上露出欣喜的笑容：“皇上亲笔为此书定案，谁还敢再胡乱猜测。”

两天后，梁伟成被传到和珅府中，和珅将八十回《红楼梦》交给梁伟成，对他面授机宜。并说：“此事办成后，你还愁考不中进士吗？”

梁伟成急忙跪倒在地，叩头道：“晚生叩谢和中堂，能有此机会为和大人效力，是晚生的福分。请和大人放心，晚生一定不辱使命。”

自此，梁伟成仔细研读《红楼梦》前八十回，首先在前八十回中加了很多无关痛痒的批语，并注明日期，在第七十五回回前加了一条批语：“乾隆二十一年五月初七对清”，这样，就把小说的成书年代一下子提前了二十多年，以表示此书与乾隆皇帝无关。然后，他根据批语透露出的一些线索，按照和珅的要求续写《红楼梦》。至乾隆五十五年七月，梁伟成不辞辛苦，历时四年，完成了后四十回的续写任务。和珅将续书呈与乾隆审阅，乾隆阅后说：“很好，再找两个人，与前八十回一起编辑，删掉前八十回的所有批语，由武英殿修书处的皇家印刷所出版。”

和珅恭维道：“皇上太英明了，由宫廷印刷所出版发行，谁也不会联想到小说写的是皇上的情史。”

“还有，梁伟成改过的手抄本，就让它在民间流传吧，总有人喜欢看原作的嘛。”乾隆为自己的绝妙设计而扬扬得意。

和珅根据皇上的旨意，经过一番精心的安排，《红楼梦》前八十回的手抄本到了程伟元手里，后四十回的续书也陆陆续续巧妙地被程伟元获得，同时，高鹗也接到和珅的命令，与程伟元一起编辑整理《红楼梦》。经过一年的努力，《红楼梦》全书一百二十回编辑完成，由皇家印刷所正式出版发行。《红楼梦》全书很快就风靡大江南北。

倒在地上的梁伟成对关林说：“关林，这就是《红楼梦》续书的真相，你满意了吗？”

关林苦笑了一下：“乾隆皇帝的确是旷世之才，这一招着实高明。《红楼梦》问世以来，几乎没有人怀疑到小说写的就是他的情史。但是，再高明的篡改者也会有疏漏的地方，前八十回的总体精华依在，真相总会有浮出水面的一天。”

奄奄一息的梁伟成，向空中发出最后一声哀叹：“皇上，微臣已经尽力了。微臣早有预感，《红楼梦》的真相迟早会大白于天下。微臣向皇上谢罪了。”随后，梁伟成化作一股青烟，向空中散去。

突然，几个黑衣刺客冲进大殿，持刀向方莹扑去。方莹四面受敌，情势危急。白晓雯和康玉峰飞身进殿，和方莹一起向黑衣刺客发起猛烈攻击。刀光闪处，血肉横飞，一阵激烈的拼杀过后，黑衣刺客纷纷倒地。

关林望着康玉峰和白晓雯，满脸惊愕万分的表情：“晓雯，你和你的男朋友到底是什么人？为何总是能及时现身？”

康玉峰神情庄重地对关林说："孩子，我的真名叫康烈尔，乾隆帝御前侍卫。"

电光闪过，康玉峰身子一闪，变成身着黄马褂的御前侍卫康烈尔。

关林一个踉跄，险些摔倒，他哆哆嗦嗦地指着康烈尔说："你、你是我的十一世祖？"

"是的，孩子。"

康烈尔走到那拉皇后面前，跪地拜道："微臣康烈尔拜见皇后。"

那拉皇后面对忠诚的侍卫，激动得浑身颤抖："康烈尔，没想到本宫还能见到你们。你们都是忠诚善良的好人，本宫深以为谢，你们的恩德容本宫来世再报吧。"

这时，白晓雯慢慢走到那拉皇后面前，一下跪在皇后面前："奴婢安佳兰拜见皇后。"刹那间，白晓雯变成了清朝宫女。

那拉皇后伸出双臂，把安佳兰搂在怀里，悲切地说："安佳兰，你是个忠诚善良的好孩子，不仅陪着本宫度过了最凄惨的岁月，还拼着自己的性命保护了永琪，本宫何以为谢呀？"

安佳兰悲泪横流，哽咽道："皇后，这是奴婢的使命，无须皇后答谢。"

康烈尔望着失魂落魄的关林，柔声说："孩子，这个安佳兰就是你的十一世祖奶。"

关林被这突如其来的离奇怪异的事情深深震撼，以致就像受到电击一般，精神处于半痴半呆的状态之中。

"孩子，你不要害怕，"安佳兰说，"我们都是你的亲人，不会伤害你的。你经过不懈努力，终于让200多年前的历史惨案大白于天下，使我们这些不得超生的灵魂永远解脱了。很高兴能和我的十一世孙一起破解红楼之谜，孩子，老祖奶奶非常感谢你。"

关林终于明白了，自己的确是在跟一群鬼魂打交道，既然这些鬼魂是自己的亲人，他们就不会伤害自己，那么他就没什么可怕的了。他望着康烈尔和安佳兰，喃喃地说："康玉峰、白晓雯，呵呵呵……"关林苦笑道："原来陪伴我的竟然是我的老祖宗，是你们一直在暗中保护我。谢谢。"他向眼前的鬼魂深深地鞠了一躬，两行热泪淌了下来。

那拉皇后想起了乌扎伊尔，问："安佳兰，那个乌扎伊尔在哪里？她的灵魂难道也不能升入天堂吗？"

关林瞥了一眼方莹，他似乎已经意识到了将要发生可怕的事情，那是他最不愿意看到的。他感到心跳剧烈，喘不过气，几乎随时都会昏倒。只见方莹痉挛的、没有血色的脸上呈现出惨不忍睹的表情，她慢慢走到那拉皇后的面前，扑通一下跪倒在地，大喊一声："皇后，奴婢就是您的丫鬟乌扎伊尔。"

"什么？你、你是乌扎伊尔？"那拉皇后惊恐地后退几步。

"皇后，奴婢正是那惨遭毒手的乌扎伊尔。"方莹瞬间变成了秀美的乌扎伊尔。

那拉皇后颤巍巍地走到方莹面前，一把将她抱在怀里，哭喊道："好孩子，你受苦了，本宫终于又见到你了。"

关林只觉得天旋地转，眼前阵阵发黑。他用力吸了一口气，用手捂着嘴，因为太过惊讶，令他差点惊声尖叫。尽管关林已经意识到方莹身上隐藏着一个可怕的真相，但是，当方莹亲口说出这个惨痛的真相时，他仍觉得像一个晴天霹雳似的彻底击碎了他的心。他终于明白了，方莹和他之间为什么总是隔着一道不可逾越的鸿沟，他深深爱着的人竟然是240年前的皇后侍女。

"啊——"关林发出一声绝望的、撕心裂肺的喊叫，"上帝呀，为什么如此残酷地折磨我呀？"

"关林！"方莹冲他大喊一声，"你是个善良的好人，上帝一定会拯救你的。"

方莹刚一转身，万没料到，胡图从屏风后蹿出，手中刀光一闪，噗的一下，锋利的钢刀插进方莹的胸膛，汩汩的鲜血喷涌而出。胡图拼命想从方莹手中夺回"风月宝鉴"，方莹拼尽全力，将"风月宝鉴"死死地抱在怀里。

"方莹——"关林大喊一声，奋不顾身地向胡图扑去，飞起一脚，踹在胡图的后腰上。胡图摇晃了一下，猛地一下从方莹的胸口上拔出刀来，回身向关林砍去。刹那间，康烈尔一跃而起，手中钢刀飞转，当啷一声，将胡图手中的刀击落。手腕一翻，噗的一刀，胡图的脑袋滚落在地。

关林跑过去抱起浑身是血的方莹，心中的悲痛已经无法用语言来形容："方莹，你不能死，你告诉我，我怎么做才能救你？"

方莹艰难地摇摇头："关林，你是个好人，你、你救不了我，早在200多年前我就已经死了。虽然我们阴阳相隔，但我庆幸，我的灵魂能和你相处了一段美好的时光。"

"方莹，难道你真要离我而去？没有你，我该怎么活下去啊？"关林心如刀绞，热泪横流。

一道金光闪过，那拉皇后化作一股白云，向空中飘去。康烈尔和安佳兰追随那拉氏，一起飞向天空。康烈尔和安佳兰在空中呼喊：“关林，我的孩子，永别了！”

一块灿若明霞的红玉落在方莹手中，那拉皇后的声音响起：“关林，你们历经千辛万苦找到了我，那又有何意义？大清朝都已成为烟云，乾隆皇帝又在哪里？历史已经不能改写，本宫只希望后人永远记住——为人切不可太过贪婪。”

永琪望着关林说：“关林，虽然我们是两个生死时空里的人，但是，很荣幸，上帝让我们做了一回朋友，希望来世还能和你成为朋友。”

永琪挥笔在一张纸上写道：“满纸荒唐言，一把辛酸泪，都云作者痴，谁解其中味？”永琪掷笔，向空中呼喊：“皇额娘，儿臣永琪来也。”永琪和倒在地上的杀手们一起化成云烟，向空中飘去。

关林抱着奄奄一息的方莹，心如刀绞。《红楼梦》的秘密终于破解，却不承想是如此悲惨的一个故事。

方莹将红玉塞到关林手中，气喘吁吁地说：“关林，我知道你很爱我，但我却不能爱你，因为我是那拉皇后的贴身侍女乌扎伊尔，我只能随皇后而去了。谢谢你，给了我这么多美好的记忆。”

“方莹，你不能死啊！”关林泣不成声。

方莹拼尽最后一丝力气说：“关林，你要好好活着，假如有来生，我会来找你的。”

方莹倒在关林怀里，气绝身亡——

“方莹，方莹！啊——”昏暗的屋里发出一声凄惨的叫声，关林猛地从床上坐起，大口地喘着粗气，脸上泪痕斑斑。他惊魂失魄地四下望着，这是在研究所西厢房乾隆御前侍卫睡觉的屋子里。此时，窗户已微微发亮，床前的小桌上放着他的行李箱，族谱、橡木牌和金色的大内侍卫的腰牌原封不动地放在箱子里，古香古气的檀木书案、手提电脑、玉麒麟的铜雕、檀木架上的各种玉器一切如旧。

关林擦擦头上的冷汗和脸上的泪水，愣怔了好一阵子才反应过来——所有的这一切都是他的一个噩梦。

关林拿起箱子里的橡木牌，看着上面的小诗：反照三十过，正照过十三；风花雪夜事，红楼一梦魇。他回忆着梦里的情景，猛然间明白了这首诗的含义，“反照风月宝鉴”隐写的是那拉皇后的死期，这下我的论证全部完成了。

关林从床上一跃而起，快速走到桌前，打开电脑，调出考证专著的文档，随着噼里啪啦的打字声，屏幕上出现一行字：反照风月宝鉴之玄机。

美丽的云霞映红了东边的天际，东方的一轮红日洒下的道道金光，就像条条金鞭，驱赶着飞云流雾。

关林坐在电脑前，手指十分灵巧地敲击着键盘，屏幕上一行行文字闪过：

《红楼梦》是中华民族文学史上的瑰宝，古往今来，没有哪一部小说能与《红楼梦》相提并论。无数的读者之所以为《红楼梦》的魅力而倾倒，前赴后继、义无反顾、孜孜不倦地探索和研究，就是因为这部巨著中充满了中华传统文化的精华。有评论家这样说，几千年的中国文学史，假如我们只有一部《红楼梦》，它的光辉也足以照亮古今中外。

《红楼梦》内涵博大精深，作者堪称举世奇才，那一个个巧妙的布局、一层层诱人的陷阱、一座座神奇的迷宫、一首首精妙的诗赋无不令人心驰神往，多少人深深陶醉在其中，终生不能自拔。即使撞得头破血流，也义无反顾地勇往直前。纵观大千世界，有哪一部著作能有如此神奇的魅力。

院子里传来一个女孩子清脆的叫声：“关林，起床了吗？”

听到这个声音，关林猛地一抖，浑身的血都往上涌，他起身快步走到窗前向外看去——

方莹笑眯眯地站在院里，她看上去是那样美丽动人。

一个酒店的包间里，关林、方莹、马天龙、白晓雯、康玉峰、肖雅婷、王景瑞、吴休玉、刘敏、高文忠、胡图围在一张大圆桌前，高文忠端着酒杯站起身来，兴奋地说：“大家一起举杯，庆祝关林的红学考证专著问世。关林在他的专著中提出一个全新的观点，《红楼梦》隐写的是乾隆皇帝和他的两个皇后的情史，迄今为止，关林是红学界唯一一个提出这个观点的人。后生可畏呀，让我们为他的专著而干杯吧。”

“祝贺关林的新著问世！”包间里一片欢腾。

众人一边品尝着美味佳肴，一边听关林讲着他梦里的故事，众人时而欢笑，时而悲伤。马天龙高喊一声：“关林，你把我们的命运设计得好惨啊，我们都是鬼魂，就你一人是真人，这太不公平了。不行，罚酒三杯。”

“对，罚酒三杯。”众人一起高喊。

“好好好，认罚，认罚。”关林连干三杯，兴奋的脸上泛着红晕。

方莹满怀深情地望着关林，眼睛里闪动着晶莹的泪花，她伸出纤纤玉手在桌下悄悄握住了关林的手。关林的心瞬间融化在一片温情之中，他觉得方莹的手是那么温暖，那么动人心魄。

灿烂的云霞闪过，一张白纸飘下，在清澈的湖水中，白纸上显出一个红楼图案，上写：“开辟鸿蒙，谁为情种？”

清风拂过，烟消云散，不朽的名著《红楼梦》和永恒的红楼“紫禁城”在晨曦中交相辉映。

2018 年 1 月 7 日第二稿
2019 年 2 月 15 日调整校对
作者：张凯庆　张彧

后　记

之所以会有《红楼密码》这部小说，还得要感谢几位朋友。

中国社会出版社的编辑陈琛先生，首先认可了我的红学观点，极力向出版社领导推荐我的红学考证专著《新话红楼》。2016年5月，中国社会出版社出版发行了我的红学考证专著《新话红楼》，这部考证专著是我研究《红楼梦》20多年的心血。在这部书里，我提出了一个全新的观点：《红楼梦》隐写的是乾隆皇帝和他的两个皇后的情史，迄今为止，我是红学界唯一一个提出这个观点的人。

《新话红楼》问世后，《香港商报》《澳门商报》《祖国》杂志官网、《祖国》杂志、《北京时间·时间煮茶》栏目、《北京时间·红楼梦中梦》栏目等多家官方媒体先后报道了我的红学观点。

《香港商报》北京办事处主任张宇先生，《澳门商报》北京记者站主任王维先生，不仅率先报道了我的红学观点，在《红楼密码》的创作过程中也热情地出谋划策。《北京时间·时间煮茶》栏目导演、《北京时间·红楼梦中梦》栏目总编孙一铭先生，给我提供了更大的宣传空间。2016年11月中旬，在朋友贺兴无先生的推荐下，《北京时间·时间煮茶》栏目对我做了一次专访，现场直播了我的红学观点。2018年4月，孙一铭先生主动与我约稿，在《北京时间·红楼梦中梦》栏目上连续发布我的红学文章90篇，平均每篇文章的阅读量达到50多万，最高的阅读量达到135万之多，在红学爱好者之中引起强烈反响。

还有《祖国》杂志社记者郝志祥先生，先是采访我，将访谈录发布在《祖国》杂志社官网上；之后又在《祖国》杂志上报道了我的红学观点。

经过这些官方媒体的连续报道，《新话红楼》在红学爱好者中引起广泛关注。

基于我的红学观点，我和张虓自主创作了这部长篇悬疑小说《红楼密码》，小说创作过程中，北京尚野影视文化传媒公司领导和东方园林副总裁柴世民先生给予我很多帮助。

在《新话红楼》和《红楼密码》这两部著作的出版发行中，中国社会出版社的领导给予大力支持和帮助。在此，对上述朋友和中国社会出版社的领导、编审一并致以深深的谢意。

谢谢各位朋友的无私帮助，我会永远记得你们。

张凯庆

2019年7月29日